考試分數大躍進
累積實力
萬考生見證
考秘訣

日本國際交流基金考試相關概要

線上音檔
QR Code

破繭成蝶，自學神器

絕對合格
日檢必背文法

3 N

山田社日檢題庫小組
吉松由美・田中陽子
西村惠子・林勝田
◎合著

文法精解

例句
生字 注解

完全自學版型

これ
1冊で
大丈夫！

新制對應！
文法突然間清楚了！

U0080213

前言 Preface

讓日語助你展翅翱翔，開創職場新奇境，拓寬無限前景！

制霸日檢終極自學攻略：

創新詞性分類技巧 →文法口訣濃縮→ 情境模擬日常劇場 → 獨家自學模式 →〔逐條剖析例句文法＋詳解例句生詞中譯〕揮灑自如，讓日語學習煥然一新，文法瞬間變得輕而易舉！隨心所欲提升你的日語文法實力，學無止境，行無障礙。輕鬆征服新制日檢，日語之路無往不利！

只靠埋頭苦幹並非攻克日檢的唯一法門，要精準抓住重點，
全力以赴，方能獲得令人矚目的成果。
想要揮出破天荒的全壘打，就要擊中最關鍵的甜蜜點！

日檢大師的超級自學武器：頂尖日檢教師傾囊相授，極速精煉，讓您的學習成果翻倍迅猛！

令人驚艷的亮點：

① 「瞬間回憶關鍵字法寶」文法口訣濃縮精華成膠囊，考試臨陣磨槍，迅速解鎖記憶大門。

② 用充滿創意的日常小劇場，讓文法例句在真實生活中活躍揮灑！

③ 日檢大師的超級自學武器，全面攻略〔例句文法深度解析＋例句生詞中譯一覽無遺〕，讓您成為自學達人，文法學習變得輕鬆自如。

④ 「文法速記表秘籍」快速抓住重點，客製化學習計劃，全面體系化學習！

⑤ 邁向精熟「類義表現專欄」，巧妙比較學習法助攻，相似、相反用法輕鬆駕馭。

⑥ 「文法升級挑戰」＋「口語文法小祕方」延伸備齊進階用法，完勝日檢、超越顛峰！

⑦ 3 回必勝全真模擬試題，命中考題率驚人達 100%！

9大絕妙策略，讓日檢學習變得輕鬆且高效，讓記憶永存於心，本書精粹：

神奇口訣

「瞬間記憶法寶」文法口訣極致濃縮，考試時啟動記憶寶庫！

文法解釋為何總是晦澀困難？本書創新地在每項文法解釋前加入「關鍵字」，巧妙地將文法精華縮短成易消化的膠囊。讓您迅速掌握重點，激發聯想，實現長期記憶效果！憑此記憶法寶，在考試時迅速喚醒記憶寶庫，高分手到擒來！

から（に）は

1.既然…、既然…，就…；2.既然…就必須…

接續方法▶ {動詞普通形}＋から（に）は

1 **【理由】** 表示既然到了這種情況，後面就要「貫徹到底」句常是說話人的判斷、決心及命令等，含有說話人個人強一般用於書面上，相當於「〜のなら、〜以上は」，如例

2 **【義務】** 表示以前項為前提，後項事態也就理所當然的責（5）。

文法關鍵字

戲劇體驗

用生動活潑的日常小劇場，讓文法例句與生活完美結合！

本書巧妙地將每項文法與富有創意的日常小劇場融合，讓日常情境與文法和故事無縫結合！每個文法都配有一張引人入勝，讓人會心一笑的插圖，搭配生活常用的一句話，生動地、細膩地呈現文法特色，讓您學習成果立竿見影，享受使用日語的快樂，語感迅速飛躍。

主體身分　狀態變化　理由　　　　　　貫徹到底行為

例1　教師に なった からには、生徒一人一人をしっかり育てたい。
既然當了老師，當然就想要把學生一個個都確實教好。

故事 ●───　傳道、授業、解惑的老師對學生而言，是極具影響力的。

「からには」表示說話人有堅定的責任感和決心。既然已經成為教師，就應該好好培養每一個學生。

☞ 文法應用例句　　　　　　　　　　　插圖

③ 版型升級

超凡自學式版型，針對〔例句文法深度剖析＋生詞中譯盡在掌握〕，讓您成為自學達人。

例句中的文法運用與單字變化常使初學者困惑。為讓讀者自學輕鬆且深入，本書獨具匠心地設計了超凡自學式版型，例句旁精心撰寫細緻的文法解說，剖析文法在各種情境下的運用。同時標明例句中的生字，並在生字上方附上中文字義，讓學習過程無壓力、易於理解，還能順便學習更多單字。「原來還有這種用法！」、「原來是這個意思！」讓您學習更加清晰，絕對看得懂。

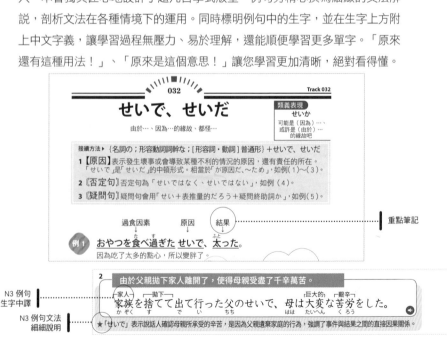

032　　　　　　　　　　　　　　　Track 032

せいで、せいだ
由於…、因為…的緣故、都怪…

類義表現
せいか
可能是（因為）…、或許是（由於）…的緣故吧

接續方法▶{名詞の；形容動詞詞幹な}；[形容詞・動詞] 普通形}＋せいで、せいだ

1【原因】表示發生壞事或會導致某種不利的情況的原因，還有責任的所在。「せいで」是「せいだ」的中頓形式。相當於「が原因だ、～ため」，如例（1）～（3）。

2《否定句》否定句為「せいではなく、せいではない」，如例（4）。

3《疑問句》疑問句會用「せい＋表推量的だろう＋疑問終助詞か」，如例（5）。

過食因素　原因　結果　　　　　　　　　重點筆記

例1　おやつを食べ過ぎた せいで、太った。
因為吃了太多的點心，所以變胖了。

2　由於父親拋下家人離開了，使得母親受盡了千辛萬苦。

N3 例句生字中譯 ●───

家族を捨てて出て行った父のせいで、母は大変な苦労をした。

N3 例句文法細細說明 ●───　★「せいで」表示說話人確認母親所承受的辛苦，是因為父親遺棄家庭的行為，強調了事件與結果之間的直接因果關係。

④ 多義細分

　　精通「多義細分」的卓越應用，深度剖析例句用法，並搭配接續與單字的雙向學習！

　　文法的多樣性使得同一規則因前面接續的詞、語境等而展現出不同面貌。例如「てみせる」具有以下含義：一、為了讓對方了解，實際做動作示範「做給…看」；二、展現說話人的意志跟決心「一定要…」。讀者們常反映「文法的使用情況難以理解，選擇答案令人困惑！」因此，本書對所有符合 N3 文法程度的使用狀況進行細分，並提供相應例句，讓您在遇到考題時，迅速抓住正確答案！

　　結合接續公式，例句中還融入了文法中較常配合的單字、使用的場合、常見的表現，這些都是考試中經常出現的題型；同時，貼近 N3 程度的時事、生活等內容，將助您輕鬆戰勝文法考試的挑戰！

032　Track 032

せいで、せいだ

由於…、因為…的緣故、都怪…

類義表現
せいか
可能是（因為）…、
或許是（由於）…
的緣故吧

接續方法▶ {名詞の；形容動詞詞幹な；[形容詞・動詞] 普通形} ＋せいで、せいだ

【原因】表示發生壞事或會導致某種不利情況的原因，還有責任的所在。「せいで」是「せいだ」的中頓形式。相當於「が原因だ、～ため」，如例（1）～（3）。

〖否定句〗否定句為「せいではなく、せいではない」，如例（4）。

〖疑問句〗疑問句會用「せい＋表推量的だろう＋疑問終助詞か」，如例（5）。

細分例句
中的用法 …

4　事情之所以不順利，原因既不在你身上，也不是我的緣故。

　順利的
うまくいかなかったのは、君の　せいじゃなく、僕のせいでもない。
　　　　　　　　　　　　　　　　　過錯

★「せいじゃなく」表示說話人確定事情不順利，並非由於你我任何一方，強調了事件與兩人之間並無直接的因果關係。

⑤ 深化差異

透過比較並擴展類似與相反概念，使學習更全面且高效！

同一句子在日常對話與正式場合之間存在顯著區別！在考試中，換個説法的類義表現，是考試最常出現的考法，因此熟悉不同表達方式的相近概念至關重要。本書精心梳理了 N3 文法考題所需的類義表現，有助於您進行多角度比較學習，全面助您提升日語學習實力！

類義表現

⑥ 高效策略

一目了然重點速記表，建立高效學習策略，全面精通文法。

巧妙整理的文法概要表，一覽無遺呈現所有關鍵要點，並附有清楚的中文解説。這份概要表讓您在短時間內高效複習，方便剪下來隨身攜帶，成為您考前密集溫習的高分合格護身符。它如同您隨身攜帶的 N3 文法秘笈！書中還提供讀書計劃表，讓您有序地規劃學習進程。策劃並實行，必將贏得優異成績！

裁切裝訂
隨時帶著背

50 音順排序

安排讀書
計劃

⑦ 難度升級

　　進階做好萬全準備，破解日檢通關密碼，成功就在指尖！

　　在單元之間，緊接著提供別出心裁的文法升級小專欄，讓您在消化基礎文法知識後，向上「展翅翱翔」！呈現給您一個豐富多彩又邏輯清晰的深度教學，提供您迎戰日檢的得分關鍵（如口語縮約型的變化等），做足了萬全準備，成功自然觸手可及！

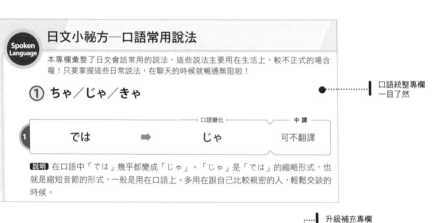

口語統整專欄
一目了然

升級補充專欄

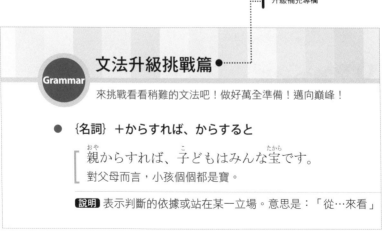

⑧ 命中考點

3 回必勝全真模擬試題,直擊考點,全解全析,攻破考試重點!

書籍末章呈現,由金牌日檢教學專家精心撰寫的必勝極致模擬試題,無縫覆蓋新制日檢考試精髓。參照國際交流基金和財團法人日本國際教育支援協會公布的日語能力試驗文法部分考核標準。依據各式題型,解開解題之謎。讓您在踏上模擬試題征途後,不僅立即掌握學習成效,更能洞悉考試大局,提升實戰應變力。彷彿參加了成功保證的培訓班!

倘若您迫不及待挑戰全方位模擬試題,強烈推薦選用絕對符合日檢規範的《絕對合格攻略!新日檢 6 回全真模擬 N3 寶藏題庫+通關解題【讀解、聽力、言語知識〈文字、語彙、文法〉】》進行鍛煉!

問題說明
應試訣竅

模擬考題

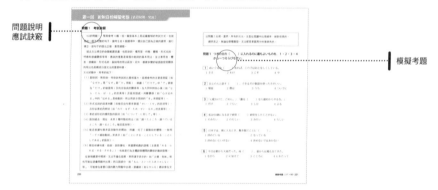

⑨ 聽力致勝

QR 碼線上音檔助您攻克「新制日檢」!

本書中所有日文句子,皆由日籍專業聲優錄製,確保發音、語調及速度符合 N3 新日檢聽力考試標準。在學習文法的同時,您將熟悉 N3 程度的發音,讓您視聽兼修,提升腦力,激發思維活力,奠定紮實基礎,獲得合格證書!讓職場機會蜂擁而至,成就一個更璀璨的未來!

線上音檔

目錄 Contents

詞性說明

詞　性	定　義	例（日文／中譯）
名詞	表示人事物、地點等名稱的詞。有活用。	^{もん}門（大門）
形容詞	詞尾是い。說明客觀事物的性質、狀態或主觀感情、感覺的詞。有活用。	^{ほそ}細い（細小的）
形容動詞	詞尾是だ。具有形容詞和動詞的雙重性質。有活用。	^{しず}静かだ（安靜的）
動詞	表示人或事物的存在、動作、行為和作用的詞。	^い言う（說）
自動詞	表示的動作不直接涉及其他事物。只說明主語本身的動作、作用或狀態。	^{はな}花が^さ咲く（花開。）
他動詞	表示的動作直接涉及其他事物。從動作的主體出發。	^{はは}母が^{まど}窓を^あ開ける（母親打開窗戶。）
五段活用	詞尾在ウ段或詞尾由「ア段＋る」組成的動詞。活用詞尾在「ア、イ、ウ、エ、オ」這五段上變化。	^も持つ（拿）
上一段活用	「イ段＋る」或詞尾由「イ段＋る」組成的動詞。活用詞尾在イ段上變化。	^み見る（看） ^お起きる（起床）
下一段活用	「エ段＋る」或詞尾由「エ段＋る」組成的動詞。活用詞尾在エ段上變化。	^ね寝る（睡覺） ^み見せる（讓…看）
變格活用	動詞的不規則變化。一般指カ行「来る」、サ行「する」兩種。	^く来る（到來） する（做）
カ行變格活用	只有「来る」。活用時只在カ行上變化。	^く来る（到來）
サ行變格活用	只有「する」。活用時只在サ行上變化。	する（做）
連體詞	限定或修飾體言的詞。沒活用，無法當主詞。	どの（哪個）
副詞	修飾用言的狀態和程度的詞。沒活用，無法當主詞。	^{あま}余り（不太…）

詞　性	定　義	例（日文／中譯）
副助詞	接在體言或部分副詞、用言等之後，增添各種意義的助詞。	〜も（也…）
終助詞	接在句尾，表示說話者的感嘆、疑問、希望、主張等語氣。	か（嗎）
接續助詞	連接兩項陳述內容，表示前後兩項存在某種句法關係的詞。	ながら（邊…邊…）
接續詞	在段落、句子或詞彙之間，起承先啟後的作用。沒活用，無法當主詞。	しかし（然而）
接頭詞	詞的構成要素，不能單獨使用，只能接在其他詞的前面。	御^お〜（貴〈表尊敬及美化〉）
接尾詞	詞的構成要素，不能單獨使用，只能接在其他詞的後面。	〜枚^{まい}（…張〈平面物品數量〉）
寒暄語	一般生活上常用的應對短句、問候語。	お願^{ねが}いします（麻煩…）

關鍵字及符號表記說明

符號表記	文法關鍵字定義	呈現方式
【　】	該文法的核心意義濃縮成幾個關鍵字。	【傾向】
〖　〗	補充該文法的意義。	〖消極〗

文型接續解說

▶ 形容詞

活　用	形容詞（い形容詞）	形容詞動詞（な形容詞）
形容詞基本形 （辭書形）	おおきい	きれいだ
形容詞詞幹	おおき	きれい
形容詞詞尾	い	だ
形容詞否定形	おおきくない	きれいではない
形容詞た形	おおきかった	きれいだった
形容詞て形	おおきくて	きれいで
形容詞く形	おおきく	×
形容詞假定形	おおきければ	きれいなら（ば）
形容詞普通形	おおきい おおきくない おおきかった おおきくなかった	きれいだ きれいではない きれいだった きれいではなかった
形容詞丁寧形	おおきいです おおきくありません おおきくないです おおきくありませんでした おおきくなかったです	きれいです きれいではありません きれいでした きれいではありませんでした

▶ 名詞

活　用	名　詞
名詞普通形	あめだ あめではない あめだった あめではなかった
名詞丁寧形	あめです あめではありません あめでした あめではありませんでした

▶ 動詞

活　用	五　段	一　段	カ　変	サ　変
動詞基本形 （辞書形）	書<small>か</small>く	集<small>あつ</small>める	来<small>く</small>る	する
動詞詞幹	書<small>か</small>	集<small>あつ</small>	0 （無詞幹詞尾區別）	0 （無詞幹詞尾區別）
動詞詞尾	く	める	0	0
動詞否定形	書<small>か</small>かない	集<small>あつ</small>めない	こない	しない
動詞ます形	書<small>か</small>きます	集<small>あつ</small>めます	きます	します
動詞た形	書<small>か</small>いた	集<small>あつ</small>めた	きた	した
動詞て形	書<small>か</small>いて	集<small>あつ</small>めて	きて	して
動詞命令形	書<small>か</small>け	集<small>あつ</small>めろ	こい	しろ
動詞意向形	書<small>か</small>こう	集<small>あつ</small>めよう	こよう	しよう
動詞被動形	書<small>か</small>かれる	集<small>あつ</small>められる	こられる	される
動詞使役形	書<small>か</small>かせる	集<small>あつ</small>めさせる	こさせる	させる
動詞可能形	書<small>か</small>ける	集<small>あつ</small>められる	こられる	できる
動詞假定形	書<small>か</small>けば	集<small>あつ</small>めれば	くれば	すれば
動詞命令形	書<small>か</small>け	集<small>あつ</small>めろ	こい	しろ
動詞普通形	行<small>い</small>く 行<small>い</small>かない 行<small>い</small>った 行<small>い</small>かなかった	集<small>あつ</small>める 集<small>あつ</small>めない 集<small>あつ</small>めた 集<small>あつ</small>めなかった	くる こない きた こなかった	する しない した しなかった
動詞丁寧形	行<small>い</small>きます 行<small>い</small>きません 行<small>い</small>きました 行<small>い</small>きませんで した	集<small>あつ</small>めます 集<small>あつ</small>めません 集<small>あつ</small>めました 集<small>あつ</small>めませんで した	きます きません きました きませんでした	します しません しました しませんでした

敬語的動詞

（一）「尊敬的動詞」跟「謙讓的動詞」

日語中除了「です、ます」的鄭重的動詞之外，還有「尊敬的動詞」跟「謙讓的動詞」。尊敬的動詞目的在尊敬對方，用在對方的動作或所屬的事物上，來提高對方的身分；謙讓的動詞是透過謙卑自己的動作或所屬物，來抬高對方的身分，目的也是在尊敬對方。

▶ 一般動詞和敬語的動詞對照表

一般動詞	尊敬的動詞	謙讓的動詞
行く	いらっしゃる、おいでになる、お越しになる	伺う、まいる、上がる
来る	いらっしゃる、おいでになる、お越しになる、見える	伺う、まいる
言う	おっしゃる	申す、申し上げる
聞く	お耳に入る	伺う、拝聴する、承る
いる	いらっしゃる	おる
する	なさる	拝見する
見せる		ご覧に入れる、お目にかける
知る	ご存じです	存じる、存じ上げる
食べる	召し上がる	いただく、頂戴する
飲む	召し上がる	いただく、頂戴する
会う		お目にかかる
読む		拝読する
もらう		いただく、頂戴する
やる		差し上げる
くれる	くださる	
借りる		拝借する
着る	召す、お召しになる	
わかる		承知する、かしこまる
考える		存じる

（二）附加形式的「尊敬語」與「謙讓語」

　　一般動詞也可以跟接頭詞、助動詞、補助動詞結合起來，成為敬語的表達方式。我們又稱為附加形式的「尊敬語」與「謙讓語」。

▶ 附加形式的「尊敬語」與「謙讓語」對照表

<table>
<tr><td rowspan="9">尊敬語</td><td colspan="3">(1) 動詞＋（ら）れる、される</td></tr>
<tr><td rowspan="3">例</td><td>読む</td><td>→読まれる</td></tr>
<tr><td>戻る</td><td>→戻られる</td></tr>
<tr><td>到着する</td><td>→到着される</td></tr>
<tr><td colspan="3">(2) お＋動詞連用形＋になる／なさる
ご＋サ變動詞詞幹＋になる／なさる</td></tr>
<tr><td rowspan="2">例</td><td>使う</td><td>→お使いになる、お使いなさいますか</td></tr>
<tr><td>出発する</td><td>→ご出発になる、ご出発なさいますか</td></tr>
<tr><td colspan="3">(3) お＋動詞連用形＋です／だ
ご＋サ變動詞詞幹＋です／だ</td></tr>
<tr><td rowspan="2">例</td><td>休む</td><td>→お休みです、お休みだ</td></tr>
</table>

<table>
<tr><td rowspan="4">尊敬語</td><td>在宅する</td><td>→ご在宅です、ご在宅だ</td></tr>
<tr><td colspan="2">(4) お＋動詞連用形＋くださる
ご＋サ變動詞詞幹＋くださる</td></tr>
<tr><td>例　教える</td><td>→お教えくださる</td></tr>
<tr><td>　　指導する</td><td>→ご指導くださる</td></tr>
<tr><td rowspan="7">謙讓語</td><td colspan="2">(1) お＋動詞連用形＋する
ご＋サ變動詞詞幹＋する</td></tr>
<tr><td>例　願う</td><td>→お願いします</td></tr>
<tr><td>　　送付する</td><td>→ご送付します</td></tr>
<tr><td colspan="2">(2) お＋動詞連用形＋いたす／申し上げます
ご＋サ變動詞詞幹＋いたす／申し上げます</td></tr>
<tr><td>例　話す</td><td>→お話いたします、お話申し上げます</td></tr>
<tr><td>　　説明する</td><td>→ご説明いたします、ご説明申し上げます</td></tr>
<tr><td colspan="2">(3) お＋動詞連用形＋いただく／ねがう
ご＋サ變動詞詞幹＋いただく／ねがう</td></tr>
</table>

	伝える	→お伝えいただきます、お伝えねがいます
例	案内する	→ご案内いただきます、ご案内ねがいます

★ 步驟一：沿著虛線剪下《速記表》，並且用你喜歡的方式裝訂起來！

★ 步驟二：請在「讀書計劃」欄中填上日期，依照時間安排按部就班學習，每完成一項，就用螢光筆塗滿格子，看得見的學習，效果加倍！

五十音順	文法			中譯	讀書計畫
い	いっぽうだ			一直…、不斷地…、越來越…	
う	うちに			趁…、在…之內…	
お	おかげで、おかげだ			多虧…、托您的福、因為…	
	おそれがある			恐怕會…、有…危險	
か	かけ（の）、かける			剛…、開始…；對…	
	がちだ、がちの			容易…、往往會…、比較多	
	から…	からにかけて	從…到…		
		からいうと、からいえば、からいって	從…來説、從…來看、就…而言		
		から（に）は	既然…、既然…，就…		
	かわりに			代替…	
き	ぎみ			有點…、稍微…、…趨勢	
	（っ）きり			只有…；全心全意地…；自從…就一直…	
	きる、きれる、きれない			…完、完全、到極限；充分、堅決…	
く	くせに			雖然…，可是…、…，卻…	
	くらい…	くらい（ぐらい）はない、ほどはない	沒什麼是…、沒有…像…一樣、沒有…比…的了		
		くらい（だ）、ぐらい（だ）	幾乎…、簡直…、甚至…		
		くらいなら、ぐらいなら	與其…不如…、要是…還不如…		
こ	こそ			正是…、才（是）…；唯有…才…	
	こと…	ことか	多麼…啊		
		ことだ	就得…、應當…、最好…；非常…		
		ことにしている	都…、向來…		
		ことになっている、こととなっている	按規定…、預定…、將…		
		ことはない	用不著…;不是…、並非…;沒…過、不曾…		
さ	さい…	さい（は）、さいに（は）	…的時候、在…時、當…之際		
		さいちゅうに、さいちゅうだ	正在…		
	さえ…	さえ、でさえ、とさえ	連…、甚至…		
		さえば、さえたら	只要…（就）…		
	（さ）せてください、（さ）せてもらえますか、（さ）せてもらえませんか			請讓…、能否允許…、可以讓…嗎？	
使役形	使役形＋もらう、くれる、いただく			請允許我…、請讓我…	
し	しかない			只能…、只好…、只有…	
せ	せい…	せいか	可能是（因為）…、或許是（由於）…的緣故吧		
		せいで、せいだ	由於…、因為…的緣故、都怪…		

五十音順	文法		中譯	讀書計畫
た	だけ…	だけしか	只…、…而已、僅僅…	
		だけ（で）	只是…、只不過…；只要…就…	
	たと…	たとえても	即使…也…、無論…也…	
		（た）ところ	…，結果…	
		たとたん（に）	剛…就…、剎那就…	
	たび（に）		每次…、每當…就…	
	たら…	たら、だったら、かったら	要是…、如果…	
		たらいい（のに）なあ、といい（のに）なあ	…就好了	
		だらけ	全是…、滿是…、到處是…	
		たらどうですか、たらどうでしょう（か）	…如何、…吧	
つ	ついでに		順便…、順手…、就便…	
	つけ		是不是…來著、是不是…呢	
	って…	って	他說…人家說…；聽說…、據說…	
		って（いう）、とは、という（のは）（主題・名字）	所謂的…、…指的是；叫…的、是…、這個…	
	っぱなしで、っぱなしだ、っぱなしの		…著	
	っぽい		看起來好像…、感覺像…	
て	ていらい		自從…以來、就一直…、…之後	
	てからでないと、てからでなければ		不…就不能…、不…之後，不能…、…之前，不…	
	てくれと		給我…	
	てごらん		…吧、試著…	
	て（で）たまらない		非常…、…得受不了	
	て（で）ならない		…得受不了、非常…	
	て（で）ほしい、てもらいたい		想請你…	
	てみせる		做給…看；一定要…	
と	命令形＋と		引用用法	
	という…	ということだ	聽說…、據說…；也就是說…、這就是…	
		というより	與其說…，還不如說…	
	といっても		雖說…，但…、雖說…，也並不是很…	
	とおり（に）		按照…、按照…那樣	
	どおり（に）		按照、正如…那樣、像…那樣	
	とか		好像…、聽說…	
	ところ…	ところだった	（差一點兒）就要…了、險些…了；差一點就…可是…	
		ところに	…的時候、正在…時	
		ところへ	…的時候、正當…時，突然…、正要…時，（…出現了）	
		ところを	正…時、…之時、正當…時…	

020

五十音順	文法		中譯	讀書計畫
と	として…	として、としては	以…身分、作為…；如果是…的話、對…來説	
		としても	即使…，也…、就算…，也…	
	とすれば、としたら、とする		如果…、如果…的話，假如…的話	
	とともに		與…同時，也…；隨著…；和…一起	
な	ない…	ないこともない、ないことはない	並不是不…、不是不…	
		ないと、なくちゃ	不…不行	
		ないわけにはいかない	不能不…、必須…	
	など…	など	怎麼會…、オ（不）…	
		などと（なんて）いう、などと（なんて）おもう	多麼…呀；…之類的…	
	なんか、なんて		…之類的、…什麼的	
に	において、においては、においても、における		在…、在…時候、在…方面	
	にかわって、にかわり		替…、代替…、代表…	
	にかんして（は）、にかんしても、にかんする		關於…、關於…的…	
	にきまっている		肯定是…、一定是…	
	にくらべて、にくらべ		與…相比、跟…比較起來、比較…	
	にくわえて、にくわえ		而且…、加上…、添加…	
	にしたがって、にしたがい		伴隨…、隨著…	
	にして…	にしては	照…來説…、就…而言算是…、從…這一點來説，算是…的、作為…，相對來説…	
		にしても	就算…，也…、即使…，也…	
	にたいして（は）、にたいし、にたいする		向…、對（於）…	
	にちがいない		一定是…、准是…	
	につき		因…、因為…	
	につれ（て）		伴隨…、隨著…、越…越…	
	にとって（は／も／の）		對於…來説	
	にともなって、にともない、にともなう		伴隨著…、隨著…	
	にはんして、にはんし、にはんする、にはんした		與…相反…	
	にもとづいて、にもとづき、にもとづく、にもとづいた		根據…、按照…、基於…	
	によって（は）、により		因為…；根據…；由…；依照…	
	による…	による	因…造成的…、由…引起的…	
		によると、によれば	據…、據…説、根據…報導…	
	にわたって、にわたる、にわたり、にわたった		經歷…、各個…、一直…、持續…	
の	（の）ではないだろうか、（の）ではないかとおもう		不就…嗎；我想…吧	
は	ばほど		越…越…	
	ばかりか、ばかりでなく		豈止…，連…也…、不僅…而且…	
	はもちろん、はもとより		不僅…而且…、…不用説、…也…	

五十音順	文法		中譯	讀書計畫
は	ばよかった		…就好了	
	はんめん		另一面…、另一方面…	
へ	べき、べきだ		必須…、應當…	
ほ	ほかない、ほかはない		只有…、只好…、只得…	
	ほど		越…越…；…得、…得令人	
ま	までには		…之前、…為止	
み	み		帶有…、…感	
	みたい（だ）、みたいな		好像…；想要嘗試…	
む	むきの、むきに、むきだ		朝…；合於…、適合…	
	むけの、むけに、むけだ		適合於…	
も	もの…	もの、もん	因為…嘛	
		ものか	哪能…、怎麼會…呢、決不…、才不…呢	
		ものだ	過去…經常、以前…常常	
		ものだから	就是因為…、所以…	
		もので	因為…、由於…	
よ	よう…	ようがない、ようもない	沒辦法、無法…；不可能…	
		ような	像…樣的、宛如…一樣的…	
		ようなら、ようだったら	如果…、要是…	
		ように	為了…而…；希望…、請…；如同…	
		ように（いう）	告訴…	
		ようになっている	會…	
	より（ほか）ない、ほか（しかたが）ない		只有…、除了…之外沒有…	
わ	句子＋わ		…啊、…呢、…呀	
	わけ…	わけがない、わけはない	不會…、不可能…	
		わけだ	當然…、難怪…；也就是説…	
		わけではない、わけでもない	並不是…、並非…	
		わけにはいかない、わけにもいかない	不能…、不可…	
	わりに（は）		（比較起來）雖然…但是…、但是…相對之下還算…、可是…	
を	をこめて		集中…、傾注…	
	をちゅうしんに（して）、をちゅうしんとして		以…為重點、以…為中心、圍繞著…	
	をつうじて、をとおして		透過…、通過…；在整個期間…、在整個範圍…	
	をはじめ、をはじめとする、をはじめとして		以…為首、…以及…、…等等	
	をもとに、をもとにして		以…為根據、以…為參考、在…基礎上	
ん	んじゃない、んじゃないかとおもう		不…嗎、莫非是…	
	んだ…	んだって	聽説…呢	
		んだもん	因為…嘛、誰叫…	

いっぽうだ

一直…、不斷地…、越來越…

類義表現

ばほど
越來越…

接續方法▶ {動詞辭書形}＋一方だ

1【傾向】表示某狀況一直朝著一個方向不斷發展，沒有停止，後接表示變化的動詞。如例（1）。

2〔消極〕多用於消極的、不利的傾向，意思近於「ばかりだ」，如例（2）～（5）。

期待來源　增強過程　持續傾向

例 1 岩崎の予想以上の活躍ぶりに、周囲の期待も高まる一方だ。

岩崎出色的表現超乎預期，使得周圍人們對他的期望也愈來愈高。

> 這份提案資料齊全，且完全切重要點，可行性又高，太完美了！是誰做的呢？

> 「いっぽうだ」用來強調岩崎的活躍不僅超出預期，同時使周邊期待也持續不斷地增加。

☞ 文法應用例句

2

國債愈來愈龐大。

国の借金は、増える一方だ。

★「いっぽうだ」強調國家的債務呈現持續增加的情況，並沒有緩和的跡象。

3

景氣日漸走下坡。

景気は、悪くなる一方だ。

★「いっぽうだ」強調經濟狀況持續惡化，暗示暫無好轉的跡象。

4

小孩的學習力不斷地下降，真是個問題。

子どもの学力が低下する一方なのは、問題です。

★「いっぽう」強調孩子的學習能力持續下滑，且並無改善的趨勢。

5

最近油價不斷地上揚。

最近、オイル価格は、上がる一方だ。

★「いっぽうだ」強調近期油價不斷上升，呈現無法控制的情勢。

うちに

1.趁⋯做⋯、在⋯之內⋯做⋯；2.在⋯之內，自然就⋯

類義表現

まえに
⋯前

接續方法▶ {名詞の；形容動詞詞幹な；[形容詞・動詞]辭書形}＋うちに

1 **【期間】**表示在前面的環境、狀態持續的期間，做後面的動作，強調的重點是狀態的變化，不是時間的變化。相當於「(している)間に」，如例(1)～(4)。

2 **【變化】**用「ているうちに」時，後項並非説話者意志，大都接自然發生的變化，如例(5)。

「名詞＋の」背景　動作期間　動作目標　動作

例 1 **昼間は暑いから、朝の うちに 散歩に 行った。**
ひる ま あつ あさ さん ぽ い

白天很熱，所以趁早去散步。

夏天到了，熱浪襲擊各地，氣象局不斷發出酷熱天氣警告。要小心別中暑了！

「朝のうちに」意思是在早上(也就是在天氣變熱之前)去散步。

☞ 文法應用例句

2

吃飯囉！快趁熱吃！

ご飯ですよ。熱いうちに召し上がれ。
はん　　　　あつ　　　　　　　め　あ
└熱的┘　　　　└食用 (敬語)┘

★「熱いうちに」強調在飯菜仍熱的時刻(也就是在變冷之前)享用。

3

想趁還有腿力的時候爬上富士山。

足が丈夫なうちに、富士山に登りたい。
あし　じょう ぶ　　　　　ふ じ さん　のぼ
└腳┘└健壯的┘　　　　　　　└攀登┘

★「足が丈夫なうちに」表示在雙腿仍強健的時間(即在變弱之前)，想要去登富士山。

4

趁姊姊還沒回來之前，把姊姊的那份點心也偷偷吃掉吧！

お姉ちゃんが帰ってこないうちに、お姉ちゃんの分もおやつ食べちゃおう。
　ねえ　　　　かえ　　　　　　　　　　　　ねえ　　　　ぶん　　　　　た
　　　　　　　└回来┘　　　　　　　　　　　　　　　└份┘

★「お姉ちゃんが帰ってこないうちに」意味著在姊姊未回來的時間(即在姊姊回來前)，偷偷吃了她的點心。

5

在敘述被霸凌的經驗時，流下了眼淚。

いじめられた経験を話しているうちに、涙が出てきた。
　　　　　けいけん　はな　　　　　　　　　なみだ　で
└霸凌┘　└經驗┘　　　　　　　　　　　　└淚水┘

★「話しているうちに」是在講述經歷的過程(即在講完之前)自然地流下了淚水。強調這不是説話人刻意的行為。

おかげで、おかげだ

多虧…、托您的福、因為…

類義表現

せいで、せいだ

由於…、因為…的緣故、都怪…

接續方法▶ {名詞の；形容動詞詞幹な；形容詞普通形・動詞た形}＋おかげで、おかげだ

1 【原因】由於受到某種恩惠，導致後面好的結果，與「から、ので」作用相似，但感情色彩更濃，常帶有感謝的語氣，如例（1）～（4）。

2 〔消極〕後句如果是消極的結果時，一般帶有諷刺的意味，相當於「のせいで」，如例（5）。

名詞＋の　　表原因　　　　好的結果

例1　薬の おかげで、傷はすぐ治りました。
　　　くすり　　　　　きず　　　　　なお

多虧藥效，傷口馬上好了。

「おかげで」表示因前述的原因（這裡是「薬」）導致後述的好結果（這裡是「傷很快就治好了」）。

哇！3天前受的傷，擦了那瓶藥馬上就好了耶！

☞ 文法應用例句

2

多虧電力的供應，現在做家事比從前來得輕鬆多了。

電気のおかげで、昔と比べると家事はとても楽になった。
でんき　　　　　　むかし　くら　　　　　かじ　　　　　　らく

★「おかげで」指出因為前述的因素（電力的發明），導致後述的良好結果（家務工作比以前輕鬆很多）。

3

很幸運地和媽媽一樣皮膚白皙，所以常被稱讚是美女。

母に似て肌が白いおかげで、よく美人だと言われる。
はは　に　はだ　しろ　　　　　　　　　　びじん　　　い

★「おかげで」說明由於前述的情況（皮膚像媽媽一樣白皙），導致後述的正面效果（常被說是美女）。

4

能夠順利找到工作，一切多虧山本老師幫忙寫的推薦函。

就職できたのは、山本先生が推薦状を書いてくださったおかげです。
しゅうしょく　　　　　やまもとせんせい　すいせんじょう　か

★「おかげだ」表示好結果（順利找到工作）是因前述的原因（山本老師幫忙寫的推薦函）導致的。

5

感謝你的多嘴，害我被整得慘兮兮的啦！

君が余計なことを言ってくれたおかげで、ひどい目にあったよ。
きみ　よけい　　　　　　　　　　　　　　　　　め

★「おかげで」表由於前述的因素或情況（你說的多餘的話），導致了後述的不良結果（我遭受了嚴重的困擾），帶有諷刺意味。

おそれがある

恐怕會…、有…危險

類義表現

ともかぎらない
說不定；難保…

接續方法▶ {名詞の；形容動詞詞幹な；[形容詞・動詞] 辭書形} ＋恐れがある

1 【推量】表示擔心有發生某種消極事件的可能性，常用在新聞報導或天氣預報中，後項大多是不希望出現的內容。如例（1）、（2）。

2 〖不利〗通常此文法只限於用在不利的事件，相當於「心配がある」，如例（3）～（5）。

原因　　　　　　「名詞＋の」狀況　負面推量

例 1 台風のため、午後から高潮の 恐れがあります。
因為颱風，下午恐怕會有大浪。

哇！颳大風、下大雨，颱風來了。

「おそれがある」強調因颱風影響，午後可能會有大浪的風險。用來警示人們提前做好防範措施。

由於颱風，下午恐怕會有大浪（有發生消極事件的可能性）。

☞ 文法應用例句

2 這場地震將不會引發海嘯。

この地震による津波の恐れがありません。
じしん　　　　つなみ　おそ

★「おそれがありません」強調地震並不會引發海嘯的風險，是為了安撫公眾的恐慌情緒。

3 雖然座落地點很棒，但是位於車站前方，恐怕入夜後仍會有吵嚷的噪音。

立地は良いが、駅前なので、夜間でも騒がしい恐れがある。
りっち　　よ　　えきまえ　　　　やかん　　　さわ　　　おそ

★「おそれがある」強調因為地點位於車站前，所以即便在夜間也可能會有噪音，顯示出說話人的擔心和考量。

4 這部動畫恐怕不適合兒童觀看。

このアニメを子どもに見せるのは不適切な恐れがある。
こ　　み　　　　ふてきせつ　おそ

★「おそれがある」強調該動畫的內容可能過於成人化或刺激，讓孩子觀看可能會造成不適當的影響，用於提醒對方注意。

5 如果孩子一整晚沒有回家，恐怕是被捲進案件裡了。

子どもが一晩帰らないとすると、事件に巻き込まれた恐れがある。
こ　　ひとばんかえ　　　　　じけん　　ま　こ　　　おそ

★「おそれがある」強調如果孩子一夜未歸，可能存在遭遇危險事件的風險，用來提醒對方做好最壞的準備。

かけ（の）、かける

1. 做一半、剛…、開始…；2. 快…了；3. 對…

接續方法▶ {動詞ます形}＋かけ（の）、かける

1【中途】表示動作，行為已經開始，正在進行途中，但還沒有結束，相當於「している途中」，如例（1）、（2）。

2【狀態】前接「死ぬ（死亡）、止まる（停止）、立つ（站起來）」等瞬間動詞時，表示面臨某事的當前狀態，如例（3）。

3【涉及對方】用「話しかける（攀談）、呼びかける（招呼）、笑いかける（面帶微笑）」等，表示向某人作某行為，如例（4）、（5）。

時間　　　　　　對象　目標　動作ます形　中途
↓　　　　　　　↓　　↓　　↓　　　↓

例1 今ちょうどデータの 処理をやり かけた ところです。
いま　　　　　　　しょり

現在正在處理資料。

現在正好在處理資料（資料處理到途中，但還沒結束）。

「かけた」表示説話人正在進行數據處理的動作，且該動作在他講這句話的時候仍在進行中，還沒結束。

☞ 文法應用例句

2　剛看一點開頭的書積了5、6本。

読みかけの本が5、6冊たまっている。
よ　　　　　ほん　　　さつ

★「かけの」表示書本正在閱讀途中，這個動作仍在進行中，且未完成，語義上傳達出未完成的閱讀任務。

3　竟然把我爸爸說成是快死掉的病人，這種講法太過分了！

お父さんのことを死にかけの病人なんて、よくもそんなひどいことを。
とう　　　　　　　　びょうにん

★「かけの」表示父親正處於瀕臨死亡的狀態，用來說明「死ぬ」這個動作快要發生，但還未完全實現。

4　我雖然喜歡堀田，但別說是告白了，就連和他交談都不敢。

堀田君のことが好きだけれど、告白はもちろん話しかけることもできない。
ほった くん　　　す　　　　　　　　こくはく　　　　　　　　はな

★「かける」搭配「話す」表示對特定對象或人群發起動作的意義，這裡表示發起和堀田君交談的行為。

5　我們一起來呼籲大家踴躍捐款吧！

たくさんの人に呼びかけて、寄付を集めましょう。
ひと　　　よ　　　　　　きふ　　あつ

★「かける」搭配「呼ぶ」表示對特定對象或人群發起動作的意義，這裡表示對大眾發起呼籲，以收集捐款。

がちだ、がちの

（前接名詞）經常，總是；（前接動詞ます形）容易…、往往會…、比較多

類義表現

ぎみ

有點…、稍微…、…趨勢

接續方法▶ ｛名詞；動詞ます形｝＋がちだ、がちの

1【傾向】表示即使是無意的，也不由自主地出現某種傾向，或是常會這樣做，一般多用在消極‧負面評價的動作，相當於「の傾向がある」，如例（１）～（４）。

2〖慣用表現〗常用於「遠慮がち（客氣）」等慣用表現，如例（5）。

　　　　　　　對象　　狀態頻繁　狀態性質　傾向
　　　　　　　　↓　　　　↓　　　　↓　　　↓

例1　おまえは、いつも 病気 がちだなあ。
　　　　　　　　　　　　びょう き

你還真容易生病呀！

由於身體瘦弱，總是臉色蒼白的山田，又感冒了（容易出現某種傾向）。

「いつも病気がちだなあ」表說話人認為對方容易得病或經常生病的狀況。暗示對方有經常生病的趨勢。

☞ 文法應用例句

2
最近可能每天都是陰天。

　　┌─最近─┐　　　　┌多雲┐
このところ 毎日 曇りがちだ。
　　　　　　まいにちくも

★「曇りがちだ」暗示了近期的天氣狀態大多處於多雲的情況，強調這種天氣狀態的持續或頻繁發生。

3
冬天很冷，所以通常窩在家裡。

┌冬天┐┌寒冷的┐　　　　┌宅在家裡┐
冬は寒いので家にこもりがちになる。
ふゆ さむ　　　　いえ

★「家にこもりがちになる」表示說話人在冬季時，傾向於待在家中，暗示了這種行為的頻繁發生或持續存在。

4
現代人具有睡眠不足的傾向。

┌現代人┐　　┌睡眠不足┐
現代人は寝不足になりがちだ。
げんだいじん ね ぶそく

★「寝不足になりがちだ」表示現代人容易處於睡眠不足的狀態，語義上強調這種狀態的頻繁發生或持續存在。

5
她小心翼翼地問了聲：「不好意思，請問是村主先生嗎？」

　　　　┌猶豫┐　　　　　　┌抱歉，請問┐　　　　　　　　　　┌話語┐┌開口（說話）┐
彼女は遠慮がちに、「失礼ですが、村主さんですか。」と声をかけてきた。
かのじょ えんりょ　　　　しつれい　　　すぐり　　　　　　こえ

★「遠慮がちに」表示她在語言行為中表現出的謹慎態度，語義上暗示了她的謹慎或顧慮對方感受的傾向。

から～にかけて

從…到…

接續方法▶ {名詞}＋から＋ {名詞}＋にかけて

【範圍】表示兩個地點、時間之間一直連續發生某事或某狀態的意思。跟「から～まで」相比,「から～まで」著重在動作的起點與終點,「から～にかけて」只是籠統地表示跨越兩個領域的時間或空間。

兩起迄點　　　　範圍　　　　　主題

例 1 <u>この辺り</u> から <u>あの辺り</u> にかけて、<u>畑が多いです</u>。
あた　　　　　　あた　　　　　　　　　はたけ　おお

這頭到那頭,有很多田地。

「から～にかけて」指此區域到那個區域之間都是田地。表在一特定空間範圍內,主要特點是田地很多。

從這邊到那邊,有很多田地(地點跟地點之間,田地一直連續著)。

👉 文法應用例句

2　從3月下旬到5月上旬,櫻花綻放的地區會一路北上。

3月下旬から5月上旬にかけて、桜前線が北上する。
がつげじゅん　　がつじょうじゅん　　　さくらぜんせん　ほくじょう

★「から～にかけて」表達了一個特定時間段,從3月下旬至5月上旬,此期間的特性是櫻花前線逐漸北移。

3　星期一到星期三,實施健康檢查。

月曜から水曜にかけて、健康診断が行われます。
げつよう　　すいよう　　　　けんこうしんだん　おこな

★「から～にかけて」表達了一個特定時間段,從星期一至星期三,此期間的特性是將進行健康檢查。

4　今天起到明天好像會下大雨。

今日から明日にかけて大雨が降るらしい。
きょう　　あした　　　　おおあめ　ふ

★「から～にかけて」表達了一個特定時間段,從今天至明天,此期間的特性是預期將有大雨降下。

5　從九州到東北地區發生了大區域地震。

九州から東北にかけての広い範囲で地震がありました。
きゅうしゅう　とうほく　　　　　ひろ　はんい　じしん

★「から～にかけて」表達了一個特定地理範圍,從九州至東北,此範圍的共同特點是發生了地震。

からいうと、からいえば、からいって

從…來說、從…來看、就…而言

接續方法▶ {名詞}＋からいうと、からいえば、からいって

1 【根據】表示判斷的依據及角度，指站在某一立場上來進行判斷。後項含有推量、判斷、提意見的語感。跟「からみると」不同的是「からいうと」不能直接接人物或組織名詞。

2 〖類義〗相當於「から考えると」。

主體　視角　根據　　對象　焦點

例 1 専門家の 立場 からいうと、この家の構造はよくない。
せんもんか たちば いえ こうぞう

從專家的角度來看，這個房子的結構不好。

從專家的立場來看（站在從事建設工程專家的角度來判斷）。

「専門家の立場からいうと」的意思是「從專家的角度來看」，強調該評價是基於專業觀點的。

☞ 文法應用例句

2 若以最理想的狀況來說，非常希望那個角色由西島拓哉出演。

理想からいうと、あの役は西島拓哉にやってほしかった。
りそう やく にしじまたくや

★「理想からいうと」意指「從理想的角度來說」，強調評價或期待是基於理想的情況來提出的。

3 就品質來看，即使價格如此昂貴也無可厚非。

品質からいえば、このくらい高くてもしょうがない。
ひんしつ たか

★「品質からいえば」意指「從品質的角度來說」，強調評價或結論是根據商品的品質來形成的。

4 從學習力來看，山田君是班上的第一名。

学力からいえば、山田君がクラスで一番だ。
がくりょく やまだくん いちばん

★「学力からいえば」意指「從學習力的角度來說」，強調評價或判斷是基於學業成績來得出的。

5 根據以往的經驗，恐怕至少還需要兩天才能完成吧！

これまでの経験からいって、完成まであと二日はかかるでしょう。
けいけん かんせい ふつか

★「これまでの経験からいって」意指「從過往的經驗來說」，強調評價或預測是根據過去的經驗來形成的。

Grammar

來挑戰看看稍難的文法吧！做好萬全準備！邁向巔峰！

● ｛動詞性名詞の；動詞た形｝＋あげく、あげくに

年月をかけた準備のあげく、失敗してしまいました。

花費多年準備，結果卻失敗了。

說明 表示事物經過前面一番波折或努力達到的最後結果。意思是：「…到最後」、「…，結果…」。

● ｛名詞の；動詞辭書形｝＋あまり、あまりに

焦るあまり、大事なところを見落としてしまった。

由於過度著急，而忽略了重要的地方。

說明 由於前句某種感情、感覺的程度過甚，而導致後句的結果。意思是：「因過於…」、「過度…」。

● ｛動詞普通形｝＋いじょう、いじょうは

引き受けた以上は、最後までやらなくてはいけない。

既然説要負責，就得徹底做好。

說明 表示某種決心或責任。意思是：「既然…」、「既然…，就…」。

● ｛動詞辭書形｝＋いっぽう、いっぽうで、いっぽうでは

景気がよくなる一方で、人々のやる気も出てきている。

在景氣好轉的同時，人們也更有幹勁了。

說明 前句説明在做某件事的同時，後句多敘述可以互相補充做另一件事。意思是：「在…的同時，還…」、「一方面…，一方面…」、「另一方面…」。

● ｛名詞の；形容動詞詞幹な；[形容詞・動詞] 普通形｝＋うえ、うえに

主婦は、家事の上に育児もしなければなりません。

家庭主婦不僅要做家事，而且還要帶孩子。

說明 表示追加、補充同類的內容。意思是：「…而且…」、「不僅…，而且…」、「在…之上，又…」。

- {名詞の；動詞た形} ＋うえで、うえでの

  [土地を買った上で、建てる家を設計しましょう。
  [買了土地以後，再來設計房子吧！

  說明 先進行前一動作，後面再根據前面的結果，採取下一個動作。意思是：「在…之後」、「…以後…」、「之後（再）…」。

- {動詞普通形} ＋うえは

  [会社をクビになった上は、屋台でもやるしかない。
  [既然被公司炒魷魚，就只有開路邊攤了。

  說明 前接表示某種決心、責任等行為的詞，後續表示必須採取跟前面相對應的動作。意思是：「既然…」、「既然…就…」。

- {動詞意向形} ＋（よ）うではないか

  [みんなで協力して困難を乗り越えようではありませんか。
  [讓我們同心協力共度難關吧！

  說明 提議或邀請對方跟自己共同做某事。意思是：「讓…吧」、「我們（一起）…吧」。

- {動詞ます形} ＋うる、える

  [コンピューターを使えば、大量のデータを計算し得る。
  [利用電腦，就能統計大量的資料。

  說明 表示可以採取這一動作，有發生這種事情的可能性。意思是：「可能…」、「能…」、「會…」。

- {動詞辭書形；動詞て形＋いる；動詞た形} ＋かぎり、かぎりは、かぎりでは

  [私の知るかぎりでは、彼は最も信頼できる人間です。
  [據我所知，他是最值得信賴的人。

  說明 憑著自己的知識、經驗等有限的範圍做出判斷，或提出看法。意思是：「在…的範圍內」、「就…來説」、「據…調查」。

● {動詞ます形} ＋がたい

[彼女との思い出は忘れがたい。
[很難忘記跟她在一起時的回憶。

說明 表示做該動作難度非常高，或幾乎是不可能。意思是：「難以…」、「很難…」、「不能…」。

● {動詞た形} ＋かとおもうと、かとおもったら

[さっきまで泣いていたかと思ったら、もう笑っている。
[剛剛才在哭，這會兒又笑了。

說明 表示前後兩個對比的事情，在短時間內幾乎同時相繼發生。意思是：「剛一…就…」、「剛…馬上就…」。

● {動詞辭書形} ＋か＋{動詞否定形} ＋ないかのうちに

[試合が開始するかしないかのうちに、１点取られてしまった。
[比賽才剛開始，就被得了１分。

說明 表示前一個動作才剛開始，在似完非完之間，第二個動作緊接著又開始了。意思是：「剛剛…就…」、「一…（馬上）就…」。

● {動詞ます形} ＋かねる

[その案には、賛成しかねます。
[那個案子我無法贊成。

說明 表示本來能做到的事，由於主、客觀上的原因，而難以做到某事。意思是：「難以…」、「不能…」、「不便…」。

● {動詞ます形} ＋かねない

[あいつなら、そのようなでたらめも言いかねない。
[那傢伙的話，就很可能會信口胡說。

說明 表示有這種可能性或危險性。意思是：「很可能…」、「也許會…」、「說不定將會…」。

● {[名詞・形容動詞詞幹]（である）; [形容詞・動詞] 普通形} ＋かのようだ

[この村では、中世に戻ったかのような生活をしています。
  這個村子，過著如同回到中世紀般的生活。

說明 將事物的狀態、性質、形狀及動作狀態，比喻成比較誇張的、具體的，或比較容易瞭解的其他事物。意思是：「像…一樣的」、「如同…」。

● {名詞} ＋からして

[あの態度からして、女房はもうその話を知っているようだな。
  從那個態度來看，我老婆已經知道那件事了吧！

說明 表示判斷的依據。意思是：「從…來看…」。

009
から（に）は

1.既然…、既然…，就…；2.既然…就必須…

接續方法▶ {動詞普通形}＋から（に）は

1【理由】表示既然到了這種情況，後面就要「貫徹到底」的説法，因此後句常是説話人的判斷、決心及命令等，含有説話人個人強烈的情感及幹勁。一般用於書面上，相當於「のなら、以上は」，如例（1）～（3）。

2【義務】表示以前項為前提，後項事態也就理所當然的責任或義務。如例（4）、（5）。

主體身分　狀態變化　理由　　　　　　　　　貫徹到底行為
↓　　　　　↓　　　　↓　　　　　　　　　　↓

例1 **<ruby>教師<rt>きょうし</rt></ruby>に なった からには、<ruby>生徒<rt>せいと</rt></ruby><ruby>一人一人<rt>ひとりひとり</rt></ruby>をしっかり<ruby>育<rt>そだ</rt></ruby>てたい。**

既然當了老師，當然就想要把學生一個個都確實教好。

傳道、授業、解惑的老師對學生而言，是極具影響力的。

「からには」表示説話人有堅定的責任感和決心。既然已經成為教師，就應該好好培養每一個學生。

☞ 文法應用例句

2 既然已經決定了，就會堅持到最後。

―決定了―　　　―直到結束――到…―
<ruby>決<rt>き</rt></ruby>めたからには、<ruby>最後<rt>さいご</rt></ruby>までやる。

★「からには」表示已經做出決定或現實情況已經確立，強調説話人的決心，即既然決定了，就要堅持到底。

3 既然參加奧運，目標就是奪得金牌。

―――奧運―――　　　　　　　―金牌―　―以…為目標―
オリンピックに<ruby>出<rt>で</rt></ruby>るからには、<ruby>金<rt>きん</rt></ruby>メダルを<ruby>目指<rt>めざ</rt></ruby>す。

★「からには」表示對已做出決定的堅定和責任感。既然決定參加奧運，就應該以獲得金牌為目標。

4 事到如今，沒辦法了。就算只剩下我一個也會做完。

―方法―　　　　　―個人―
こうなったからは、しかたがない。<ruby>私一人<rt>わたしひとり</rt></ruby>でもやる。

★「からは」表示在特定前提條件下，説話人有堅定的責任感和義務，即使只有自己一個人，也會完成工作。

5 既然要參加競演會，不每天練習是不行的。

―競演會―　―參加―　　　　　　―練習―
コンクールに<ruby>出<rt>で</rt></ruby>るからには、<ruby>毎日練習<rt>まいにちれんしゅう</rt></ruby>しなければだめですよ。

★「からには」表示在已經做出的決定下（參加競演會），説話人有堅定的責任感和義務，必須每天進行訓練。

かわりに

1. 代替…；3. 雖說…但是…；4. 作為交換

1 **【代替】**{名詞の；動詞普通形}＋かわりに。表示原為前項，但因某種原因由後項另外的人、物或動作等代替。前後兩項通常是具有同等價值、功能或作用的事物。大多用在暫時性更換的情況。相當於「の代理／代替として」，如例（1）、（2）。

2 〔**接尾詞化**〕也可用「名詞＋がわり」的形式，是「かわり」的接尾詞化。如例（3）。

3 **【對比】**{動詞普通形}＋かわりに。表示一件事同時具有兩個相互對立的側面，一般重點在後項，相當於「一方で」，如例（4）。「雖說…但是…」之意。

4 **【交換】**表示前項為後項的交換條件，也會用「～、かわりに～」的形式出現，相當於「とひきかえに」，如例（5）。

預計行動 　　　　代替　　　　 實際行動
↓　　　　　　　　↓　　　　　　↓

例 1 正月は、海外旅行に行く かわりに 近くの温泉に行った。
しょうがつ　　かいがいりょこう　い　　　　　　　　ちか　おんせん　い

過年不去國外旅行，改到附近洗溫泉。

> 「かわりに」表原本計畫去海外旅行，但最後「以附近的溫泉代替海外旅行」。可能原因包括方便、節省費用、時間限制等等。

☞ 文法應用例句

O　　　　　　X

2
由副市長代理市長致詞了。

市長のかわりに、副市長が挨拶した。
しちょう　　　　　　　ふくしちょう　あいさつ

★「かわりに」表示「代替」。這裡表示市長原本的工作（致詞），由副市長代替，可能因市長有其他事務。

3
這裡有份小東西，不成敬意，就當是個見面禮。

こちら、つまらないものですが、ほんのご挨拶がわりです。
　　　　　　　　　　　　　　　　　　　　　あいさつ

★「名詞＋がわり」表示「作為…的代替」。這句話中，「小東西」代替了「問候」，用禮物替代語言的問候。

4
雖然不再受歡迎，但換回了平靜的生活。

人気を失ったかわりに、静かな生活が戻ってきた。
にんき　うしな　　　　　　しず　せいかつ　もど

★「かわりに」表示「取代」，用於表達兩件事物的轉換或對比。表示失去人氣反而獲得平靜生活的好處。

5
我把煎蛋給你吃，然後你把小熱狗給我作為交換。

卵焼きあげるから、かわりにウインナーちょうだい。
たまご や

★「かわりに」表示兩者交換，前者獲得好處，後者付出代價。此句表達烹煮雞蛋作為對換，希望得到香腸。

ぎみ

有點…、稍微…、…趨勢

接續方法 {名詞;動詞ます形}＋気味

【傾向】表示身心、情況等有這種樣子，有這種傾向，用在主觀的判斷。一般指程度雖輕，但有點…的傾向。只強調現在的狀況。多用在消極或不好的場合相當於「の傾向がある」。

「名詞」狀態　傾向　　身體狀況
　　　↓　　　↓　　　↓

例1 ちょっと<u>風邪</u> <u>気味</u>で、<u>熱がある</u>。
　　　　かぜ　　ぎみ　　　ねつ

有點感冒，發了燒。

最近天氣變化多又老加班，身體感到渾身無力，又有點發熱！是不是感冒了？

「風邪気味」意思是「有點像感冒」或「有點感冒的症狀」，表示說話人可能感覺自己即將或可能已經感冒。

☞ 文法應用例句

2 最近感到有點睡眠不足。

　　　　┌稍微┐┌睡眠不足┐
最近、少し寝不足気味です。
さいきん　すこ　ねぶそく ぎみ

★「寝不足気味」表示說話人從近期的生活作息和身體狀況中，感覺自己可能已經或正處於睡眠不足的狀態。

3 自從戒菸以後，好像變胖了。

┌香菸┐　┌戒掉┐　　┌發福┐
煙草をやめてから、太り気味だ。
たばこ　　　　　　　ふと ぎみ

★「太り気味」表示說話人從體態的變化和身體狀況中，感覺自己可能已經或正處於變胖的狀態。

4 這錶常會慢一兩分。

　　　　┌鐘錶┐　　　　　┌慢,晚┐
この時計は1、2分遅れ気味です。
とけい　　　ふんおく ぎみ

★「遅れ気味」表示說話人發現手錶有變慢的情況，並且可能會逐漸變得更慢。

5 有點累，我休息一下。

┌疲憊┐　　　　　┌歇息┐
疲れ気味なので、休憩します。
つか ぎみ　　　　　きゅうけい

★「疲れ気味」表示說話人感覺自己可能已經或正處於疲勞的狀態，因此需要休息。

（っ）きり

1. 只有…；2. 全心全意地…；3. 自從…就一直…

類義表現

っぱなしで
…著

1 【限定】{名詞} ＋（っ）きり。接在名詞後面，表示限定，也就是只有這些的範圍，除此之外沒有其它，相當於「だけ、しか～ない」，如例（1）、（2）。

2 【一直】{動詞ます形} ＋（っ）きり。表示不做別的事，全心全意做某一件事，如例（3）。

3 【不變化】{動詞た形；これ／それ／あれ} ＋（っ）きり。表示自此以後，便未發生某事態，後面常接否定，如例（4）、（5）。

範圍　限定　　　建議動作
↓　　↓　　　　↓

例 1　今度は二人きりで会いましょう。
こんど　ふたり　　　あ
下次就我們兩人出來見面吧！

每次出去都是一票人，也沒辦法單獨跟妳好好聊聊。

「二人きり」表示下次見面時應該只有我們兩個人，暗示下次的見面應該是更私人或親密的場合，不包括其他人。強調某情況的獨特性。

☞ 文法應用例句

2　現在手頭上只有300圓而已。

　　┌─持有─┐　　　　　┌日圓┐
　　今持っているのは300円きりだ。
　　いま　も　　　　　　　えん

★「300円きり」意指現在只剩下300圓，暗示在正常情況下應該有更多的錢，強調這種狀況的突出性。

3　全心全意地照顧罹患難治之症的女兒。

┌難治之症┐　　　　　　┌陪伴┐　　┌照顧了病人┐
難病にかかった娘を付ききりで看病した。
なんびょう　　　　むすめ　　　　　　かんびょう

★「付ききり」意指全心全意只照顧生病的女兒，暗示在正常情況下應該有更多的事要做，強調這種狀況的特殊性。

4　我兒子自從10年前離家之後，就完全斷了音訊。

┌兒子┐　　　　　　　　┌離家┐　　　　　┌聯繫┐　┌來（信、電）┐
息子は、10年前に出て行ったきり、連絡さえ寄越さない。
むすこ　　　ねんまえ　で　い　　　　　　れんらく　　　よこ

★「行ったきり」表示自從他離家後，再未有後續的聯繫或行動，強調了一種持續的狀態。

5　我和橋本從那次以後就沒再見過面了。就連他是死是活都不曉得。

　　　　　　　　　　　　　　　　　┌見面了┐　　　　　　　　　　┌活著┐　　　　　　┌甚至┐
橋本とは、あれっきりだ（＝あの時会ったきりでその後会っていない）。生きているのかどうかさえ分からない。
はしもと　　　　　　　　　　　　　ときあ　　　　　ごあ　　　　　　い　　　　　　　　　　　わ

★「会ったきり」表示自從之前見面後，再未有後續的接觸或行動。強調了一種持續的狀態。

きる、きれる、きれない

1.…完、完全、到極限；2. 充分…、堅決…；3. 使結束

接續方法▶ {動詞ます形}＋切る、切れる、切れない

1【完了】表示行為、動作做到完結、徹底執行、堅持到最後，或是程度達到極限，相當於「終わりまで～する」，如例（1）～（3）。

2【極其】表示擁有充分實現某行為或動作的自信，相當於「十分に～する」，如例（4）、（5）。

3【切斷】原本有切斷的意思，後來衍生為使結束，甚至使斷念的意思。例如「彼との関係を完全に断ち切る／完全斷絕與他的關係」。

動作對象　　動作　　完了

例 1
いつの間にか、お金を 使い きってしまった。
まか

不知不覺，錢就花光了。

這個月明明才領了薪水，但是水電費啦！治裝費啦！就這樣錢就花完了！

「きる」表示説話人可能在不知不覺中把所有的錢都花光了，而導致現在面臨無錢可用的情況，帶有後悔或遺憾的語氣。

👉 文法應用例句

2
丈夫整整一個月不眠不休地工作，已經疲累不堪。

夫はもう１か月も休みなしで働き、疲れ切っている。
おっと　　　　げつ　やす　　　　　　　はたら　つか　き

★「きる」具體指説話人的丈夫持續工作了一個月而沒有休息，導致現在達到了極度疲勞的狀態。

3
不好意思，那項商品已經銷售一空了。

すみません。そちらはもう売り切れました。
う　き

★「きれる」這裡指商品已經全部被賣完，因此無法再進行銷售。

4
「你敢發誓和那個人毫無曖昧嗎？」「是啊，當然敢啊！」

「あの人とは何もなかったって言い切れるの。」「ああ、もちろんだ。」
ひと　なに　　　　　　　　　　　い　き

★「きれる」這裡指對話人有信心，肯定與那個人之間沒有發生任何事。

5
我已經知道兇手是誰了——是小原幹的！但是，我沒有證據。

犯人は分かりきっている。小原だ。でも、証拠がない。
はんにん　わ　　　　　　　　おはら　　　　　　　しょうこ

★「きる」這裡指説話人極度確定犯人的身分就是小原，雖然沒有證據。

くせに

雖然…，可是…、…，卻…

類義表現

のに

雖然…卻…、
明明…、卻…

接續方法▶ {名詞の；形容動詞詞幹な；[形容詞・動詞] 普通形}＋くせに

【不符情況】表示逆態接續。用來表示根據前項的條件，出現後項讓人覺得可笑的、不相稱的情況。全句帶有譴責、抱怨、反駁、不滿、輕蔑的語氣。批評的語氣比「のに」更重，較為口語。

條件　　　　　不符情況　　　　　不同意的情況

例1 芸術(げいじゅつ)なんか分(わ)からない くせに、偉(えら)そうなことを言(い)うな。

明明不懂藝術，別在那裡說得像真的一樣。

明明不懂藝術，但卻一
副很懂藝術的樣子，真
是可笑！

「くせに」用來批評或指責
對方不懂某個領域的知識
或技能，卻妄圖以專家的
身分來評論或指導，引起
了講話者的不滿或批評。

☞ 文法應用例句

2 只是個小孩子，不可以說那種大話！

子(こ)どものくせに、偉(えら)そうなことを言(い)うな。

★「くせに」在這裡用於批評或指責對方雖然只是個孩子，卻敢說出那麼傲慢的話，語含不滿與批評。

3 我說你啊，明明很會打麻將，一開始卻故意輸給我，對吧？

お前(まえ)、ほんとはマージャン強(つよ)いくせに、初(はじ)めはわざと負(ま)けただろう。

★「くせに」用於批評或指責對方，指對方雖然很擅長麻將，卻故意在一開始輸掉，給人一種他技術高超的錯覺，引起了說話人的不滿。

4 明明喜歡她，卻硬說討厭她。

彼女(かのじょ)が好(す)きなくせに、嫌(きら)いだと言(い)い張(は)っている。

★「くせに」用於批評或指責對方明明喜歡某個女生，卻故意說自己不喜歡她，這種虛偽的態度引起了說話人的批評。

5 明明沒什麼錢，卻一天到晚買東西。

お金(かね)もそんなにないくせに、買(か)い物(もの)ばかりしている。

★「くせに」用於批評或指責對方雖然沒有太多錢，卻不斷購物，這種不節制的行為引起了說話人的不滿和批評。

くらい（ぐらい）〜はない、ほど〜はない

沒什麼是…、沒有…像…一樣、沒有…比…的了

> **類義表現**
> より〜ほうが
> …比…、
> 比起…，更

接續方法▶ {名詞}＋くらい（ぐらい）＋ {名詞}＋はない；{名詞}＋ほど＋ {名詞}＋はない

1 【最上級】表示前項程度極高，別的東西都比不上，是「最…」的事物，如例（1）〜（3）。

2 〖特定個人→いない〗當前項主語是特定的個人時，後項不會使用「ない」，而是用「いない」，如例（4）、（5）。

```
           具體事例      最上級                  評價
```

例 1 母の作る手料理 くらい おいしいもの はない。
はは つく てりょうり

沒有什麼東西是像媽媽親手做的料理一樣美味的。

> 我媽做的菜超讚！是世上最好吃的！想到就流口水了呢！

> 「くらい〜は ない」用來表達對母親料理的極度讚美和欣賞，表達母親料理在講者心中無可替代的地位。

☞ 文法應用例句

2 再沒有比富士山更美麗的山岳了！

富士山くらい美しい山はない。
ふじさん うつく やま
　　　　　┌壯麗的┐┌山岳

★「くらい〜はない」在此用來表達對富士山美景的極高評價與欣賞，認為在所有山脈中，富士山的美麗是無法被替代的。

3 沒有什麼街道是比澀谷還好玩的了。

渋谷ほど楽しい街はない。
しぶや たの まち
　　　┌有趣的┐┌街道

★「ほど〜はない」用來極高評價與喜愛澀谷街道，認為在所有城市中，澀谷的活躍與樂趣是無與倫比的。

4 沒有人比他還愛沖繩。

彼ほど沖縄を愛した人はいない。
かれ おきなわ あい ひと
　　　┌沖繩┐　┌熱愛┐

★「ほど〜はいない」在此用來表達該人對沖繩的愛是如此強烈，認為在所有的人當中，沒有人能比他更愛沖繩。

5 再沒有比媽媽鼾聲更吵的人了。

お母さんくらいいびきのうるさい人はいない。
かあ ひと
　　　　　　┌打鼾┐　┌大聲擾人的

★「くらい〜はいない」在此用來表示對母親打鼾聲的評價，認為在所有人當中，沒有人比母親打的鼾聲更大聲、更擾人。

くらい（だ）、ぐらい（だ）

類義表現

ほど
…得；令人越…越…

1. 幾乎…、簡直…、甚至…；2. 這麼一點點

接續方法▶ {名詞；形容動詞詞幹な；[形容詞・動詞] 普通形}＋くらい（だ）、ぐらい（だ）

1【程度】用在為了進一步說明前句的動作或狀態的極端程度，舉出具體事例來，相當於「ほど」，如例（1）～（4）。

2【蔑視】說話者舉出微不足道的事例，表示要達成此事易如反掌，如例（5）。

事實改變　　　　　　　　　強調程度　　程度反應　　　　程度
　↓　　　　↓　　　　　　　　↓　　　　↓　　　　　　↓

例 1 田中さんは美人になって、本当に びっくりする くらいでした。
田中小姐變得那麼漂亮，簡直叫人大吃一驚。

我的天啊！醜小鴨田中變得這麼漂亮！

「くらいだ」強調田中小姐變美的程度到了讓人驚訝的地步，可能是在跟朋友分享看到田中後的第一反應，突顯田中小姐改變之大。

☞ 文法應用例句

2 故鄉變成了一座都市，（全新的樣貌）甚至讓我以為下錯車站了。

ふるさとは、降りる駅を間違えたかと思うくらい、都会になっていた。

★「くらい」用來強調故鄉變得如此都會化，以至於讓人誤以為下錯了車站，從而突顯故鄉變化之大。

3 跑完馬拉松全程，精疲力竭到幾乎一步也踏不出去。

マラソンコースを走り終わったら、疲れて一歩も歩けないくらいだった。

★「くらいだ」用來強調說話人跑完馬拉松後的疲憊程度，以至於無法再走一步，進而突顯了他的身體疲憊程度。

4 這項作業簡單到不管是誰都會做。

この作業は、誰でもできるくらい簡単です。

★「くらい」用來強調該工作的簡單程度，以至於任何人都可以完成，進而突顯其易懂易做的特點。

5 只不過是中學程度的數學，我可以教你啊。

中学の数学ぐらい、教えられるよ。

★「ぐらい」用來強調對說話人來說，教導中學數學的難度相對輕鬆，從而突顯他的能力和自信。

くらいなら、ぐらいなら

與其…不如…、要是…還不如…

類義表現
わりに（は）
（比較起來）
雖然…但是…

接續方法▶ {動詞普通形}＋くらいなら、ぐらいなら

【極端事例】表示與其選前者，不如選後者，是一種對前者表示否定、厭惡的
説法。常跟「ましだ」相呼應，「ましだ」表示兩方都不理想，但比較起來，還
是某一方好一點。

否定事物　　　極端事例　　　建議行動

例 1 　途中でやめる くらいなら、最初からやるな。
　　　とちゅう　　　　　　　　　　　　さいしょ

與其要半途而廢，不如一開始就別做！

什麼？好不容易通過的企
畫案，才做一半就要放棄！

「くらいなら」表達了如果某
人打算在途中放棄某個行動，
説話者表達中途放棄是不明智
的，而應該堅持到底或不如一
開始就不要做。

☞ 文法應用例句

2　若是要讀三流大學，還不如高中畢業後就去工作。

　　　┌三流┐　　　　　　　┌高中畢業┐┌──就業──┐
三流大学に行く くらいなら、高卒で就職した方がいい。
さんりゅうだいがく　い　　　　　　　こうそつ　しゅうしょく　ほう

★「くらいなら」透露出說話人認為如果只是去三流大學的話，那麼直接在高中畢業後就業會是更好的選擇。

3　與其現在後悔，當初別吃蛋糕就好了。

　┌─後悔─┐　　　　　　　　┌蛋糕┐┌吃了┐
後悔する くらいなら、ケーキ食べたりしなければいいのに。
こうかい　　　　　　　　　　　　　　た

★「くらいなら」表達出說話人認為如果吃蛋糕後會感到後悔，那麼就應該選擇一開始就不要吃。

4　與其要和那種男人結婚，不如一輩子單身比較好。

　　　　　┌─結婚─┐　　　　　　┌一輩子┐┌單身┐
あんな男と結婚する ぐらいなら、一生独身の方がましだ。
　　おとこ　けっこん　　　　　　　　いっしょうどくしん　ほう

★「ぐらいなら」揭示出說話人認為如果要嫁給他心目中的某個男人，那麼保持獨身一輩子是更好的選擇。

5　如果會落到欠債的地步，不如一開始就別揮霍！

　┌─借錢─┐　　　　　　　┌─開始─┐　┌─揮霍─┐
借金する ぐらいなら、最初から浪費しなければいい。
しゃっきん　　　　　　　　さいしょ　　ろうひ

★「ぐらいなら」暗示說話人認為如果為了揮霍而借錢，那麼就應該選擇一開始就不要揮霍。

こそ

1.正是…、才（是）…；2.唯有…才…

類義表現

ことか
多麼…啊

1【強調】{名詞}＋こそ。表示特別強調某事物，如例（1）、（2）。

2【結果得來不易】{動詞て形}＋てこそ。表示只有當具備前項條件時，後面的事態才會成立。表示這樣做才能得到好的結果，才會有意義。後項一般是接續褒意，是得來不易的好結果。如例（3）～（5）。

名詞　強調　　　褒義
↓　　↓　　　　↓

例1　「ありがとう。」「<u>私</u> <u>こそ</u>、<u>ありがとう</u>。」
わたし
「謝謝。」「我才該向你道謝。」

「こそ」強調自己才是真正應該要表達感謝的對象。這種用法表達了強調和回應對方的感謝的意思。

強調不是你，是「我」才需要謝謝你，就用「こそ」。

☞ **文法應用例句**

2 對我而言，這份愛就是生命的一切。

私には、この愛こそ生きる全てです。
わたし　　　あい　　　い　　　すべ

★「こそ」強調說話人認為這份愛對他而言才是活著的全部，這樣的表述方式強調了這份愛的重要性和核心地位。

3 唯有承認自己的錯，才叫了不起的領導者。

誤りを認めてこそ、立派な指導者と言える。
あやま　　みと　　　　　りっぱ　しどうしゃ　い

★「こそ」表達成前述條件（承認錯誤），才能帶來良好結果（成為一位出色的領導者）。強調了承認錯誤的重要性。

4 唯有熬過艱困的時刻，更能體會到幸福的滋味喔。

苦しい時を乗り越えてこそ、幸せの味が分かるのだ。
くる　　とき　の　こ　　　　　しあわ　　あじ　わ

★「こそ」表只有經歷並克服苦難（前述條件），才能真正體會到幸福（後述結果）的滋味。強調了經歷苦難的重要性。

5 只有你陪在我身旁，我才有活著的意義。

あなたがいてこそ、私が生きる意味があるんです。
わたし　い　　いみ

★「こそ」表只有你在（前述條件），才能讓我找到生活的意義（後述結果）。強調了你的存在對我有多麼重要。

ことか

多麼…啊

類義表現

などと（なんて）
いう

多麼…呀；…之類的…

接續方法▶ {疑問詞} + {形容動詞詞幹な；[形容詞・動詞] 普通形}＋ことか

1 【感慨】表示該事態的程度如此之大，大到沒辦法特定，含有非常感慨的心情，常用於書面，相當於「非常に～だ」，前面常接疑問詞「どんなに（多麼）、どれだけ（多麼）、どれほど（多少）」等，如例（1）～（3）。

2 〖口語〗另外，用「ことだろうか、ことでしょうか」也可表示感歎，常用於口語，如例（4）、（5）。

程度　　　狀態　　　感慨

例 1 **あなたが子どもの頃は、どんなに 可愛かった ことか。**

你小時候多可愛啊！

看到女兒孩童時期的照片，唉呀！真是可愛呀！

「ことか」用來表達説話人對對方童年時期的可愛程度的深深懷念與讚美。

☞ 文法應用例句

2 如果能夠成為那個人的妻子，不知道該是多麼幸福呢。

あの人の妻になれたら、どれほど幸せなことか。

★「ことか」在此表達說話人對成為那個人妻子，帶來的幸福感有多麼的期待與憧憬，突顯出其極度的渴望。

3 每天都丟掉這麼多食物，實在太浪費了！

こんなにたくさんの食べ物が毎日捨てられているとは、なんともったいないことか。

★「ことか」表達說話人對每天浪費大量食物感到遺憾和譴責，強調這種行為的可惜性。

4 那時待在既沒有電視也沒有網路的旅館裡，要說有多無聊就有多無聊。

テレビもネットもないホテルで、どれだけ退屈したことだろうか。

★「ことだろうか」在此用以表達說話人對於在沒有電視和網路的旅館中感到多麼的無聊，突出其對於這種經歷的困擾和無聊程度。

5 小時候，每逢過年，真不曉得有多麼開心呀。

子どもの時には、お正月をどんなに喜んだことでしょうか。

★「ことでしょうか」表達說話人在小時候對於新年的喜愛和快樂有多麼的深刻，強調其回憶和懷舊之情。

020
ことだ

1. 就得…、應當…、最好…；2. 非常…

類義表現

べき、べきだ
必須…

1【忠告】{ 動詞辭書形；動詞否定形 } ＋ことだ。説話人忠告對方，某行為是正確的或應當的，或某情況下將更加理想，口語中多用在上司、長輩對部屬、晚輩，相當於「したほうがよい」，如例（1）～（3）。

2【各種感情】{ 形容詞辭書形；形容動詞詞幹な } ＋ことだ。表示説話人對於某事態有種感動、驚訝等的語氣，可以接的形容詞很有限。如例（4）、（5）。

　　　　　假定條件　　　　　動作態度　　　動作　　忠告
　　　　　　↓　　　　　　　　↓　　　　　↓　　↓
例1　大会に出たければ、がんばって 練習する ことだ。
　　たいかい　で　　　　　　　　　れんしゅう

如果想出賽，就要努力練習。

想要出賽，那麼能力就要更強，也就是要不斷地練習。

「ことだ」用來表達説話人建議如果對方想參加大會，就應該努力練習，強調了努力練習的重要性。

☞ 文法應用例句

2　如果有什麼不滿，最好要說清楚。

┌抱怨┐　　　　　　┌直截了當地┐
文句があるなら、はっきり言うことだ。
もんく　　　　　　　　　　い

★「ことだ」表達說話人建議對方，如果對方心懷不滿，就應該清楚的說出來，強調了不隱忍的重要性。

3　如果想要瘦下來，就不能吃零食和消夜。

┌瘦身┐　　　　　┌零食┐┌消夜┐
痩せたいのなら、間食、夜食をやめることだ。
や　　　　　　　　かんしょく　やしょく

★「ことだ」表達說話人建議對方，如果希望減肥，就戒掉零食和宵夜的習慣，強調飲食控制的重要性。

4　兒童殺死兒童，實在太可怕了。

　　　　　　　　　　┌殺害┐　　┌毛骨悚然的┐
子どもが子どもを殺すとは、恐ろしいことです。
こ　　　こ　　　ころ　　　　　おそ

★「形容詞＋ことだ」在此表達說話人對於兒童殺死其他兒童的事件感到恐懼，強調了其驚訝和恐懼的情緒。

5　能夠參加孫子的婚禮，這事真教人高興哪！

┌孫子┐　┌婚禮┐　　　　　　　　　　┌喜悅的┐
孫の結婚式に出られるなんて、本当に嬉しいことだ。
まご　けっこんしき　で　　　　　　　　ほんとう　うれ

★「形容詞＋ことだ」表達說話人對於能參加孫子的婚禮感到非常喜悅，強調了其感動和欣慰的情感。

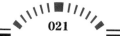

ことにしている

都…、向來…

ことになる
決定…

接續方法▶ {動詞普通形}＋ことにしている

【習慣】表示個人根據某種決心，而形成的某種習慣、方針或規矩。也就是從「ことにする」的決心、決定，最後所形成的一種習慣。翻譯上可以比較靈活。

動作頻率　時間長度　　動作　　　　習慣
　↓　　　　　↓　　　　　↓　　　　　↓

 例1 **自分は毎日12時間、働くことにしている。**
じぶん まいにち　　じかん　はたら

我每天都會工作12個小時。

公司網路開店之後，生意越來越好！我得多花時間在網路上了。

「ことにしている」是說話人表達了他自己規定每天要工作12小時的自我規範或習慣。

👉 文法應用例句

2 我每天都會到晚上12點才睡覺。

毎晩12時に寝ることにしている。
まいばん　じ　ね

★「ことにしている」表達說話人所定的規則或習慣，意味著他每晚都固定在12點睡覺。

3 每逢假日，我都是在家悠閒度過。

休日は家でゆったりと過ごすことにしている。
きゅうじつ　いえ　　　　　　　す

★「ことにしている」表達說話人自身所制定的規則或習慣，意味著他在休假日時，都會在家中悠閒地度過。

4 家事決定由夫妻各做一半。

家事は夫婦で半分ずつやることにしています。
かじ　　ふうふ　はんぶん

★「ことにしている」在此表示說話人自己設立的規則或習慣，意味著他和丈夫（妻子）都會平分家務。

5 我養成了每天早上第一件事就是檢查電子郵件的習慣。

私は毎日朝一番でメールをチェックすることにしています。
わたし　まいにちあさいちばん

★「ことにしている」在此表示說話人自己設立的規則或習慣，意味著他每天早上都會先檢查電子郵件。

ことになっている、こととなっている

按規定…、預定…、將…

接続方法▶ {動詞辭書形；動詞否定形} ＋ことになっている、こととなっている

【約定】表示結果或定論等的存續。表示客觀做出某種安排，像是約定或約束人們生活行為的各種規定、法律以及一些慣例。也就是「ことになる」所表示的結果、結論的持續存在。

| 時間 | 對象 | 主體 | 動作 | 約定 |

例 1
夏休みの間、家事は 子どもたちが する ことになっている。
なつやす　　あいだ　　か じ　　　こ

暑假期間，說好家事是小孩們要做的。

暑假期間，家事是小孩們做的，這是家人說好的規定。所以用「ことになっている」。

「子どもたちが夏休みの間家事をする」已經被規定或決定，這個規定可能是家庭規則，或者是家庭成員之間的約定。

☞ 文法應用例句

2　我們公司決定在福岡設立一座新工廠。

うちの会社は、福岡に新しい工場を作ることになっている。
　　　　かいしゃ　　ふくおか　　あたら　　こうじょう　つく
公司　　福岡　　新的　工廠　建造

★「ことになっている」表示我們公司已決定在福岡建立新工廠，可能由領導層或關鍵決策者作出決定。

3　按規定要留在這裡，一直到隊長來。

隊長が来るまで、ここに留まることになっています。
たいちょう　く　　　　　　とど
隊長　　　　　　　　　　　停留

★「ことになっている」表示「隊長到來之前，待在這裡」這行動已被規定，可能由團隊的領導或成員共同決定。

4　這項規則將於兩年後重新檢討。

この決まりは、２年後に見直すこととなっている。
　　き　　　　　ねんご　　みなお
規定　　　　　　　　　　重新審視

★「こととなっている」表示「這個規定將在兩年後重新審視」，已確定。可能是由組織內部或決策者所決定的。

5　董事長的原則是只和事先約好的貴賓見面。

社長はお約束のある方としかお会いしないこととなっております。
しゃちょう　やくそく　　　かた　　　あ
社長　　預先定好　　　　人　的

★「こととなっております」表示「社長只與有約定的人見面」，該規定已確定。可能是由社長或其他高層決策者所設定的。

ことはない

1.用不著…；3.不是…、並非…；4.沒…過、不曾…

1 **【勧告】**{動詞辭書形}＋ことはない。表示鼓勵或勸告別人，沒有做某行為的必要，相當於「する必要はない」，如例（1）。

2 **〖口語〗**口語中可將「ことはない」的「は」省略，如例（2）。

3 **【不必要】**是對過度的行動或反應表示否定。從「沒必要」轉變而來，也表示責備的意思。用於否定的強調，如例（3）。

4 **【經驗】**{[形容詞・形容動詞・動詞]た形}＋ことはない。表示以往沒有過的經驗，或從未有的狀態，如例（4）、（5）。

論點原因　　　　避免行為　沒有必要

例 1
時間は十分あるから、慌てることはない。
じかん　じゅうぶん　　　　　　　　あわ

時間還十分充裕，不需要慌張。

> 「ことはない」是說話人表達因為時間充足，所以不必感到慌張或急躁，強調了冷靜慎重的重要性。

> 現在是 8 點，跟 A 公司約 9 點開會，從這走到 A 公司只要 20 分鐘，資料、簡報也都十分齊全了。

☞ 文法應用例句

2　人家只不過是不小心講錯話而已，何必笑成那樣前仰後合的呢？

人がちょっと言い間違えたからって、そんなに笑うことないでしょう。
ひと　　　　　　い　まちが　　　　　　　　　　　　　　　　わら

稍微　　言い間違えた=錯誤了　　笑う=嘲笑

★「ことはない」以口語省略「は」的方式表達，說話人認為對於他人稍有的語言錯誤，無需大笑，強調了友善與理解的重要性。

3　只不過是區區失戀，別那麼沮喪啦！又不是世界末日來了。

失恋したからってそう落ち込むな。この世の終わりということはない。
しつれん　　　　　　　　　お　こ　　　　　よ　お

失恋した=失戀了　　落ち込む=沮喪　　世界　　終わり=結束

★「ことはない」用來表達失戀並非世界末日的結束，並認為對方無需過度沮喪。強調事情的嚴重性並未達到對方反應的程度。

4　我雖然沒去過日本，但有幾個日本朋友。

日本に行ったことはないが、日本人の友達は何人かいる。
にほん　い　　　　　　　　　　　にほんじん　ともだち　なんにん

行った=去了　　友達=朋友　　何人=幾個

★「ことはない」用來表達說話人對「未曾去過日本」的客觀事實，即使他有一些日本的朋友。

5　我被一個原以為是姊妹淘的好友給搶走男朋友了。我從不曾嘗過那麼痛苦的事。

親友だと思っていた人に恋人を取られた。あんなに苦しかったことはない。
しんゆう　　おも　　　　　ひと　こいびと　と　　　　　　　　　くる

親友=摯友　　恋人=情人　　取られた=被搶走了　　苦しかった=(當時)難過的

★「ことはない」用來表達說話人過去從未有過「如此痛苦」的經驗，強調了他對於這種痛苦程度的深感震驚。

さい（は）、さいに（は）

…的時候、在…時、當…之際

類義表現

ところ（に／へ
　で／を）

…的時候、正在…時

接續方法▶ ｛名詞の；動詞普通形｝＋際（は）、際に（は）

【時候】表示動作、行為進行的時候。也就是面臨某一特殊情況或時刻。一般用在正式場合，日常生活中較少使用。相當於「ときに」。

範疇　　時候　　　　　　　　　　建議
　↓　　　↓　　　　　　　　　　　↓

例 1　**仕事の際には、コミュニケーションを大切にしよう。**
　　　しごと　さい　　　　　　　　　　　　　　　　たいせつ

在工作時，要重視溝通。

「際には」是説話人在工作的時候，建議應該重視溝通，強調了在工作中溝通的重要性。

團體要得到共識，溝通是很重要的，尤其是在工作的時候。

☞ 文法應用例句

2
搬家時需辦理的手續包括水電帳戶的轉移等等。

引っ越しの際の手続きは、水道、電気などいろいろある。
ひ　こ　　　さい　てつづ　　　すいどう　でんき

★「際」指的是搬家時需要處理的各種事情，如水電費賬單等。強調搬家涉及的事項繁多且複雜。

3
下車時請別忘了您隨身攜帶的物品。

お降りの際は、お忘れ物のないようご注意ください。
　お　　さい　　わす　もの　　　　　　　ちゅうい

★「際は」表示在下車時要進行的行為或注意事項，說話人提醒在下車時應注意不要遺忘物品。

4
若有異動時，我們會再和您聯繫。

何か変更がある際は、こちらから改めて連絡いたします。
なに　へんこう　　　さい　　　　　　　　あらた　　れんらく

★「際は」表示說話人傳達在有任何改變的情況下，他們會主動與對方聯繫，強調了變動情況時的溝通責任。

5
申請護照時需要照片。

パスポートを申請する際には写真が必要です。
　　　　　　しんせい　　さい　　しゃしん　ひつよう

★「際には」表示說話人說明在申請護照時必須提供照片，強調了申請護照時的必要條件。

さいちゅうに、さいちゅうだ

正在…

類義表現

さい（は）
在…時、當…之際

接續方法▶ {名詞の；動詞て形＋ている} ＋最中に、最中だ

1 【進行中】「最中だ」表示某一狀態、動作正在進行中，「最中に」常用在某一時刻，突然發生了什麼事的場合，或正當在最高峰的時候被打擾了。相當於「している途中に、している途中だ」，如例（1）～（4）。

2 〖省略に〗有時會將「最中に」的「に」省略，只用「最中」，如例（5）。

|對象|時間|動作|進行中|
|↓|↓|↓|↓|

例 1 <u>例の件について</u>、<u>今</u> <u>検討している</u> <u>最中だ</u>。
れい けん いま けんとう さいちゅう

那個案子，現在正在檢討中。

那件企畫案，由於尺寸出了問題，所以大家正在檢討中。

「さいちゅうだ」是説話人表示正在審議或考慮關於前文所提到的事情，強調了這項任務或活動正在進行，並且尚未結束。

☞ 文法應用例句

2 | 在重要的考試時，肚子突然痛起來。

「重要的」「考試」 「腹部」
大事な試験の最中に、急にお腹が痛くなってきた。
だいじ しけん さいちゅう きゅう なか いた

★「さいちゅうに」表示在重要考試進行中，突然肚子痛起來。強調考試正在進行且尚未結束。

3 | 在最熱的時候卻停電了，冷氣機無法運轉。

「停電」「冷氣」「無法有效運行」
この暑い最中に、停電で冷房が効かない。
あつ さいちゅう ていでん れいぼう き

★「さいちゅうに」表示在炎熱的時候，停電導致空調無法運作。強調炎熱天氣持續且尚未結束。

4 | 廣播時警鈴突然響起來了。

「廣播（消息）」 「警報器」「響起」
放送している最中に、非常ベルが鳴り出した。
ほうそう さいちゅう ひじょう な だ

★「さいちゅうに」表示在廣播進行中，突然響起緊急警鈴。強調廣播正在進行且尚未結束。

5 | 正在比賽的時候，突然下起了雨。

「比賽」 「突然」「下（雨）」
試合の最中、急に雨が降り出した。
しあい さいちゅう きゅう あめ ふ だ

★「さいちゅう」表示比賽進行中，突然開始下雨。強調比賽正在進行且尚未結束。

さえ、でさえ、とさえ

1. 連…、甚至…；2. 就連…也…；3. 甚至

類義表現

まで
連…都

接續方法▶ {名詞+（助詞）}＋さえ、でさえ、とさえ；{疑問詞…}＋かさえ；{動詞意向形}＋とさえ

1 【舉例】表示舉出一個程度低的、極端的例子都不能了，其他更不必提，含有吃驚的心情，後項多為否定的內容。相當於「すら、でも、も」，如例（1）～（3）。

2 【程度】表示比目前狀況更加嚴重的程度，如例（4）。

3 【實際狀況】表示平常不那麼認為，但實際是如此，如例（5）。

極端例子　舉例　　　　　　　　　主語狀態

例 1 私 でさえ、あの人の言葉にはだまされました。
わたし　　　　　ひと　ことば

就連我也被他的話給騙了。

平常最精明的我，都被那個人的花言巧語給騙了。

「でさえ」是説話人通常不易被欺騙，但即使如此，他也被那個人的話欺騙了，強調了那人的話的誤導性。

👉 文法應用例句

2

一年前連「あいうえお」都不會寫。

┌以前┐　　　　　　　　　　┌(當時) 無法書寫┐
１年前は、「あいうえお」さえ書けなかった。
ねんまえ　　　　　　　　　　　　か

★「さえ」在此句中用來強調即便是基礎的「あいうえお」，說話人一年前都無法寫下。顯示出學習的巨大進步。

3

這種文字我還是頭一回看到，就連是什麼語言的文字都不知道。

┌文字┐　┌第一次┐　　　　　　　　　　┌瞭解┐
こんな字は初めて見ました。何語の字かさえ分かりません。
じ　　はじ　み　　　　　なにご　じ　　　　わ

★「さえ」表達了即使對於語言的基本判別（分辨字屬於哪種語言），說話人面對這個罕見的字也無法確定，凸顯了該文字的稀有和複雜性。

4

包括電氣、瓦斯，就連自來水也全都沒供應了。

　　　┌瓦斯┐　　　　　　┌中斷了┐
電気もガスも、水道さえ止まった。
でんき　　　　　すいどう　　と

★「さえ」暗指說話人認為水是比其他兩項更基本的生活需求，但連這個也被中斷，強調了當下狀況的嚴重性。

5

失戀實在太痛苦，甚至有想死的念頭。

┌失戀┐　痛苦的　┌死亡┐
失恋が辛くて、死にたいとさえ思ってしまいます。
しつれん　つら　　　し　　　　　　　　おも

★「さえ」強調說話人即使極度痛苦，也從未輕易產生的「想死」念頭，現在因失戀而產生了。凸顯了失戀的極度痛苦。

027

さえば、さえたら

只要…（就）…

類義表現

とすれば
如果…的話

接續方法▶ {名詞}＋さえ＋ {[形容詞・形容動詞・動詞] 假定形}＋ば、たら

1 【條件】表示只要某事能夠實現就足夠了，強調只需要某個最低限度或唯一的條件，後項即可成立，相當於「その条件だけあれば」，如例（1）～（4）。

2 〖惋惜〗表達説話人後悔、惋惜等心情的語氣，如例（5）。

動作　　條件　　　　成立的結果

例 1
手続き さえ すれ ば、誰でも入学できます。
てつづ　　　　　　　　　　だれ　　にゅうがく

只要辦手續，任何人都能入學。

哇！這所學校門檻真低，只要申請一下，任誰都可以入學的。

「さえ～ば」用來強調只要完成入學手續，任何人都可以被接受為學生，強調了入學手續的重要性。

☞ 文法應用例句

2 只要不塞車，30分鐘就可以抵達機場。

道が混みさえしなければ、空港まで30分で着きます。
みち　こ　　　　　　　　　くうこう　　　　ぶん　つ

★「さえ～ば」表示路況不塞車的話，30分鐘內可抵達機場，「さえ」強調了路況狀態對抵達時間的重要性。

3 只要贏得這場比賽，就可以參加全國大賽。

この試合にさえ勝てば、全国大会に出られる。
しあい　　　　か　　　ぜんこくたいかい　で

★「さえ～ば」表示贏得這場比賽即可參加全國大賽。「さえ」強調了這場比賽對於能否參加全國大賽的重要性。

4 只要你歌唱得好，馬上就能參加試唱會！

君の歌さえよかったら、すぐでもコンクールに出場できるよ。
きみ　うた　　　　　　　　　　　　　　　　　　しゅつじょう

★「さえ～たら」表示只要你的歌唱好，就能參加歌唱比賽。「さえ」強調了歌唱表現對於能否參加比賽的重要性。

5 要是我當初沒說那種話，想必妻子也不至於離家出走吧。

私があんなことさえ言わなければ、妻は出て行かなかっただろう。
わたし　　　　　　　　　　い　　　　　　つま　で　い

★「さえ～ば」表達若未説出過分的話，妻子或許不會離開，「さえ」強調言語行為對妻子離開的的重要影響。

（さ）せてください、（さ）せてもらえますか、（さ）せてもらえませんか

請讓…、能否允許…、可以讓…嗎？

類義表現

動詞＋てください
ませんか

能不能請你…

接續方法▶ {動詞否定形（去ない）;サ變動詞詞幹}＋（さ）せてください、（さ）せてもらえますか、（さ）せてもらえませんか

【許可】「（さ）せてください」用在想做某件事情前，先請求對方的許可。「（さ）せてもらえますか、（さ）せてもらえませんか」表示徵詢對方的同意來做某件事情。以上3個句型的語氣都是客氣的。

對方　　　執行內容　請求人　　　請求許可

例 1
課長、その企画は 私に やらせてください。

課長，那個企劃請讓我來做。

（暗想）：這份企劃案成功的話升遷就不是夢想！我可要好好把握！

「（さ）せてください」是說話人請求組長讓他負責那個計劃，表達了他想要負責並完成該計劃的意願。

☞ 文法應用例句

2　拜託你，請讓我見見孩子。

お願い、子どもに会わせてください。
　ねが　　　こ　　　あ

★「（さ）せてください」在這裡表示說話人正在請求見孩子的機會。表達說話人的期望或需求。

3　今天就到這裡，可以讓我回去了嗎？

今日はこれで帰らせてもらえますか。
きょう　　　　　　　かえ

★「（さ）せてもらえますか」表示禮貌地提出要求，希望能早點回家。具有較強的謙虛與禮貌感。

4　請同意我和令千金結婚。

お嬢さんと結婚させてください。
　じょう　　　けっこん

★「（さ）せてください」表示說話人正在請求與對方的女兒結婚的許可。用於表達說話人的強烈願望或需求。

5　調派到國外上班嗎…，可以讓我和家人商量一下嗎？

海外転勤ですか…。家族と相談させてもらえますか。
かいがいてんきん　　　　　　　　か ぞく　　　そうだん

★「（さ）せてもらえますか」表示禮貌地提出要求，希望與家人討論海外轉職的事情。顯示了說話人尊重並需要家人的意見。

使役形＋もらう、くれる、いただく

請允許我…、請讓我…

類義表現

（さ）せる

讓…、叫…

接續方法▶｛動詞使役形｝＋もらう、くれる、いただく

1【許可】使役形跟表示請求的「もらえませんか、いただけませんか、いただけますか、ください」等搭配起來，表示請求允許的意思，如例（1）、（2）。

2〖恩惠〗如果使役形跟「もらう、いただく、くれる」等搭配，就表示由於對方的允許，讓自己得到恩惠的意思，如例（3）～（5）。

　　　　請求內容　　　　　　許可　　　　　　請求

例1 **詳しい説明を させてもらえ ませんか。**

可以容我做詳細的説明嗎？

> 社長看著我提的企劃案皺起了眉頭，因此詢問能否容我當面説明一下。

> 「させてもらえませんか」表請求是否可以給予詳細的解釋，表達了他希望能有機會這麼做的願望。

👉 文法應用例句

2

那件工作能否務必交由敝公司承攬呢？

それはぜひ弊社にやらせていただけませんか。
へいしゃ

★「やらせていただけませんか」表示希望對方能夠將工作委託給説話人的公司，同時表達著説話人的熱切期望。

3

多虧您讓我休息了這個星期，我的身體狀況好轉了許多。

ここ1週間ぐらい休ませてもらったお陰で、体がだいぶよくなった。
しゅうかん　　　　やす　　　　　　　　　かげ　　　からだ

★「休ませてもらう」表示説話人感謝對方的許可，讓他能夠休息。因為對方的恩惠，説話人的身體得以康復。

4

父親賣了土地，供我讀到了研究所。

父は土地を売って、大学院まで行かせてくれた。
ちち　とち　う　　　だいがくいん　　い

★「行かせてくれる」表示對於父親賣地讓説話人得以上大學院的感激之情。語境強調父親的無私和支持。

5

以前姊姊即使是自己珍惜的東西也總是讓我用。

姉は、自分の大切なものでもいつも私に使わせてくれました。
あね　じぶん　たいせつ　　　　　　　　　　わたし　つか

★「使わせてくれる」表示説話人對姊姊一直允許自己使用她的寶貴物品的感謝之情，讓人感受到姊姊的慷慨和大方。

しかない

只能…、只好…、只有…

より（ほか）ない
除了…之外沒有…

接續方法▶ {動詞辭書形} ＋しかない

【限定】表示只有這唯一可行的，沒有別的選擇，或沒有其它的可能性，用法比「ほかない」還要廣，相當於「だけだ」。

　　　　　　　　動作原因　　　　　　　　　方法　　　　　　　限定

例 1
 病気になったので、しばらく休業する しかない。
びょうき　　　　　　　　　きゅうぎょう

因為生病，只好暫時歇業了。

因過勞病倒要住院治療，店就只好暫時歇業了。

「しかない」表示由於生病，説話人沒有其他選擇，只能暫時停業，強調了病情使他不得不進行這種行為的必然性。

☞ 文法應用例句

2　要當上知事，就只有打贏選戰了。

知事になるには、選挙で勝つしかない。
ちじ　　　　　　　　せんきょ　か

★「しかない」表示成為知事的唯一途徑就是贏得選舉，強調必須進行特定行為（贏得選舉）才能達成目標。

3　我再也不想在這種公司工作了！只有辭職一途了！

こんな会社で働くのはもう嫌だ。やめるしかない。
かいしゃ　はたら　　　　　　いや

★「しかない」表示對當前工作感到厭惡，唯一的解決方案就是離職，強調必須進行特定行為（離職）才是解決問題的方法。

4　事到如此，我只能咬牙做了。

こうなったら、やるしかない。

★「しかない」表示事情已經發展到這個地步，唯一的解決方案就是繼續進行，強調唯一的解決方案就是繼續進行，沒有其他選擇。

5　我再也無法忍受了！只能離婚了！

もう我慢できない。離婚するしかない。
がまん　　　　　　りこん

★「しかない」表示無法再忍受目前的婚姻狀況，唯一的解決方案就是離婚，強調只有離婚才能解決問題，沒有其他辦法。

せいか

可能是（因為）…、或許是（由於）…的緣故吧

ゆえ
因為

接續方法▶ {名詞の；形容動詞詞幹な；[形容詞・動詞] 普通形} ＋せいか

1【原因】 表示不確定的原因，說話人雖無法斷言，但認為也許是因為前項的
關係，而產生後項負面結果，相當於「ためか」，如例（1）～（4）。

2〖正面結果〗 後面也可接正面結果，如例（5）。

時間因素　原因　　　　結果

例 1 年の せいか、体の調子が悪い。

也許是年紀大了，身體的情況不太好。

也許是上了年紀，最近
總特別容易累，又是這
裡痠，那裡痛的。

「せいか」是說話人認為他
的身體狀況不佳可能是因
為年齡的增長，儘管他並
未確定這是唯一的原因。

👉 文法應用例句

2 可能是太熱的緣故，腦筋一片呆滯。

暑いせいか、頭がボーッとする。

★「せいか」在表示說話人認為自己的頭腦昏沉，可能是天氣過熱的原因，即使他並未完全確定。

3 這種電玩遊戲可能是玩法太複雜，以致於評價很差。

このゲームは、遊び方が複雑なせいか、評判が悪い。

★「せいか」在表示說話人認為該遊戲的評價不佳，可能是遊戲玩法過於複雜的原因，盡管他不敢下結論。

4 可能是因為已經習慣寫日本的漢字，結果變成不會寫繁體字了。

日本の漢字に慣れたせいか、繁体字が書けなくなった。

★「せいか」表示說話人認為他變得無法寫繁體字，可能是因為習慣寫日本漢字，雖然他不敢斷言。

5 或許是因為有事先整理重點，所以發表得很好。

要点をまとめておいたせいか、上手に発表できた。

★「せいか」表示說話人認為他能夠順利進行報告，可能是因為提前整理了重點，儘管他不敢確定。

せいで、せいだ

由於…、因為…的緣故、都怪…

接續方法▶ {名詞の；形容動詞詞幹な；[形容詞・動詞] 普通形} ＋せいで、せいだ

1【原因】表示發生壞事或會導致某種不利的情況的原因，還有責任的所在。「せいで」是「せいだ」的中頓形式。相當於「が原因だ、ため」，如例（1）～（3）。

2〖否定句〗否定句為「せいではなく、せいではない」，如例（4）。

3〖疑問句〗疑問句會用「せい＋表推量的だろう＋疑問終助詞か」，如例（5）。

過食因素　　　　　　原因　　　　結果

例 1　おやつを食べ過ぎた せいで、太った。

因為吃了太多的點心，所以變胖了。

來日本玩，看到好多期限限定、數量限定的零食，就一口氣全部買來吃吃看！

「せいで」是說話人確定自己變胖是因為吃過多的點心，強調了行為與結果之間的直接因果關係。

☞ 文法應用例句

2　由於父親拋下家人離開了，使得母親受盡了千辛萬苦。

家族を捨てて出て行った父のせいで、母は大変な苦労をした。

★「せいで」表示說話人確認母親所承受的辛苦，是因為父親遺棄家庭的行為，強調了事件與結果之間的直接因果關係。

3　由於濃霧影響視線，因此無法看到遠處。

霧が濃いせいで、遠くまで見えない。

★「せいで」表示說話人確認因為濃霧的關係，視線無法達到遠處，強調了環境因素與結果之間的直接因果關係。

4　事情之所以不順利，原因既不在你身上，也不是我的緣故。

うまくいかなかったのは、君のせいじゃなく、僕のせいでもない。

★「せいじゃなく」表示說話人確認事情不順利，並非由於你我任何一方，強調了事件與兩人之間並無直接的因果關係。

5　智慧型手機又故障了。該不會是因為沒有妥善使用的緣故吧？

またスマホが壊れた。使い方が乱暴なせいだろうか。

★「せいだろうか」表示說話人懷疑智能手機故障可能是因為自己操作不當，但對於兩者之間的直接因果關係不確定。

來挑戰看看稍難的文法吧！做好萬全準備！邁向巔峰！

● {名詞} ＋からすれば、からすると

親からすれば、子どもはみんな宝です。

對父母而言，小孩個個都是寶。

說明 表示判斷的依據或站在某一立場。意思是：「從…來看」、「從…來說」。

● {[名詞・形容動詞詞幹] だ；[形容詞・動詞] 普通形} ＋からといって

読書が好きだからといって、一日中読んでいたら体に悪いよ。

即使愛看書，但整天抱著書看對身體也不好呀！

說明 （一）不能僅僅因為前面這一點理由，就做後面的動作。意思是：「（不能）僅因…就…」、「即使…，也不能…」；（二）引用別人陳述的理由。意思是：「說是（因為）…」。

● {名詞} ＋からみると、からみれば、からみて（も）

雲のようすから見ると、日中は雨が降りそうです。

從雲朵的樣子來看，白天好像會下雨。

說明 表示判斷的依據、角度。意思是：「從…來看」、「從…來說」、「根據…來看…」。

● {動詞た形} ＋きり…ない

彼女とは一度会ったきり、その後、会ってない。

跟她見過一次面以後，就再也沒碰過面了。

說明 前項的動作完成後，應該進展的事，就再也沒有下文了。意思是：「…之後，再也沒有…」。

● {[形容詞・形容動詞] 詞幹；動詞ます形} ＋げ

可愛げのない女の人は嫌いです。

我討厭不討人喜歡的女人。

說明 表示帶有某種樣子、傾向、心情及感覺。意思是：「…的感覺」、「好像…的樣子」。

● {名詞である；形容動詞詞幹な；[形容詞・動詞] 普通形} ＋ことから、とこ
ろから

> 顔がそっくりなことから、双子であることを知った。
> 因為長得很像，所以知道是雙胞胎。

説明 表示判斷的理由。意思是：「從…來看」、「因為…」、「…因此…」。

● {名詞の} ＋ことだから

> 主人のことだから、また釣りに行っているのだと思います。
> 我想我老公一定又去釣魚吧！

説明 表示自己判斷的依據。意思是：「因為是…，所以…」。

● {動詞辭書形} ＋ことなく

> 立ち止まることなく、未来に向かって歩いていこう。
> 不要停下腳步，朝向未來邁進吧！

説明 表示從來沒有發生過某事。意思是：「不…」、「不…（就）…」、「不…地…」。

● {形容動詞詞幹な；形容詞辭書形；動詞た形} ＋ことに、ことには

> 嬉しいことに、仕事は着々と進められました。
> 高興的是，工作進行得很順利。

説明 表示説話人在敘述某事之前的心情。意思是：「令人感到…的是…」。

● {動詞否定形（去ない）} ＋ざるをえない

> 上司の命令だから、やらざるを得ない。
> 由於是上司的命令，也只好做了。

説明 表示除此之外，沒有其他的選擇。意思是：「不得不…」、「只好…」、「被迫…」。

● {動詞ます形}＋しだい

バリ島に着きしだい、電話します。

一到巴里島，馬上打電話給你。

説明 表示某動作剛一做完，就立即採取下一步的行動。意思是：「馬上…」、「一…立即」、「…後立即…」。

● {名詞}＋しだいだ、しだいで、しだいでは

一流の音楽家になれるかどうかは、才能しだいだ。

能否成為一流的音樂家，全憑才能了。

説明 表示行為動作要實現，全憑「次第だ」前面的名詞的情況而定。意思是：「全憑…」、「要看…而定」、「決定於…」。

● {名詞}＋じょう、じょうは、じょうも

経験上、練習を３日休むと体がついていかなくなる。

就經驗來看，練習一停３天，身體就會生硬。

説明 表示「從這一觀點來看」的意思。意思是：「從…來看」、「出於…」、「鑑於…上」。

● {動詞否定形（去ない）}＋ずにはいられない

素晴らしい風景を見ると、写真を撮らずにはいられません。

一看到美麗的風景，就禁不住想拍照。

説明 表示自己的意志無法克制，情不自禁地做某事。意思是：「不得不…」、「不由得…」、「禁不住…」。

● {名詞；形容動詞詞幹な；[形容詞・動詞] 普通形} ＋だけあって、だけのことはある

[このへんは、商業地域だけあって、とてもにぎやかだ。
這附近不愧是商業區，相當熱鬧。

說明 表示名實相符，後項結果跟自己所期待或預料的一樣，因而心生欽佩。意思是：
「不愧是⋯」、「到底是⋯」、「無怪乎⋯」。

MEMO

だけしか

只…、…而已、僅僅…

類義表現

だけ
只、僅僅

接續方法▶ ｛名詞｝＋だけしか

【限定】限定用法。下面接否定表現，表示除此之外就沒別的了。比起單獨用「だけ」或「しか」，兩者合用更多了強調的意味。

對象　　限定　　否定句
　↓　　　↓　　　↓

例 1 私にはあなた だけしか 見えません。

我眼中只有你。

「だけしか」表示在説話人的視野或認知中只有對方存在，暗示對對方的專注或情感依戀，強調對方的重要性和獨特性。

交往 4 年了，我還是只深愛著我的男朋友，別的男人都不放在眼裡。

👉 文法應用例句

2 我手邊只有這些錢而已。

僕の手元には、お金はこれだけしかありません。
ぼく　てもと　　　　　　かね

★「だけしか」表示説話人可用的資金非常有限，突顯了他的經濟狀況不寬裕，並強調了他手中的錢的稀少性。

3 報紙上只有刊出他一個人的名字。

新聞では、彼一人だけしか名前を出していない。
しんぶん　　かれひとり　　なまえ　だ

★「だけしか」表示報紙上僅提到他的名字，暗示還有許多其他人未被提及，強調報導未完全公開的資訊。

4 這種水果只有現在這個季節才吃得到。

この果物は、今の季節だけしか食べられません。
くだもの　いま　きせつ　　　た

★「だけしか」表示這種水果只在目前這個季節能夠食用，強調了該水果的稀有性和季節的獨特性。

5 這附近的巴士，只有早上一班和傍晚一班而已。

この辺りのバスは、朝に1本と夕方に1本だけしかない。
あた　　　　　　あさ　ぽん　ゆうがた　ぽん

★「だけしか」表示這個地區的公車只有早晨和晚上各一班，強調了班次的稀少性和公共交通的不便性。

だけ（で）

1. 光…就…；2. 只是…、只不過…；3. 只要…就…

類義表現

しか
只、僅僅

接續方法▶｛名詞；形容動詞詞幹な；［形容詞・動詞］普通形｝＋だけ（で）

1【限定】接在「考える（思考）、聞く（聽聞）、想像する（想像）」等詞後面時，表示不管有沒有實際體驗，都可以感受到，如例（1）、（2）。

2【限定範圍】表示除此之外，別無其它，如例（3）～（4）。

3【程度低】表示不需要其他辦法，只要最低程度的方法、人物等，就可以達成後項。「で」表示狀態。如例（5）。

可能情況　　　　動作　　限定　心理感受

例1 <u>彼女</u>と<u>温泉</u>なんて、<u>想像する</u>だけで<u>嬉しく</u>なる。
（かのじょ）（おんせん）（そうぞう）（うれ）

跟她去洗溫泉，光想就叫人高興了！

她答應跟我去箱根旅行了！
那不就可以一起洗溫泉了？

「だけで」是說話人表示僅憑想像自己和某女子一起去溫泉，就感到快樂，強調了想像本身對他的情感影響。

☞ 文法應用例句

2

只要有你陪在身旁，我就很幸福了。

あなたがいてくれる<u>だけで</u>、私は幸せなんです。
（你）（給予）（わたし）（しあ）（幸福的）

★「だけで」表示只要有對方在身邊，說話人就感到幸福，強調了對方的存在本身就對他的心境有深遠的影響。

3

後藤是個舌燦蓮花，卻光說不練的男人。

後藤は口<u>だけで</u>、実行はしない男だ。
（ごとう）（くち 説話）（じっこう 實際行動）（おとこ 男人）

★「だけで」表示後藤只是空談而不付諸實行，語含對後藤只講不做的失望與不滿。

4

只是喜歡畫圖，沒想過要成為畫家。

ただ絵を描くのが好きな<u>だけで</u>、画家になりたいとは思っていません。
（え 圖畫）（か 描繪）（がか 畫家）（おも）

★「だけで」表示說話人只是喜歡繪畫，但並無成為畫家的願望，強調他對於繪畫的愛好並未伴隨著更深的職業野心。

5

只要登錄姓名和電話，就可以成為會員。

名前と電話番号を登録する<u>だけで</u>、会員になれます。
（なまえ）（でんわばんごう 電話號碼）（とうろく 註冊）（かいいん 會員）

★「だけで」表示只要註冊名字和電話號碼，就能成為會員，強調了成為會員的門檻相對低，不需要完成更多的條件。

たとえ～ても

即使…也…、無論…也…

類義表現

にしても
就算…，也…；
即使…，也…

接續方法▶ たとえ＋｛動詞て形・形容詞く形｝＋ても；たとえ＋｛名詞；形容動詞詞幹｝＋でも

【逆接條件】表示讓步關係，即使是在前項極端的條件下，後項結果仍然成立。相當於「もし～だとしても」。

逆接 —————— 極端條件 ————— 不變的結果

例1 **たとえ明日雨が降っても、試合は行われます。**

明天即使下雨，比賽還是照常舉行。

「たとえ」跟「ても」中間接極端的條件「明日雨が降る」。

「たとえ～ても」是説話人表示即使明天下雨，比賽仍將進行，強調了比賽進行的決定性與不受影響的程度。

☞ 文法應用例句

2 就算給我現在的兩倍薪水，我也不想做那種工作。

たとえ給料が今の2倍でも、そんな仕事はしたくない。

★「たとえ～でも」表示即使薪水加倍，說話人也不願意做那份工作，強調了他的想法不會因條件的改變而改變。

3 即使費用高也沒關係。

たとえ費用が高くてもかまいません。

★「たとえ～ても」表示不管費用多高，說話人都不在意，強調了他對購買物品的決定不會因價格的變動而改變。

4 不管人家怎麼說我，我都不在乎。

たとえ何を言われても、私は平気だ。

★「たとえ～ても」表示無論他人如何評價，都能保持冷靜，強調了說話人的自我認知和堅持並不會因他人的言論而改變。

5 就算我的家人遭到殺害，我也不認為凶手應該被處以死刑。

たとえ家族が殺されても、犯人は死刑にすべきではないと思う。

★「たとえ～ても」表達即使家人被殺，也反對將兇手處以死刑，強調他對死刑的立場並不會因事情的嚴重性而改變。

（た）ところ

…，結果…

類義表現

たら
（既定條件）
―…原來…

接續方法▶ ｛動詞た形｝＋ところ

【順接】這是一種順接的用法，表示因某種目的去作某一動作，但在偶然的契機下得到後項的結果。前後出現的事情，沒有直接的因果關係，後項經常是出乎意料之外的客觀事實。相當於「した結果」。

動作　　　　　　　順接　　　　　　　獲得結果

例 1

事件に関する記事を載せ たところ、大変な反響がありました。
じけん かん きじ の たいへん はんきょう

去刊登事件相關的報導，結果得到熱烈的回響。

「（た）ところ」前接為了報導事件而做的「事件に関する記事を載せた」（刊登事件的消息）這一動作。

「たところ」是說話人表示在刊登了與事件相關的文章之後，引起了大量的回響或反應，強調了該行動導致的後續結果。

☞ 文法應用例句

2

去拜託Ａ公司，結果對方馬上就答應了。

拜託了
A社にお願いしたところ、早速引き受けてくれた。
エーしゃ ねが さっそくひ う
立刻 答應

★「たところ」描述在向Ａ公司提出請求後，他們立即接受了請求，強呈現了行動與後續結果相互關聯的情況。

3

夏天去到了日本，竟然比台北還熱。

夏天
夏に日本へ行ったところ、台北より暑かった。
なつ にほん い タイペイ あつ
台北 比較

★「たところ」描述在夏天訪問日本後，發現其比台北還熱，強調了行動與隨後發現的事實之間的因果關係。

4

嘗試應考N3級測驗，結果通過了。

應（考）
N3を受けてみたところ、受かった。
う う
合格了

★「たところ」描述在嘗試參加 N3 考試後，成功通過了考試，展現了行動與後續結果之間的因果聯繫。

5

鼓起勇氣提出請託後，得到了對方OK的允諾。

下定決心 拜託
思い切って頼んでみたところ、OKが出ました。
おも き たの オーケー で

★「たところ」描述在鼓起勇氣提出求請後，獲得了肯定的回答，強調了行動與隨後的結果之間的因果關係。

たとたん（に）

剛…就…、剎那就…

類義表現
とともに
和…一起、與…同時，也…

接續方法▶ {動詞た形}＋とたん（に）

【時間前後】表示前項動作和變化完成的一瞬間，發生了後項的動作和變化。由於說話人當場看到後項的動作和變化，因此伴有意外的語感，相當於「したら、その瞬間に」。

行為   瞬間   變化
↓   ↓   ↓

例 1 二人は、<u>出会っ</u>たとたんに <u>恋に落ちた</u>。
ふたり　　であ　　　　　　　　こい　お

兩人一見鍾情。

> 「出会った」（一見面）這一動作接「たとたん」，表示瞬間就發生了後項的動作「恋に落ちた」（戀愛了）。

> 「たとたんに」在句中二人剛見面的那一刻就相互墜入了愛河，強調了兩者之間的關係發展的迅速和瞬間性。

☞ 文法應用例句

2 才剛發車，輪胎就爆胎了。

発車したとたんに、タイヤがパンクした。
はっしゃ

★「たとたんに」描述在剛剛發車的那一剎那，車輪就破裂了，展現了兩者之間的瞬間性和緊密連接的關係。

3 4月一到，突然就下了好大一場春雪。

4月になったとたん、春の大雪が降った。
がつ　　　　　　　　　はる　おおゆき　ふ

★「たとたん」描述在剛進入4月的那一刻，就下起了春雪，強調了兩者之間的立即性和緊密相關。

4 一下巴士，就立刻發現把傘忘在車上了。

バスを降りたとたんに、傘を忘れたことに気がついた。
お　　　　　　　　　　　かさ　わす　　　　　　き

★「たとたんに」描述在剛剛下車的那一剎那，就意識到自己忘了雨傘，強調了兩者之間的即時性和緊密連接性。

5 一打開窗戶，蒼蠅立刻飛了進來。

窓を開けたとたん、ハエが飛び込んできた。
まど　あ　　　　　　　　　　と　こ

★「たとたん」是用來描述在剛打開窗戶的那一剎那，蒼蠅就飛了進來，強調了兩者之間的即時性和緊密連結。

たび（に）

毎次…、每當…就…

接續方法▶ ｛名詞の；動詞辭書形｝＋たび（に）

1【反覆】表示前項的動作、行為都伴隨後項，也用在一做某事，總會喚起以前的記憶。相當於「するときはいつも〜」，如例（1）〜（4）。

2〔變化〕表示每當進行前項動作，後項事態也朝某個方向逐漸變化，如例（5）。

每次動作　　反覆　　伴隨動作
　↓　　　　↓　　　↓

例 1 あいつは、会う たびに 皮肉を言う。

每次跟那傢伙碰面，他就冷嘲熱諷的。

每次跟那傢伙碰面，他都會對我冷嘲熱諷。用「たび」表示每一次都會發生一樣的事情。

「たびに」在句中每次見到這個人，他就會説出一些帶有諷刺意味的話，表示這兩件事情之間的關聯性和頻繁性。

☞ 文法應用例句

2 每次接受健康檢查時，醫生都說我血壓太高，要減少鹽分的攝取。

健康診断のたびに、血圧が高いから塩分を控えなさいと言われる。
けんこうしんだん　　　　けつあつ　たか　　えんぶん　ひか　　　　　　　　　い

★「たびに」表示每次進行健康檢查，醫生都會告訴說話人因血壓過高要控制鹽分攝取，強調每次相同的狀況與反應。

3 每次考試都向王同學借筆記。

王さんには、試験のたびにノートを借りている。
おう　　　　　しけん　　　　　　　　か

★「たびに」表示每次有考試，說話人都會向王同學借筆記，強調每次相同的狀況與行為。

4 每當夏天來臨，就會想起戰敗那一天的事。

夏が来るたびに、敗戦の日のことを思い出す。
なつ　く　　　　　　はいせん　ひ　　　　　　おも　だ

★「たびに」表示每當夏天來臨時，說話人就會想起戰敗的那一天，突顯了相同環境下的反覆感受。

5 每回見到姊姊的小孩時，總是很驚訝怎麼長得那麼快。

姉の子どもに会うたび、大きくなっていてびっくりしてしまう。
あね　こ　　　　　あ　　　　おお

★「たび」表示每次見到姊姊的孩子，都會對孩子的成長感到驚訝，彰顯了每次相同情況與反應之間的連結。

たら、だったら、かったら

要是…、如果…

接續方法▶ {動詞た形}＋たら；{名詞・形容詞詞幹}＋だったら；{形容詞た形}＋かったら

【假定條件】前項是不可能實現，或是與事實、現況相反的事物，後面接上說話者的情感表現，有感嘆、惋惜的意思。

假定情況　　　　假定條件　　　　可能結果
　↓　　　　　　　↓　　　　　　　↓
例 1 <u>鳥のように空を飛べ</u> <u>たら</u>、<u>楽しいだろうなあ</u>。

如果能像鳥兒一樣在空中飛翔，一定很快樂啊！

> 唉，真想要翅膀，想去哪裡就可以飛去哪裡也不怕塞車。

> 「たら」表達了對於未能實現的想像的渴望，假設自己能像鳥一樣飛行，並表達對這種體驗的期待和想像中的樂趣。

👉 文法應用例句

2

假如我長得更漂亮一點，就可以向他表白了。

私がもっときれいだったら、告白できるんだけど。
わたし　　　　　　　　　　　　　こくはく
（更加　美麗的　　表白）

★「だったら」用來做假設，表示如果自己更美麗，那麼就有勇氣去告白，強調條件與可能後續行動的關係。

3

要是我更聰明一些，就能找到好工作了。

もっと頭がよかったら、いい仕事に就けたのに。
　　　あたま　　　　　　　　　しごと
（頭腦　　　　　　　　工作　能找到了）

★「かったら」用來做假設，表示如果自己更聰明，那麼就能找到更好的工作，凸顯了條件對結果的影響。

4

如果有錢的話，就能買房子的說。

お金があったら、家が買えるのに。
　かね　　　　　いえ　か
（金錢　　　　房子　能購買）

★「たら」用來做假設，表示如果有錢，那麼就能買房子，強調條件與可能結果的連結。

5

年輕時，要是能多唸點書就好了。

若い頃、もっと勉強しておいたらよかった。
わか　ころ　　　　べんきょう
（年輕的時候　　　用功讀書）

★「たら」用來做假設，表示如果在年輕時期更努力學習，那將是更好的，強調條件與未來可能結果的關係。

たらいい（のに）なあ、といい（のに）なあ

類義表現

ば〜よかった
如果…的話就好了

…就好了

接續方法▶ {名詞；形容動詞詞幹}＋だといい（のに）なあ；{名詞；形容動詞詞幹}＋だった
らいい（のに）なあ；{[動詞・形容詞]普通形現在形}＋といい（のに）なあ；{動
詞た形}＋たらいい（のに）なあ；
{形容詞た形}＋かったらいい（のに）なあ；{名詞；形容動詞詞幹}＋だったらいい（の
に）なあ

1 【願望】表示前項是難以實現或是與事實相反的情況，表現説話者遺憾、不
滿、感嘆的心情，如例（1）～（3）。

2 〖單純希望〗「たらいいなあ、といいなあ」單純表示説話者所希望的，並
沒有在現實中是難以實現的，與現實相反的語意，如例（4）、（5）。

數量　　　願望　　　　與事實相反

例1 もう少し 給料が上がっ たらいいのになあ。
薪水若能再多一點就好了！

「たらいいのになあ」表達了對
於現實中薪水未能上漲的渴望，
表示希望薪水能有所增加，表
達了對於更好的情況的期望。

什麼都漲，就是薪水不
漲。唉，又要縮衣節食
了，真是窮忙族！

☞ 文法應用例句

2 庭院若能再大一點就好了！

お庭がもっと広いといいのになあ。

★「といいのになあ」表示對於更寬闊的庭院有所期望，希望庭院可以更大些，突顯了期待與實際狀況的差距。

3 如果我再高10公分該有多好啊。

あと10センチ背が高かったらいいのになあ。

★「たらいいのになあ」表示對於增加身高有所期望，希望能再高10公分，突顯了期待的條件與實際狀況的差距。

4 小孩如果是女生就好了！

赤ちゃんが女の子だといいなあ。

★「だといいなあ」表示對於新生兒是女孩有所期望，希望嬰兒是女孩，突顯了期待和現實可能的差異。

5 星期天若能放晴就好了！

日曜日、晴れたらいいなあ。

★「たらいいなあ」表示對於星期日天氣晴朗有所期望，希望星期日能放晴，強調了渴望和現實之間的差異。

だらけ

全是…、滿是…、到處是…

接續方法▶ {名詞}＋だらけ

1 【樣態】表示數量過多，到處都是的樣子，不同於「まみれ」，「だらけ」前接的名詞種類較多，特別像是「泥だらけ（滿身泥巴）、傷だらけ（渾身傷）、血だらけ（渾身血）」等，相當於「がいっぱい」，如例（1）、（2）。

2 〔貶意〕常伴有「不好」、「骯髒」等貶意，是說話人給予負面的評價，如例（3）、（4）。

3 〔不滿〕前接的名詞也不一定有負面意涵，但通常仍表示對說話人而言有諸多不滿，如例（5）。

主語　名詞　樣態　　　　　　主語行為
　↓　　↓　　↓　　　　　　　　↓

例1 子どもは 泥 だらけに なるまで遊んでいた。

孩子們玩到全身都是泥巴。

小孩最愛玩泥巴了！玩得滿身都是呢！

「だらけ」描述了孩子玩耍到滿身都是泥巴的狀態，表示孩子因玩泥巴而弄髒了全身，全身都被泥巴所覆蓋。

☞ 文法應用例句

2 有個渾身是血的人倒在路上了。

道に人が血だらけになって倒れていた。

★「だらけ」描述了一個人在路上滿身是血並倒下的狀態，表示該人被覆蓋在血液之下，強調了其滿身鮮血的情況。

3 那個人欠了一屁股債。

あの人は借金だらけだ。

★「だらけ」描述了該人欠債累累的狀態，表示他身處在重重債務之下，突出了他的債務如山的困境。

4 冰箱上面布滿了灰塵。

冷蔵庫の上がほこりだらけだ。

★「だらけ」描述了冰箱表面覆蓋了一層厚厚的灰塵，表示冰箱的表面被灰塵所覆蓋，突出了長時間沒有清理的狀況。

5 櫻花飄落下來，整輛車身都沾滿了花瓣。

桜が散って、車が花びらだらけになった。

★「だらけ」描述了車被櫻花瓣覆蓋的狀態，表示汽車全身被花瓣所覆蓋，突出了花瓣如雪紛飛的情境。

たらどうですか、たらどうでしょう（か）

…如何、…吧

接續方法▶ {動詞た形}＋たらどうですか、たらどうでしょう（か）

1 【提議】用來委婉地提出建議、邀請，或是對他人進行勸說。儘管兩者皆為表示提案的句型，但「たらどうですか」説法較直接，「たらどうでしょう（か）」較委婉，如例（1）、（2）。

2 〔接連用形〕常用「動詞連用形＋てみたらどうですか、どうでしょう（か）」的形式，如例（3）。

3 〔省略形〕當對象是親密的人時，常省略成「たらどう？、たら？」的形式，如例（4）。

4 〔禮貌説法〕較恭敬的説法可將「どう」換成「いかが」，如例（5）。

　　　　　　　對方動作　　　　提議內容　　　　提議
　　　　　　　　↓　　　　　　　↓　　　　　　　↓

例 1
そんなに嫌_{いや}なら、別_{わか}れ たらどうですか。

既然這麼心不甘情不願，不如分手吧？

我的男朋友又矮又醜又沒錢，最糟糕的是沒有上進心…。

「たらどうですか」是在提出建議，建議對方如果對關係感到不滿或不開心，可以考慮分手作為一種解決方案。

☞ 文法應用例句

2　與其修理，不如買個新款的吧？

直_{なお}すより、新型_{しんがた}を買_かったらどうでしょう。

★「たらどうでしょう」建議如果修理成本高，不如考慮購買新款。表達了提供購買新產品的建議。

3　差不多該試著報考N3級測驗了，你覺得怎麼樣？

そろそろN3を受_うけてみたらどうでしょう。

★「みたらどうでしょう」鼓勵對方應該試試參加 N3 級別的日語能力測試。表達了提供嘗試某項行動的建議。

4　我看，偶爾還是運動一下比較好吧？

たまには運動_{うんどう}でもしたらどう。

★「たらどう」建議對方應該偶爾做些運動以維護健康。表達了提供改變行為習慣的建議。

5　既然發燒了，我看您今天就早點回去比較妥當吧？

熱_{ねつ}があるなら、今日_{きょう}はもうお帰_{かえ}りになったらいかがですか。

★「たらいかがですか」禮貌建議對方如果感到發燒，今天就早點回家休息。表達了提供在特定情況下採取行動的建議。

ついでに

順便…、順手…、就便…

接續方法▶ {名詞の；動詞普通形}＋ついでに

【附加】表示做某一主要的事情的同時，再追加順便做其他件事情，後者通常是附加行為，輕而易舉的小事，相當於「の機会を利用して、をする」。

主要行為　　　　　　　附加　　　　　附加行為
↓　　　　　　　　　　↓　　　　　　↓

 例1 知人を訪ねて京都に行った ついでに、観光をしました。

到京都拜訪朋友，順便觀光了一下。

到京都拜訪朋友，順便去觀光了一下。

「ついでに」表示在去京都拜訪熟人的過程中順便觀光，兩個行動同時進行，並視後者是額外的機會或方便之舉。

☞ 文法應用例句

2　利用到東京出差時，順便也繞去位在埼玉的老家探望。

東京出張のついでに埼玉の実家にも寄ってきた。
とうきょうしゅっちょう　　　　　　さいたま　じっか　　　よ

★「ついでに」表示在前往東京出差的同時，順便拜訪了埼玉的老家。表示利用出差的機會，順便處理其他事務。

3　到醫院去探望老師，順便到百貨公司買東西。

先生のお見舞いのついでに、デパートで買い物をした。
せんせい　　みま　　　　　　　　　　　　　　　か　もの

★「ついでに」表示在去探望老師的同時，順便在百貨商店購物。表示利用前往探望的機會，順便進行其他購物活動。

4　因為感冒而去找醫師，順便請醫師看了手指上的傷口。

風邪で医者に行ったついでに、指のけがも見てもらった。
か　ぜ　いしゃ　い　　　　　　　　　ゆび　　　　　　み

★「ついでに」表示在因感冒看醫生的同時，順便讓醫生檢查了手指受傷的情況。表示利用就醫的機會，順便處理其他健康問題。

5　平常總是在做晚飯時，順便準備好隔天的便當。

いつも、晩ご飯を作るついでに、翌日のお弁当の用意もしておく。
ばん　はん　つく　　　　　　　よくじつ　　べんとう　ようい

★「ついでに」表示通常在做晚飯的同時，順便準備好隔天的便當。表示利用準備晚飯的機會，順便安排了第2天便當的事情。

つけ

是不是…來著、是不是…呢

類義表現
って
他說…；聽說…、
據說…

接續方法 ▶ {名詞だ（った）；形容動詞詞幹だ（った）；[動詞・形容詞] た形} ＋つけ

【確認】用在想確認自己記不清，或已經忘掉的事物時。「っけ」是終助詞，接在句尾。也可以用在一個人自言自語，自我確認的時候。當對象為長輩或是身分地位比自己高時，不會使用這個句型。

| 轉換話題 | 疑問內容 | 確認 |
| ↓ | ↓ | ↓ |

例 1

ところで、あなたは誰だっけ。
だれ

話說回來，請問你哪位來著？

打棒球的時候，突然來了一人想加入。這個人以前好像見過。

這句話表明說話者正在試圖回想起對方的身分或名字，使用「っけ」來提醒自己或對方需要再次確認或回想起這個資訊。

☞ **文法應用例句**

2 是不是約好10點來著？

┌約定┐
約束は10時だったっけ。
やくそく　じ

★「っけ」表示說話人正在努力回憶他們是否已在 10 點設定了某種約定，用來確認自己對約定時間的記憶是否正確。

3 那部電影真的那麼有趣嗎？

┌電影┐　　　　┌（當時）有趣的┐
あの映画、そんなに面白かったっけ。
えいが　　　　　　　おもしろ

★「っけ」表示說話人正在嘗試回憶該電影是否真的很有趣，用來確認自己對電影的評價或記憶。

4 這裡，沒來過嗎？

┌來了┐　　┌（過去）沒有┐
ここ、来たことなかったっけ。
き

★「っけ」表示說話人正在嘗試回憶是否曾來過這裡，並藉此尋求自我或他人的確認或回憶來確定該事實。

5 好了，睡覺吧。刷過牙了嗎？

┌那麼┐┌就寢┐　　　　　┌刷牙┐
さて、寝るか。もう歯磨きはしたんだっけ。
ね　　　　　　は みが

★「っけ」被用來表示說話人正在嘗試回憶他是否已經刷牙，並藉此確認自己是否已經完成了刷牙的動作。

って

1. 他說…、人家說…；2. 聽說…、據說…

類義表現

そうだ
聽說…、據說…

接續方法▶ {名詞（んだ）；形容動詞詞幹な（んだ）；[形容詞・動詞] 普通形（んだ）}＋って

1【引用】表示引用自己聽到的話，相當於表示引用句的「と」，重點在引用，如例（1）～（3）。

2【傳聞】也可以跟表說明的「んだ」搭配成「んだって」，表示從別人那裡聽說了某信息，如例（4）、（5）。

情報地點　　　　　情報情報　　　　　引用
　↓　　　　　　　　↓　　　　　　　↓

例 1 駅の近くに おいしいラーメン屋がある って
えき ちか　　　　　　　　　　　　　や

聽（朋友）說在車站附近有家美味的拉麵店。

我朋友又提供美食情報了！

「って」表示說話者引述了某人告訴他，在車站附近有一家好吃的拉麵店的消息。使用「って」將這個消息傳達給對話對象。

☞ 文法應用例句

2 田中說突然想起有急事待辦，所以會晚點到。

田中君、急に用事を思い出したから、少し時間に遅れるって。
たなかくん　きゅう ようじ おも だ　　　　　　　すこ じかん おく
（突然・要事・回想了・遲到）

★「って」表示引述田中君的話語，即田中君由於突然想起某事，會稍微晚點到達。用來傳達他人的消息或理由。

3 聽氣象預報說，下午以後天氣會轉涼。

天気予報では、午後から涼しいって。
てんき よほう　　　　ごご　　すず
（天氣預報・涼爽的）

★「って」表示引述天氣預報的內容，即下午將會轉涼。用來傳達他人的觀點或消息。

4 他說他很喜歡大快朵頤，卻很討厭喝杯小酒。

食べるのは好きだけど飲むのは嫌いなんだって。
た　　　す　　　　の　　　きら
（喜歡的・飲用・討厭的）

★「って」表示引述某人的說法，即他喜歡吃，但不喜歡喝。用來傳達他人的觀點或說法。

5 聽說高田先生向森村小姐告白了喔。

高田さん、森村さんに告白したんだって。
たかだ　　もりむら　　こくはく
（表白了）

★「って」表示引述某人的情況，即高田對森村表白了。用來傳達他人的消息或行為。

って (いう)、とは、という (のは) (主題・名字)

類義表現

って
（主題・名字）
叫…的、是…

1. 所謂的…、…指的是；2. 叫…的、是…、這個…

1【話題】{名詞}＋って、とは、というのは。表示主題，前項為接下來話題的主題內容，後面常接疑問、評價、解釋等表現，「って」為隨便的口語表現，「とは、というのは」則是較正式的說法，如例（1）～（3）。

2【短縮】{名詞}＋って (いう)、という＋{名詞}。表示提示事物的名稱，如例（4）、（5）。

名詞　　主題　　　　　對主題的評價

例 1

日本語 って、思ったより難しいですね。

日文比想像中還要困難呢。

現在日文課上到了動詞部份，哇！日文動詞變化跟日本人一樣太細膩了，真折騰人！

使用「って」來提出「日本語」這個話題，以此引述他們的個人觀點，表達出對於日本語難度的評價。

☞ 文法應用例句

2 所謂的吃到飽，意思就是想吃多少就可以吃多少。

食べ放題とは、食べたいだけ食べてもいいということです。

★「とは」用來解釋或定義「食べ放題」的含義，即你可以吃你想吃的所有食物。

3 不在場證明是什麼意思啊？

アリバイというのは、何のことですか。

★「というのは」被用來問詢「アリバイ」的意義或解釋。該表達方式是用來詢問或解釋某個詞語或概念的含義。

4 你知道村上春樹這個作家嗎？

村上春樹っていう作家、知ってる。

★「っていう」用來介紹或稱呼「村上春樹」這位作家，並詢問對方是否知道他。常用來在提出話題或問題時，提供特定的背景信息。

5 在日本和在台灣都有「松山」這個地名。

日本にも台湾にも、「松山」という地名がある。

★「という」用來指出「松山」這地名在日本和台灣存在。這種用法常用於談論或提到具體名詞、物體或情況。

日文小祕方—口語常用說法

本專欄彙整了日文會話常用的說法,這些說法主要用在生活上,較不正式的場合喔!只要掌握這些日常說法,在聊天的時候就暢通無阻啦!

① ちゃ／じゃ／きゃ

1

	口語變化	中譯
では	➡ じゃ	可不翻譯

說明 在口語中「では」幾乎都變成「じゃ」。「じゃ」是「では」的縮略形式,也就是縮短音節的形式,一般是用在口語上。多用在跟自己比較親密的人,輕鬆交談的時候。

▶ これ、あんまりきれいじゃないね。
這個好像不大漂亮耶!

▶ あの人、正子じゃない?
那個人不是正子嗎?

2

	口語變化	中譯
てしまう	➡ ちゃう	…完、…了
でしまう	➡ じゃう	

說明 【動詞て形(去て)】+ちゃう／じゃう。「…ちゃう」是「…てしまう」的省略形。表示完了、完畢,或某一行為、動作所造成無可挽回的現象或結果,亦或是某種所不希望的或不如意事情的發生。な、ま、が、ば行動詞的話,用「…じゃう」。

▶ 夏休みが終わっちゃった。
暑假結束囉!

▶ うちの犬が死んじゃったの。
我家養的狗死掉了。

3

┌─── 口語變化 ───┐　┌── 中譯 ──┐

てはいけない	➡ ちゃいけない	不要…、
ではいけない	➡ じゃいけない	不許…

說明【形容詞く形；動詞て形】＋ちゃいけない；【名詞；形容動詞詞幹】＋じゃいけない。「…ちゃいけない」為「…てはいけない」的口語形。表示根據某種理由、規則禁止對方做某事，有提醒對方注意、不喜歡該行為而不同意的語氣。

▶ ここで走っちゃいけないよ。
　　不可以在這裡奔跑喔！

▶ 子どもがお酒を飲んじゃいけない。
　　小孩子不可以喝酒。

4

┌─── 口語變化 ───┐　┌── 中譯 ──┐

なくてはいけない	➡ なくちゃいけない	不能不…、
なければならない	➡ なきゃならない	不許不…；
		必須…

說明【名詞で；形容詞く形；形容動詞詞幹で；動詞普通形】＋なくちゃいけない。「…なくちゃいけない」為「…なくてはいけない」的口語形。表示規定對方要做某事，具有提醒對方注意，並有義務做該行為的語氣。多用在個別的事情、對某個人。

　　【名詞で；形容詞く形；形容動詞詞幹で；動詞否定形（去い）】＋なきゃならない。「なきゃならない」為「なければならない」的口語形。表示無論是自己或對方，從社會常識或事情的性質來看，不那樣做就不合理，有義務要那樣做。

▶ 毎日、ちゃんと花に水をやらなくちゃいけない。
　　每天都必須幫花澆水。

▶ それ、今日中にしなきゃならないの。
　　這個非得在今天之內完成不可。

②てる／てく／とく

1		口語變化		中譯
	ている	➡	てる	在…、正在…、…著

說明 表示動作、作用在繼續、進行中，或反覆進行的行為跟習慣，也指發生變化後結果所處的狀態。「…てる」是「…ている」的口語形，就是省略了「い」的發音。

▶ <ruby>何<rt>なに</rt></ruby>をしてるの？

你在做什麼呀？

▶ <ruby>切符<rt>きっぷ</rt></ruby>はどこで<ruby>売<rt>う</rt></ruby>ってるの？

請問車票在哪裡販售呢？

2		口語變化		中譯
	ていく	➡	てく	去…、…下去、或不翻譯

說明 「…ていく」的口語形是「…てく」，就是省略了「い」的發音。表示某動作或狀態，離說話人越來越遠地移動或變化，或從現在到未來持續下去。

▶ <ruby>車<rt>くるま</rt></ruby>で<ruby>送<rt>おく</rt></ruby>ってくよ。

我開車送你過去吧！

▶ お<ruby>願<rt>ねが</rt></ruby>い、<ruby>乗<rt>の</rt></ruby>せてって。

求求你，載我去嘛！

		口語變化		中譯

3 **ておく** ➡ **とく** 先…、…著

說明 「…とく」是「…ておく」的口語形，就是把「てお」（teo）說成「と」（to），省掉「e」音。「て形」就說成「…といて」。表示先做準備，或做完某一動作後，留下該動作的狀態。ま、な、が、ば行動詞的變化是由「…でおく」變為「…どく」。

▶ 僕のケーキも残しといてね！
　記得也要幫我留一塊蛋糕喔！

▶ 忘れるといけないから、今、薬を飲んどいて。
　忘了就不好了，先把藥吃了吧！

③ って／て

1 **というのは** ➡ **って** …是…

說明 【名詞】＋って。這裡的「…って」是「…というのは」的口語形。表示就對方所說的一部份，為了想知道更清楚，而進行詢問，或是加上自己的解釋。

▶ 中山さんって誰？知らないわよ、そんな人。
　中山小姐是誰？我才不認識那樣的人哩！

▶ あいつっていつもこうだよ。すぐうそをつくんだから。
　那傢伙老是這樣，動不動就撒謊。

2 ─ 口語變化 ─ ─ 中譯 ─

という ➡ って、て …所謂…，叫做…

說明 【名詞；形容詞普通形；動詞普通形（の）】＋って。「…って、て」為「…という」的口語形，表示人或事物的稱謂，或提到事物的性質。

▶ ＯＬって大変だね。
　粉領族真辛苦啊！

▶ これ、何て犬？
　這叫什麼狗啊？

▶ チワワっていうのよ。
　叫吉娃娃。

3 ─ 口語變化 ─ ─ 中譯 ─

と思う ➡ って
と聞いた ➡ って 認為…，聽説…

說明 這裡的「…って」是「と思う、と聞いた」的口語形。用在告訴對方自己所想的，或所聽到的。

▶ よかったって思ってるんだよ。
　我覺得真是太好了。

▶ 花子、見合い結婚だって。
　聽説花子是相親結婚的。

4 | ということだ ➡ って、だって
— 口語變化 — 　— 中譯 —
(某某)説…、聽説…

說明 【[形容詞・動詞]普通形】＋（んだ）って；【名詞；形容動詞詞幹】＋（なん）だって。「…って」是「…ということだ」的口語形。表示傳聞。是引用傳達別人的話，這些話常常是自己直接聽到的。

▶ 彼女、行かないって。
　聽説她不去。

▶ お兄さん、今日は帰りが遅くなるって。
　哥哥説過他今天會晚點回家唷！

▶ 彼女のご主人、お医者さんなんだって。
　聽説她老公是醫生呢！

④ たって／だって

1 | ても ➡ たって
— 口語變化 — 　— 中譯 —
即使…也…、雖説…但是…

說明 【形容詞く形；動詞た形】＋たって。「…たって」就是「…ても」。表示假定的條件。後接跟前面不合的事，後面的成立，不受前面的約束。

▶ 私に怒ったってしかたないでしょう？
　就算你對我發脾氣也於事無補吧？

▶ いくら勉強したって、わからないよ。
　不管我再怎麼用功，還是不懂嘛！

▶ 遠くたって、歩いていくよ。
　就算很遠，我還是要走路去。

▶ いくら言ったってだめなんだ。
　不管你再怎麼説還是不行。

	口語變化	中譯
2 でも ➡ だって		（名詞）即使…也…； （疑問詞）…都…

說明 【名詞】＋だって。「だって」相當於「…でも」。表示假定逆接。就是後面的成立，不受前面的約束。

【疑問詞（＋助詞）】＋だって。表示全都這樣，或是全都不是這樣的意思。

▶ 不便だってかまわないよ。
就算不方便也沒有關係。

▶ 強い人にだって勝てるわよ。
再強的人我都能打贏。

▶ 時間はいつだっていいんだ。
不論什麼時間都無所謂。

⑤ ん

	口語變化
1 ない ➡ ん	

說明 「ない」說文言一點是「ぬ」（nu），在口語時脫落了母音「u」，所以變成「ん」（n），也因為是文言，所以說起來比較硬，一般是中年以上的男性使用。

▶ 来るか来ないかわからん。
我不知道他會不會來。

▶ 間に合うかもしれんよ。
說不定還來得及喔！

口語變化

2　ら行 ➡ ん

說明 口語中也常把「ら行」「ら、り、る、れ、ろ」變成「ん」。如：「やるの→やんの」、「わからない→わかんない」、「お帰りなさい→お帰んなさい」、「信じられない→信じらんない」。後 3 個有可愛的感覺，雖然男女都可以用，但比較適用女性跟小孩。對日本人而言，「ん」要比「ら行」的發音容易喔！

▸ 信(しん)じらんない、いったいどうすんの？
　真令人不敢相信！到底該怎麼辦啊？

▸ この問題(もんだい)難(むずか)しくてわかんない。
　這一題好難，我都看不懂。

口語變化

3　の ➡ ん

說明 口語時，如果前接最後一個字是「る」的動詞，「る」常變成「ん」。另外，在 [t]、[d]、[tʃ]、[r]、[n] 前的「の」在口語上有發成「ん」的傾向。【[形容詞・動詞] 普通形；[名詞・形容動詞詞幹]（な）】＋んだ。這是用在表示說明情況或強調必然的結果，是強調客觀事實的句尾表達形式。「…んだ」是「…のだ」的口語音變形式。

▸ 今(いま)から出(で)かけるんだ。
　我現在正要出門。

▸ もう時間(じかん)なんで、お先(さき)に失礼(しつれい)。
　時間已經差不多了，容我先失陪。

▸ ここんとこ、忙(いそが)しくて。
　最近非常忙碌。

Spoken Language

⑥ 其他各種口語縮約形

┌─ 口語變化 ─┐
1 **變短**

說明 口語的表現，就是求方便，聽得懂就好了，所以容易把音吃掉，變得更簡短，或是改用比較好發音的方法。如下：

けれども ➡ けど　　ところ ➡ とこ　　すみません ➡ すいません
わたし ➡ あたし　　このあいだ ➡ こないだ

▶ 今迷ってるとこなんです。
　 我現在正猶豫不決。

▶ 音楽会の切符あるんだけど、どう？
　 我有音樂會的票，要不要一起去呀？

▶ あたし、料理苦手なのよ。
　 我的廚藝很差。

┌─ 口語變化 ─┐
2 **長音短音化**

說明 把長音發成短音，也是口語的一個特色。總之，口語就是一個求方便、簡單。括號中為省去的長音。

▶ かっこ（う）いい彼が欲しい。
　 我想要一個很帥的男朋友。

▶ 今日、けっこ（う）歩くね。
　 今天走了不少路哪！

3 促音化

說明 口語中為了說話表情豐富，或有些副詞為了強調某事物，而有促音化「っ」的傾向。如下：

こちら ➡ こっち	そちら ➡ そっち	どちら ➡ どっち
どこか ➡ どっか	すごく ➡ すっごく	ばかり ➡ ばっかり
やはり ➡ やっぱり	くて ➡ くって（よくて→よくって）	やろうか ➡ やろっか

▶ こっちにする、あっちにする？
　要這邊呢？還是那邊呢？

▶ じゃ、どっかで会おっか。
　那麼，我們找個地方碰面吧？

▶ あの子、すっごく可愛いんだから。
　那個小孩子實在是太可愛了。

4 撥音化

說明 加入撥音「ん」有強調語氣作用，也是口語的表現方法。如下：

あまり ➡ あんまり	おなじ ➡ おんなじ

▶ 家からあんまり遠くないほうがいい。
　最好離家不要太遠。

▶ 大きさがおんなじぐらいだから、間違えちゃいますね。
　因為大小尺寸都差不多，所以會弄錯呀！

┤ 口語變化 ├

5 拗音化

説明 「れは」變成「りゃ」、「れば」變成「りゃ」是口語的表現方式。這種說法讓人有「粗魯」的感覺，大都為中年以上的男性使用。常可以在日本人吵架的時候聽到喔！如下：

これは ➡ こりゃ　　　それは ➡ そりゃ　　　れば ➡ りゃ（食べれば ➡ 食べりゃ）

▶ こりゃ難しいや。
　這下可麻煩了。

▶ そりゃ大変だ。急がないと。
　那可糟糕了，得快點才行。

▶ そんなにやりたきゃ、勝手にすりゃいい。
　如果你真的那麼想做的話，那就悉聽尊便吧！

┤ 口語變化 ├

6 省略開頭

説明 說得越簡單、字越少就是口語的特色。省略字的開頭也很常見。如下：

それで ➡ て　　　　いやだ ➡ やだ　　　ところで ➡ で

▶ 丸いのはやだ。
　我不要圓的！

▶ ったく、人をからかって。
　真是的，竟敢嘲弄我！

▶ そうすか、じゃ、お言葉に甘えて。
　是哦，那麼，就恭敬不如從命了。

口語變化

7 省略字尾

說明 前面説過，説得越簡單、字越少就是口語的特色。省略字尾也很常見喔！如下：

帰ろう ➡帰ろ	でしょう ➡でしょ（だろう→だろ）
ほんとう ➡ほんと	ありがとう ➡ありがと

▸ きみ、独身(どくしん)だろ？
你還沒結婚吧？

▸ ほんと？どうやるんですか。
真的嗎？該怎麼做呢？

口語變化

8 母音脱落

說明 母音連在一起的時候，常有脱落其中一個母音的傾向。如下：

▸ ほうがいいんです→ほうがイんです。
(いい→「ii → i （イ）」)
這樣比較好。

▸ やむをえない→やモえない。
(むを→「muo → mo （も）」)
不得已。

⑦ 省略助詞

┌ 口語變化 ┐
1 **を**

說明 在口語中，常有省略助詞「を」的情況。

▶ ご飯（を）食べない？
要不要一起來吃飯呢？

▶ いっしょにビール（を）飲まない？
要不要一起喝啤酒呢？

┌ 口語變化 ┐
2 **が、に（へ）**

說明 如果從文章的前後文內容來看，意思很清楚，不會有錯誤時，常有省略「が」、「に（へ）」的傾向。其他的情況，就不可以任意省略喔！

▶ 面白い本（が）あったらすぐ買うの？
要是發現有趣的書，就要立刻買嗎？

▶ コンサート（に／へ）行く？
要不要去聽演唱會呢？

▶ 遊園地（に／へ）行かない？
要不要去遊樂園呢？

┌ 口語變化 ┐

3

は

說明 提示文中主題的助詞「は」在口語中，常有被省略的傾向。

▶ 昨日のパーティー（は）どうだった？

　昨天的派對辦得怎麼樣呢？

▶ 学校（は）何時からなの？

　學校幾點上課？

⑧ 縮短句子

┌ 口語變化 ┐

1

| てください | ➡ | て |
| ないでください | ➡ | ないで |

說明 簡單又能迅速表達意思，就是口語的特色。請求或讓對方做什麼事，口語的說法，就用這裡的「て」（請）或「ないで」（請不要）。

▶ 智子、辞書持ってきて。

　智子，把辭典拿過來。

▶ 何も言わないで。

　什麼話都不要說。

┌─────────────────────────────────── 口語變化 ┐

2 なくてはいけない ➡ なくては

なくちゃいけない ➡ なくちゃ

ないといけない ➡ ないと

└──┘

說明 表示不得不，應該要的「なくては」、「なくちゃ」、「ないと」都是口語的形式。朋友和家人之間，簡短的説，就可以在很短的時間，充分的表達意思了。

▶ 明日返さなくては。
明天就該歸還的。

▶ もっと急がないと。
再不快點就來不及了。

▶ 皆さんに謝らなくちゃ。
得向大家道歉才行。

┌─────────────────────────────────── 口語變化 ┐

3 たらどうですか ➡ たら

ばどうですか ➡ ば

てはどうですか ➡ ては

└──┘

說明 「たら」、「ば」、「ては」都是省略後半部，是口語常有的説法。都有表示建議、規勸對方的意思。都有「⋯如何」的意思。朋友和家人之間，由於長期生活在一起，有一定的默契，所以話可以不用整個講完，就能瞭解意思啦！

▶ 難しいなら、先生に聞いてみたら？
這部分很難，乾脆去請教老師吧？

▶ 電話してみれば？
乾脆打個電話吧？

▶ 食べてみては？
要不要吃吃看呢？

⑨ 曖昧的表現

┌── 口語變化 ──┐   ┌── 中 譯 ──┐
1 **でも**   …之類、…等等

說明 說話不直接了當，給自己跟對方留餘地是日語的特色。「名詞（＋助詞）＋でも」不用說明情況，只是舉個例子來提示，暗示還有其他可以選擇。

▶ ねえ。犬<small>いぬ</small>でも飼<small>か</small>う？
  我說呀，要不要養隻狗呢？

▶ コーヒーでも飲<small>の</small>む？
  要不要喝杯咖啡？

┌── 口語變化 ──┐   ┌── 中 譯 ──┐
2 **なんか**   …之類、…等

說明 【名詞（＋助詞）】＋なんか。是不明確的斷定，說的語氣婉轉，這時相當於「など」。表示從多數事物中特舉一例類推其它，或列舉很多事物接在最後。

▶ 納豆<small>なっとう</small>なんかどう？体<small>からだ</small>にいいんだよ。
  要不要吃納豆呢？有益身體健康喔！

▶ これなんか面白<small>おもしろ</small>いじゃないか。
  像這種東西不是挺有意思的嗎？

3

────┐ 口語變化 ┌────   ── 中譯 ──
たり   有時…，有時…；
                                                      又…又…

說明 【名詞；形容動詞詞幹】＋だったり；【形容詞た形；動詞た形】＋り。表示
列舉同類的動作或作用。

▶ 夕食の時間は７時だったり８時だったりで、決まっていません。

　晚餐的時間有時候是７點，有時候是８點，不太一定。

▶ 最近、暑かったり寒かったりだから、風邪を引かないようにね。

　最近時熱時冷，小心別感冒囉！

▶ 休みはいつも部屋で音楽聴いたり本読んだりしてるよ。

　假日時，我總是在房間裡聽聽音樂、看看書啦！

4

────┐ 口語變化 ┌────   ── 中譯 ──
とか   …啦…啦、…或…

說明 【名詞】＋とか（名詞＋とか）；【動詞辭書形】＋とか（動詞辭書形＋とか）。
表示從各種同類的人事物中選出一、兩個例子來説，或羅列一些事物。

▶ 頭が痛いって、どしたの？お父さんの会社、危ないとか？

　你怎麼會頭疼呢？難道是你爸爸的公司面臨倒閉危機嗎？

▶ 休みの日は、テレビを見るとか本を読むとかすることが多い。

　假日時，我多半會看電視或是看書。

5　　　　　　　　**し**　　　　　　　　　　　　　因為…

說明【[名詞・形容詞・形容動詞詞幹・動詞] 普通形】＋し。表示構成後面理由的幾個例子。

▶ 今日は暇だし、天気もいいし、どっか行こうよ。
　　今天沒什麼事，天氣又晴朗，我們挑個地方走一走吧！

▶ 今年は、給料も上がるし、結婚もするし、いいことがいっぱいだ。
　　今年加了薪又結了婚，全都是些好事。

⑩ 語順的變化

┌─ 口語變化 ─┐

1　**感情句移到句首**

說明 迫不及待要把自己的喜怒哀樂，告訴對方，口語的表達方式，就是把感情句放在句首。

▶ 優勝できておめでとう。→ おめでとう、優勝できて。
　　恭喜榮獲冠軍！

▶ その日行けなくても仕方ないよね。→ 仕方ないよね、その日行けなくても。
　　那天沒辦法去也是無可奈何的事呀！

─── 口語變化 ───

2 先說結果，再說理由

說明 對方想先知道的，先講出來，就是口語的常用表現方法了。

▶ 格好悪いから嫌だよ。→ 嫌だよ、格好悪いから。

那樣很遜耶，我才不要哩！

▶ 日曜日だから銀行休みだよ。→ 銀行休みだよ、日曜日だから。

因為是星期天，所以銀行沒有營業呀！

─── 口語變化 ───

3 疑問詞移到句首

說明 有疑問，想先讓對方知道，口語中常把疑問詞放在前面。

▶ これは何？→ 何、これ？

這是什麼？

▶ 時計はどこに置いたんだろう。→ どこに置いたんだろう、時計？

不知道手錶放到哪裡去了呢？

─── 口語變化 ───

4 自己的想法、心情
部分，移到前面

說明 最想讓對方知道的事，如自己的想法或心情部分，要放到前面。

▶ その日用事があって、ごめん。→ ごめん、その日用事があって。

那天剛好有事，對不起。

▶ 中に持って来ちゃだめ。→ だめ、中に持って来ちゃ。

不可以帶進室內！

5 **副詞或副詞句，**
移到句尾

說明 句中的副詞，也就是強調的地方，為了強調、叮嚀，口語中會移到句尾，再加強一次語氣。

▶ ぜひお試しください。→ お試しください、ぜひ。
請務必試試看。

▶ ほんとは、僕も行きたかったな。→ 僕も行きたかったな、ほんとは。
其實我也很想去哪！

⑪ 其他

1 **重複的說法**

說明 為了強調說話人的情緒，讓聽話的對方，能馬上感同身受，口語中也常用重複的說法。效果真的很好喔！如「だめだめ」（不行不行）、「よしよし」（太好了太好了）等。

▶ へえ、これが作り方の説明書か。どれどれ。
是哦，這就是作法的說明書嗎。我瞧瞧、我瞧瞧。

▶ ごめんごめん！待った？
抱歉抱歉！等很久了嗎？

---- 口語變化 ----

2 「どうぞ」、「どうも」 等固定表現

說明 日語中有一些固定的表現，也是用省略後面的說法。這些說法可以用在必須尊重的長輩上，也可以用在家人或朋友上。這樣的省略說法，讓對話較順暢。

▶ どうぞお大事にしてください。→ どうぞお大事に。
請多加保重身體。

▶ どうぞご心配なさらないでください。→ どうぞご心配なく。
敬請無需掛意。

▶ どうもありがとう。→ どうも。
謝謝。

---- 口語變化 ----

3 口語常有的表現（一）

說明 「っていうか」相當於「要怎麼說…」的意思。用在選擇適當的說法的時候；「ってば」意思近似「…ったら」，表示很想跟對方表達心情時，或是直接拒絕對方，也用在重複同樣的事情，而不耐煩的時候。相當口語的表現方式。

▶ 山田君って、山男っていうか、素朴で、男らしくて。
該怎麼形容山田呢？他像個山野男兒，既樸直又有男子氣概。

▶ そんなに怒るなよ、冗談だってば。
你別那麼生氣嘛，只不過是開開玩笑而已啦！

4 口語常有的表現（二）

說明 「なにがなんだか」強調完全不知道之意；另外，叫對方時，沒有加上頭銜、小姐、先生等，而直接叫名字的，是口語表現的另一特色，特別是在家人跟朋友之間。

▶ 難（むずか）しくて、何（なに）が何（なん）だかわかりません。

　　太難了，讓我完全摸不著頭緒。

▶ みか、どの家（いえ）がいいと思（おも）う？

　　美佳，妳覺得哪間房子比較好呢？

▶ まゆみ、お父（とう）さんみたいな人（ひと）と付（つ）き合（あ）うんじゃない。

　　真弓，不可以跟像妳爸爸那種人交往！

っぱなしで、っぱなしだ、っぱなしの

類義表現
まま
…著

1.…著；2.一直…、總是…

接續方法▶ {動詞ます形}＋っ放しで、っ放しだ、っ放しの

1【放任】「はなし」是「はなす」的名詞形。表示該做的事沒做，放任不管、置之不理。大多含有負面的評價。如例（1）～（3）。

2【持續】表示相同的事情或狀態，一直持續著。如例（4）。

3〔後接 N〕使用「っ放しの」時，後面要接名詞，如例（5）。

原因　　　　　　　主題 持續動作 放任

例 1 蛇口を閉めるのを忘れて、水が 流れっ放しだった。
じゃぐち し わす みず なが ぱな
忘記關水龍頭，就讓水一直流著。

地板怎麼是濕的！？糟了！原來是沒關水龍頭，水就這樣流了一整天。

「っぱなしだ」描述了由於忘記關掉水龍頭，水一直持續流下去的狀態，表示行為或狀態沒有被中斷或停止。

☞ 文法應用例句

2 昨晚很熱，所以開著窗子睡覺了。

ゆうべは暑かったので、窓を開けっ放しで寝た。
あつ まど あ ぱな ね

★「っぱなしで」用於描述一種持續的狀態，這裡描述由於昨晚的高溫，所以窗戶一直開著沒有關，並在這種狀態下入睡。

3 不要脱了鞋子就扔在那裡，把它擺放整齊。

靴は脱ぎっぱなしにしないで、ちゃんと揃えなさい。
くつ ぬ そろ

★「っぱなしに」描述一種持續不變地狀態，這裡提醒不要將鞋子隨意脱掉並保持那種狀態，而應該整齊地排放。

4 我的工作幾乎一整天都是站著的。

私の仕事は、１日中ほとんどずっと立ちっ放しです。
わたし しごと にちじゅう た ぱな

★「っぱなしだ」用於描述一直保持著的狀態，這裡表示說話人的工作需要他幾乎整天都要保持站立的狀態。

5 身處於大人物們之中，度過了緊張不已的３個小時。

偉い人たちに囲まれて、緊張しっ放しの３時間でした。
えら ひと かこ きんちょう ぱな じかん

★「っぱなしの」用於描述一種始終如此的狀態，這裡表示被優秀的人們包圍時，說話人持續保持緊張的狀態達３小時。

っぽい

看起來好像…、感覺像…

類義表現

らしい

似乎…像…樣子、
有…風度

接續方法▶ {名詞;動詞ます形}＋っぽい

【傾向】接在名詞跟動詞連用形後面作形容詞，表示有這種感覺或有這種傾向。
與語氣具肯定評價的「らしい」相比，「っぽい」較常帶有否定評價的意味。

設定語境　　特質　傾向
　　　↓　　　↓　　↓

 例 1　君は、浴衣を着ていると 女 っぽい ね。
きみ　　ゆ かた　き　　　　　　おんな

你一穿上浴衣，就很有女人味唷！

平常老是穿牛仔褲的女孩，
今天穿起浴衣來了，給人感
覺比較有女人味喔！

「っぽい」強調了當某人
穿著浴衣時，展現出女
性化的特點或氛圍。也
強調這種特徵的存在。

☞ 文法應用例句

2　穿著深色套裝的那個人是村山小姐。

あの黒っぽいスーツを着ているのが村山さんです。
くろ　　　　　　　き　　　　　　むらやま

★「っぽい」用於描述村山穿著的黑色西裝，強調這件西裝的顏色有點類似黑色，但不完全相同。

3　他的個性急躁又易怒。

彼は短気で、怒りっぽい性格だ。
かれ　たん き　　おこ　　　　せいかく

★「っぽい」用於描述他的性格，強調他具有短暫易怒的傾向。

4　這本書的內容太幼稚了。

その本の内容は、子どもっぽすぎる。
ほん　ないよう　こ

★「っぽい」用於描述該書的內容，強調其內容過於像是適合兒童的風格。

5　那個人老忘東忘西的，真是傷腦筋。

あの人は忘れっぽくて困る。
ひと　わす　　　　こま

★「っぽい」用於描述他的忘記傾向，強調他容易忘事，這導致了困擾。

049
ていらい

自從…以來，就一直…、…之後

類義表現

から
自從…

1【起點】{動詞て形} ＋て以来。表示自從過去發生某事以後，直到現在為止的整個階段，後項是一直持續的某動作或狀態，不用在後項行為只發生一次的情況，也不用在剛剛發生不久的事。跟「てから」相似，是書面語，如例（1）～（3）。

2〖サ変動詞的 N ＋以來〗{サ変動詞語幹} ＋以來，如例（4）、（5）。

　　　　動作　　　　　起點　　　　　持續狀態

例 1
　　　しゅじゅつ　　いらい　　　　　ちょうし
手術をして以来、ずっと調子がいい。

手術完後，身體狀況一直很好。

> 「ていらい」強調了手術後一直保持良好的身體狀態，強調了自手術以來的持續效果或狀況。

> 最近精神百倍，身體像充了電一樣！是從什麼時候開始的呢？

☞ 文法應用例句

2　自從她嫁過來以後，就沒回過娘家。

　　　　　　妻子　嫁過來　　　　─次─　─娘家─
彼女は嫁に来て以来、一度も実家に帰っていない。
かのじょ　よめ　き　いらい　いちど　じっか　かえ

★「ていらい」描述她來到婆家以來，從未回過她的父母家，強調這種狀態從她成為妻子開始一直持續到現在。

3　自從有孩子以後就不喝酒了。

　　　　　　　　─有了─　　　─酒─
子どもができて以来、お酒は飲んでいない。
こ　　　　　　　いらい　　さけ　の

★「でいらい」描述從孩子出生以來，他沒有喝酒，強調這個行為從孩子誕生後一直持續到現在。

4　自從本公司設立以來，便持續地成長。

　─我們的─　─成立─　　　─發展─　─持續─
わが社は創立以来、成長を続けている。
しゃ　そうりついらい　せいちょう　つづ

★「創立いらい」描述自從公司成立以來，公司一直成長，強調這種狀態從公司成立開始一直持續到現在。

5　自入學以來，福田同學的成績總是保持全年級的第一名。

　　　　　　　　─入學─　　　　─成績─　─年級─
福田さんは、入学以来いつも成績が学年で一番だ。
ふくだ　　　　にゅうがく　いらい　　せいせき　がくねん　いちばん

★「入学いらい」描述福田自從入學以來，他的成績一直是班上最好的，強調這種狀態從他入學開始一直持續到現在。

てからでないと、てからでなければ

類義表現

うえで
在…之後

不…就不能…、不…之後，不能…、…之前，不…

接續方法▶ {動詞て形}＋てからでないと、てからでなければ

【條件】表示如果不先做前項，就不能做後項，表示實現某事必需具備的條件。後項大多為困難、不可能等意思的句子。相當於「した後でなければ」。

先做事情　　　　　　條件　　　　　　　　　　限制

例 1 　<ruby>準備体操<rt>じゅん び たいそう</rt></ruby>を<u>し</u>てからでないと、<u>プールに<ruby>入<rt>はい</rt></ruby>ってはいけません</u>。

不先做暖身運動，就不能進游泳池。

不先暖身就游泳，肌肉瞬間壓力一大，就很容易抽筋的喔！

「てからでないと」強調了進行準備體操是進入游泳池的先決條件，如果沒有進行準備體操，就不允許進入游泳池。這強調了條件的必要性。

☞ 文法應用例句

2 　除非把飯全部吃完，否則不可以吃冰淇淋。

ご飯を<ruby>全部<rt>はん ぜん ぶ</rt></ruby>食べてからでないと、アイスを食べてはいけません。

★「てからでないと」表示在完全吃完飯之前，不吃冰淇淋。這種表述明確了行動的前後順序。

3 　除非等到下班以後，否則抽不出空。

<ruby>仕事<rt>し ごと</rt></ruby>が<ruby>終<rt>お</rt></ruby>わってからでないと、<ruby>時間<rt>じ かん</rt></ruby>が<ruby>取<rt>と</rt></ruby>れません。

★「てからでないと」表示除非工作結束，否則無法騰出時間。這種表述確立了工作與閒暇時間的關聯性。

4 　疾病沒有痊癒之前，就不能出院的。

<ruby>病気<rt>びょう き</rt></ruby>が<ruby>完全<rt>かん ぜん</rt></ruby>に<ruby>治<rt>なお</rt></ruby>ってからでなければ、<ruby>退院<rt>たい いん</rt></ruby>できません。

★「てからでなければ」表示除非疾病完全康復，否則無法出院。這種表述強調了健康狀況與出院的緊密關聯。

5 　除非經過仔細的調查，否則無法斷言事發原因。

よく<ruby>調<rt>しら</rt></ruby>べてからでなければ、<ruby>原因<rt>げん いん</rt></ruby>についてはっきりしたことは<ruby>言<rt>い</rt></ruby>えない。

★「てからでなければ」表示除非充分調查，否則無法明確談論原因。這種表述明確了調查與理解事情的關聯性。

051
てくれと
給我…

類義表現
てもらえないか 能（為我）做…嗎

接續方法▶ {動詞て形}＋てくれと

【命令】後面常接「言う（說）、頼む（拜託）」等動詞，表示引用某人下的強烈命令，或是要別人替自己做事的內容這個某人的地位比聽話者還高，或是輩分相等，才能用語氣這麼不客氣的命令形。

命令人　　　要求內容　　　命令
↓　　　　↓　　　　↓

例 1 社長に、タクシーを呼んでくれと言われました。
しゃちょう　　　　　　　　　　よ　　　　　　　　　　　い

社長要我幫他叫台計程車。

晚上招待日本客戶結束，社長要我幫他和客人叫計程車。

這句話表明說話者接到公司社長的請求，讓他給社長叫一輛計程車。使用「でくれと」表示了社長對他的命令。

👉 **文法應用例句**

2 ┃朋友拜託我借他錢。

┌朋友┐　　　┌借出┐　　　　┌被請求了┐
友達にお金を貸してくれと頼まれた。
ともだち　　かね　か　　　　　　たの

★「てくれと」表示說話人被朋友請求借錢的情況，強調朋友希望對方給予貸款的行為。

3 ┃我拜託他那件事不要告訴我父親。

┌父親┐　┌不要說┐　　　┌他┐
そのことは父には言わないでくれと彼に頼んだ。
ちち　　い　　　　　　　かれ　たの

★「でくれと」表示說話人請求對方不要告訴父親某件事情，強調希望對方給予保密的行為。

4 ┃今早木村先生叫我盡快把報告書交出來。

┌今早┐　　　　┌快點┐┌報告書┐　┌提交┐
今朝木村さんに、早く報告書を出してくれと言われたんだ。
けさきむら　　　　　はや　ほうこくしょ　だ　　　　　　い

★「てくれと」表示說話人被木村先生要求盡快提交報告書，強調他要求我立即完成報告書的行為。

5 ┃男友的朋友拜託我把手帕交的小惠介紹給他認識。

┌男友┐　　　┌閨蜜┐　　　　　　　　┌被委託了┐
彼氏の友達に、親友の恵ちゃんを紹介してくれと頼まれた。
かれし　ともだち　　しんゆう　めぐ　　　　しょうかい　　　　たの

★「てくれと」表示被男朋友的朋友要求，介紹自己的親友小惠給他認識的情境，強調對方希望對方給予介紹的行為。

てごらん

…吧、試著…

類義表現

てみる
試試看…

接續方法▶{動詞て形}＋てごらん

1 **【嘗試】**用來請對方試著做某件事情。説法比「てみなさい」客氣，但還是不適合對長輩使用，如例（1）〜（4）。

2 〔**漢字**〕「てごらん」為「てご覧なさい」的簡略形式，有時候也會用未簡略的原形。使用未簡略的形式時，通常會用「覧」的漢字書寫，而簡略時則常會用假名表記呈現，「てご覧なさい」用法如例（5）。

前置動作　　　嘗試動作　　　嘗試
↓　　　　　↓　　　　↓

例 1 **目をつぶって、森の音を聞いてごらん。**

閉上眼睛，聽聽森林的聲音吧！

森林的空氣真新鮮！咦？剛剛那個是五色鳥的叫聲嗎？你聽到了嗎？

「てごらん」表示鼓勵對方閉上眼睛，嘗試聆聽森林的聲音，以感受那種環境。它強調了對方親自去經歷、嘗試或感受森林聲音的重要性。

☞ 文法應用例句

2 試試跳進河裡，從這裡下去不會危險喔。

川に飛び込んでごらん、ここからなら危なくないよ。

★「でごらん」表示建議與鼓勵，建議嘗試從此處跳進河中，強調了透過親身體驗來感受活動，並確保動作的安全性。

3 你看，彩虹出來囉！

見てごらん、虹が出ているよ。

★「てごらん」表示引導並建議，提醒對方注意此時此地的美景，透過親眼看見，強調了感受自然美的重要性。

4 這個，有意思極了，你讀一讀嘛！

これ、すごく面白かったから、読んでごらんよ。

★「でごらん」表示邀請與建議，鼓勵親自閱讀並體驗其引人入勝的內容，強調親身閱讀，來獲得閱讀樂趣的重要性。

5 這東西就叫做文字燒喔！你吃吃看！

これは「もんじゃ焼き」っていうのよ。ちょっと食べてご覧なさい。

★「てご覧なさい」表示親切的鼓勵對方親自品嘗「もんじゃ焼き」，體驗其風味。強調了透過親自品嘗來瞭解和欣賞食物的重要性。

て（で）たまらない

非常…、…得受不了

類義表現

てしかたがない
非常…、
…甚至無法忍耐

接續方法▶ {[形容詞・動詞] て形}＋てたまらない；{形容動詞詞幹}＋でたまらない

1【感情】指説話人處於難以抑制，不能忍受的狀態，前接表達感覺、感情的詞，表示説話人強烈的感情、感覺、慾望等，相當於「てしかたがない、非常に」，如例（1）～（4）。

2〔重複〕可重複前項以強調語氣，如例（5）。

引發源頭　觸發情感狀態　無法忍受

例1 勉強が 辛く てたまらない。
べんきょう つら

書唸得痛苦不堪。

我們常説的「辛苦死了」，這個表示強烈的感情的「…死了」，就用「てたまらない」這個句型。

「てたまらない」表達了學習過程中的辛苦、困難，並強調這種狀態到了無法忍受的程度。突顯了困難或不愉快的程度。

☞ 文法應用例句

2　因為患有低血壓，所以早上起床時非常難受。

┌低血壓┐　　┌起床┐　┌難受的┐
低血圧で、朝起きるのが辛くてたまらない。
ていけつあつ　あさ お　　つら

★「てたまらない」在此表示低血壓導致早上起床困難的程度，已經令人無法忍受。強調了體驗到的不適的強烈程度。

3　通過N1級測驗，簡直欣喜若狂。

　　┌及格┐　　┌喜悅的┐
N1に合格して、嬉しくてたまらない。
ごうかく　　うれ

★「てたまらない」在此表示通過 N1 考試的喜悅感，已經令人無法自己。強調了強烈的喜悅和興奮的程度。

4　想要新型的電腦，想要得不得了。

┌最新┐　　┌電腦┐　　　┌渴望的┐
最新のコンピューターが欲しくてたまらない。
さいしん　　　　　　　　　ほ

★「てたまらない」表示對新型電腦的渴望，已經到了無法抑制的程度。強調了強烈的慾望和欲求的程度。

5　我對他恨之入骨。

　　　　　　┌事情┐┌憎恨的┐
あの人のことが憎くて憎くてたまらない。
　　　　　　　にく　にく

★透過兩個「憎くて」並接「たまらない」，表示對某人的憎恨感到了無法忍受的程度。強調了強烈的憎恨與憤怒的程度。

て（で）ならない

…得受不了、非常…

類義表現

て（で）たまらない
非常…、
…得受不了

接續方法▶ {[形容詞・動詞]て形}＋てならない；{名詞；形容動詞詞幹}＋でならない

1【感情】表示因某種感受十分強烈，達到沒辦法控制的程度，相當於「てしょうがない」等，如例（1）、（2）。

2〖接自發性動詞〗不同於「てたまらない」，「てならない」前面可以接「思える（看來）、泣ける（忍不住哭出來）、気になる（在意）」等非意志控制的自發性動詞，如例（3）～（5）。

引發源頭　　觸發感情狀態　　強烈渴望
↓　　　　　↓　　　　　↓

例1 新しいスマホが 欲しく てならない。
　　あたら　　　　　　　　ほ

非常渴望新款的智慧手機。

可以讓我隨時塗鴉、做筆記、捕捉瞬間精采片段的新款手機，聽説Ｓ公司現在真的要上市啦！這是我一直想要的！

「てならない」表達了對擁有新手機的強烈渴望，並強調了這種情感到了無法自控的程度。突顯了對這個願望的強烈感受。

🖙 文法應用例句

2
對於晚年的人生擔心得要命。

┌晚年┐ ┌擔心┐
老後が心配でならない。
ろうご　しんぱい

★「でならない」表示對於晚年生活的擔憂，已經到了難以自制的程度。強調了極度的擔心或憂慮。

3
實在不由得讓人擔心日本再這樣下去恐怕要完蛋了。

　　　　　┌這樣下去┐　┌無望的┐　　　┌不禁覺得┐
日本はこのままではだめになると思えてならない。
にほん　　　　　　　　　　　　　　　　　　おも

★「てならない」表示對於日本現況的擔憂，已經到了無法停止思考的程度。強調了深深的憂慮與不安。

4
主角太可憐了，讓人沒法不為他流淚。

┌主角┐　　┌可憐的┐　　　┌讓人想哭┐
主人公がかわいそうで、泣けてならなかった。
しゅじんこう　　　　　　な

★「てならない」表示對主人公的可憐和心痛之情，到了無法控制淚水的程度。強調了極度的同情與感動。

5
十分在意她。

┌她┐　　　┌事情┐　┌心裡總惦記著┐
彼女のことが気になってならない。
かのじょ　　　　き

★「てならない」表示對她的關注或擔心，已經到了無法不去思考的程度。強調了極度的在意或關切。

て（で）ほしい、てもらいたい

1. 想請你…；3. 想請某人為我…

類義表現

てもらう
（我）請
（某人為我做）…

1 【願望】{動詞て形}＋てほしい。表示對他人的某種要求或希望，如例（1）、（2）。

2 〔否定說法〕否定的説法有「ないでほしい」跟「てほしくない」兩種，如例（3）。

3 【請求】{動詞て形}＋てもらいたい。表示想請他人為自己做某事，或從他人那裡得到好處，如例（4）、（5）。

　　　　　　　　對象　　（他人）動作　願望

例 1 袖の長さを 直し てほしいです。
　　　そで　なが　　　なお
我希望你能幫我修改袖子的長度。

袖子太長了，幫我改一下吧！

「直してほしい」表明講話者希望對方能夠調整袖子的長度。暗示希望對方能夠滿足這個請求。

📖 文法應用例句

2 我希望能將他培育成善解人意的孩子。

┌關心他人┐　　　　┌培育┐
思いやりのある子に 育って ほしいと 思います。
おも　　　　　　　こ　そだ　　　　　　　おも

★「育ってほしい」表達說話人對於孩子的期待，希望他能成長為一個富有同理心的人。這是對孩子成長過程的願望表達。

3 不希望神田先生來參加派對。

　　　　　　　　　　┌派對┐　┌前來┐
神田さんには、 パーティーに 来て ほしくない。
かん だ　　　　　　　　　　　　き

★「来てほしくない」表達說話人對神田先生的願望，即不希望神田先生出席派對。這是對他的出席與否的期待表達。

4 希望爸爸能夠戒菸。

　　　　　　┌香菸┐　┌戒掉┐
お父さんに 煙草を やめて もらいたい。
とう　　　　たばこ

★「やめてもらいたい」表達說話人希望父親能戒掉抽煙的習慣。這是對父親行為改變的期望表達。

5 在採訪時，也希望您順便幫我簽個名。

┌採訪┐　　　　　　┌順便┐　　┌簽名┐
インタビューするついでに、 サインも してもらいたいです。

★「してもらいたい」表達說話人在進行訪談的同時，希望能得到對方的簽名。這是對對方行為的期待表達。

てみせる

1. 做給…看；2. 一定要…

類義表現

てみる
試著（做）…

接續方法▶ {動詞て形}＋てみせる

1【示範】表示為了讓別人能瞭解，做出實際的動作示範給別人看，如例（1）、（2）。

2【意志】表示說話人強烈的意志跟決心，含有顯示自己的力量、能力的語氣，如例（3）～（5）。

動作主體　動作　示範　建議

例 1

子どもに挨拶の仕方を教えるには、まず親が やって みせた ほうがいい。

關於教導孩子向人請安問候的方式，最好先由父母親示範給他們看。

> 我們家最注重禮儀了，所以讓女兒跟著我學一次向人問候的方法。

> 「やってみせる」表明若要教導孩子如何打招呼，建議父母先行示範給他們看。強調了行動的展示和模仿學習的重要性。

☞ 文法應用例句

2

對於孩子討厭的食物，父母可以故意在孩子的面前吃得很美味給他看。

子どもの嫌いな食べ物は、親がおいしそうに食べてみせるといい。

★「食べてみせる」指的是父母應該在孩子面前，表現出食物美味的樣子。強調了透過示範行為來影響孩子的觀念。

3

下次考試一定考100分給你看！

次のテストではきっと100点を取ってみせる。

★「取ってみせる」顯示出說話人下定決心，在下次的考試中取得滿分，表現了強烈的自我證明和實力的自信。

4

我怎麼可能會輸給那種傢伙呢！我一定贏給你看！

あんな奴に負けるものか。必ず勝ってみせる。

★「勝ってみせる」展現出說話人決不向敵手低頭的堅定決心，並強調了贏得比賽、證明自己強大的意志。

5

我這次絕對會通過測驗讓你看的！

今度こそ合格してみせる。

★「合格してみせる」強調說話人對下次考試通過的堅定決心，展現了其證明自己能力、實力的自信與企圖心。

命令形＋と

1. 引用用法；2. 間接引用用法

類義表現

命令形
給我…、不要…

接續方法▶ {動詞命令形}＋と

1【直接引用】前面接動詞命令形、「な」、「てくれ」等，表示引用命令的內容，下面通常會接「怒る（生氣）、叱る（罵）、言う（説）」等和意思表達相關的動詞，如例（1）～（3）。

2【間接引用】除了直接引用説話的內容以外，也表示間接的引用，如例（4）、（5）。

要求內容　　命令　　直接引用
↓　　　　　↓　　　↓

 例1

「窓口はもっと美人に しろ」と 要求された。
まどぐち　　　　びじん　　　　　　　ようきゅう

有人要求「櫃檯的小姐要挑更漂亮的」。

怎麼會有這麼奇怪的客訴啊？居然要求換個正妹坐櫃檯！把我們公司當什麼了！

「命令形＋と」傳達了命令或要求，服務窗口的工作人員的外表需要更加吸引人。強調了命令的強烈性和不容許拒絕的態度。

☞ 文法應用例句

2

電話打來說：「是我啦，我啦！我出車禍了，快送300萬過來！」

電話がかかってきて、「俺、俺 交通事故起こしちゃったから、300万円送ってくれ」と言われた。
でんわ　　　　　　　おれ　おれ　こうつうじこお　　　　　　　まんえんおく　　　　　い

★「命令形＋と」以強烈的命令或請求的語氣，請求對方匯寄 300 萬圓。暗示對方需要迅速採取行動。

3

我被罵說「是男人的話就振作點」。

「男ならもっとしっかりしろ」と叱られた。
おとこ　　　　　　　　　　　　　しか

★「命令形＋と」以指示或要求的語氣，建議作為男性，應該表現得更堅強。突出了語氣的強烈性和不接受反駁的態度。

4

被罵說下次一定要考100分。

次は必ず100点を取れと怒られた。
つぎ　かなら　　　てん　と　　おこ

★「命令形＋と」以命令或要求的語氣，要對方下次一定要取得滿分。突出了語氣的強烈命令性或憤怒性的要求。

5

總經理對我說了要我辭職。

社長に、会社を辞めろと言われた。
しゃちょう　かいしゃ　や　　　い

★「命令形＋と」表示社長向對方發出命令，要求對方辭去公司職務。這種語氣強調了命令的明確性和強制性。

ということだ

1. 聽說…、據說…；2.…也就是說…、這就是…

類義表現
わけだ （結論）就是…； （換言）…也就是說…

接續方法▶ ｛簡體句｝＋ということだ

1【傳聞】表示傳聞，從某特定的人或外界獲取的傳聞。比起「そうだ」來，有很強的直接引用某特定人物的話之語感，如例（1）～（3）。

2【結論】明確地表示自己的意見、想法之意，也就是對前面的內容加以解釋，或根據前項得到的某種結論，如例（4）、（5）。

　　　　主題　　　　　　　轉述內容　　　　　　　傳聞

例 1 課長は、日帰りで出張に行ってきた ということだ。
かちょう　　ひがえ　　しゅっちょう　い

聽說課長出差，當天就回來。

今天怎麼沒有看到課長呢？原來說是出差去了，而且是當天就回來了。

「ということだ」表明講者從其他來源得知，課長在一天之內來回出差，這顯示了信息非直接觀察，而可能是從同事、電視或親友那裡得到的。

☞ 文法應用例句

2 聽說那兩個人最後離婚了。

あの二人は離婚したということだ。
ふたり　　りこん

★「ということだ」表示說話者聽說那兩個人已經離婚了，但說話者可能沒有直接的證據或親身經歷。強調「離婚した」這一情報的傳聞性質。

3 目前正在流行成年人版本的著色書冊。

今、大人用の塗り絵がはやっているということです。
いま　おとなよう　ぬ　え

★「ということだ」表示說話者從其他來源得知現在成人用的塗色書很受歡迎。強調「成人用的塗色書很受歡迎」這一流行趨勢的傳聞性質。

4 沒有意見的話，就表示大家都贊成了吧！

ご意見がないということは、皆さん、賛成ということですね。
いけん　　　　　　　　みな　　　さんせい

★「ということだ」表明了眾人若無反對意見，則被視為默認贊同。強調根據「沒有意見」這一情況作出的結論。

5 竟然會迷戀藝人，表示你還年輕啦！

芸能人に夢中になるなんて、君もまだまだ若いということだ。
げいのうじん　むちゅう　　　　　きみ　　　　　　わか

★「ということだ」表明了說話人推斷因為對方如此迷戀藝人，所以解釋還年輕、天真。強調根據「迷戀藝人」這一行為來進行的推斷。

というより

與其說…，還不如說…

類義表現

ほど～はない
沒有…比…的了

接續方法▶ {名詞；形容動詞詞幹；[名詞・形容詞・形容動詞・動詞] 普通形}＋というより

【比較】表示在相比較的情況下，後項的説法比前項更恰當後項是對前項的修正、補充或否定，比直接、毫不留情加以否定的「ではなく」，説法還要婉轉。

初始描述　　　比較　　　　　　更貼切説法
↓　　　　　↓　　　　　　　　↓

 例 1 彼女は女優 というより、モデルという感じですね。

與其説她是女演員，倒不如説她是模特兒。

> 這女孩臉蛋很吸引人，身材更是一極棒，看起來像個模特兒。

> 用「というより」對她進行了比較和描述，表達了她更適合模特而不是演員的感覺或印象。強調了對女性的評價是基於她更像模特的特質或行為。

☞ 文法應用例句

2

與其説她漂亮，其實可愛更為貼切唷。

彼女は、きれいというより可愛いですね。
（美麗的）　　　　　　　　（甜美的）

★「というより」用於比較描述她，強調以「可愛」形容她比以「美麗」更為貼切。突顯對女性評價的重點是甜美特質或行為。

3

與其説不喜歡，不如説討厭。

好きじゃないというより、嫌いなんです。
（喜歡的）　　　　　　　　　（討厭的）

★「というより」用於比較描述説話人的感受，暗示更傾向於「厭惡」，突顯對事物的感受更偏向於強烈的厭惡感。

4

與其説他有經濟觀念，倒不如説是小氣。

彼は、経済観念があるというより、けちなんだと思います。
（經濟）（概念）　　　　　　　　　　（小氣）

★「というより」用於比較描述他，暗示他更偏向「小氣」，而非只是「有經濟觀念」。突顯吝嗇特質。

5

這雖是一本圖畫書，但與其説是給兒童看的，其實更適合大人閱讀。

これは絵本だけれど、子ども向けというより大人向けだ。
（繪本）　　　　　　　　（為…所設計）　　　（大人）

★「というより」用於比較描述這本書，暗示更適合「大人」，而非「孩子」，突顯其適合成年人的編排或內容。

といっても

雖說…，但…、雖說…，也並不是很…

類義表現

にしても
即使…，也…

接續方法▶ {名詞；形容動詞詞幹；[名詞・形容詞・形容動詞・動詞] 普通形}＋といっても

【讓步】表示承認前項的說法，但同時在後項做部分的修正，或限制的內容，說明實際上程度沒有那麼嚴重。後項多是說話者的判斷。

前提狀態　　　修改　　　修改內容

例 1 貯金がある といっても、10 万円ほどですよ。
ちょきん　　　　　　　　まんえん

雖說有存款，但也只有10萬圓而已。

「といっても」表示雖然有前項的事「貯金がある」（有存款），但實際上也不是那麼多，就 10 萬圓而已啦！

這句話通過「といっても」來限制或說明存款的數額，表明雖然有存款但金額並不多。

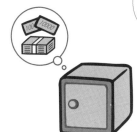

☞ 文法應用例句

2 就算很容易，畢竟才 3 歲的小孩實在做不來呀！

簡単といっても、さすがに3歳の子には無理ですね。
かんたん　　　　　　　　さい　こ　　　　　　　む り

★「といっても」進行了限制和說明，即使形容為簡單，但是對於3歲的孩子來說仍然難以實現。顯示「簡單」一詞的相對性認識。

3 雖說距離遠，但開車馬上就到了。

距離は遠いといっても、車で行けばすぐです。
きょり　とお　　　　　　　くるま　い

★「といっても」表示即使距離看起來遠，但如果開車的話其實很快就到了。強調對「距離遠」這個觀念的修正或限定。

4 說是正在流行，其實僅限於年輕女性之間而已。

はやっているといっても、若い女性の間だけです。
　　　　　　　　　　　　わか　じょせい　あいだ

★「といっても」表示即使說是流行，但其實只是在年輕女性之間流行。強調對「流行中」這個觀念的修正。

5 雖說要忍耐，但忍耐還是有限度的。

我慢するといっても、限度があります。
が まん　　　　　　　　　げん ど

★「といっても」表示即使我們需要或想要忍耐，但也有它的限度，不能無止境地忍耐。強調對「忍耐」這一行為的局限性或極限。

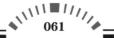
とおり（に）

按照…、按照…那樣

類義表現
によって（は）、
により

根據…；依照…

接続方法▶ {名詞の；動詞辞書形；動詞た形}＋とおり（に）

【依據】表示按照前項的方式或要求，進行後項的行為、動作。

依循標準　　　依據　　　　　　要求動作
　　↓　　　　　↓　　　　　　　　　↓

例1
医師の言う とおり、薬を飲んでください。
いし　　い　　　　　　　くすり　の

請按照醫生的指示吃藥。

通過「とおり」表示要求對方按照醫生的指示來服用藥物。強調了醫生提供的指示是準確、可信的，並且需要被遵循。

要怎麼吃藥呢？

👉 文法應用例句

2　按照說明書的指示把書櫃組合起來了。

說明書　　　　書架　　　組裝了
説明書の通りに、本棚を組み立てた。
せつめいしょ　とお　　　ほんだな　　く　　た

★「とおりに」表達出按照說明書的指示來組裝書架的動作。強調遵循指示的重要性，顯示說明書可靠且應遵循。

3　按照老師所教，寫送假名。

學習了　　　　　後接假名　標上了
先生に習ったとおり、送り仮名を付けた。
せんせい　なら　　　　　　おく　がな　　つ

★「とおり」表示按老師教導寫作。強調按照指示行事的重要性，顯示老師的教學是可靠且專業的，應該被遵循。強調遵循指示的重要性，顯示老師教學可靠且應遵循。

4　請按照所說的那樣，遵守紀律。

　　　　　　　　　　　紀律　　遵守
言われたとおりに、規律を守ってください。
い　　　　　　　　　　きりつ　まも

★「とおりに」表達出要求他人守規矩。強調遵循規範的重要性，並顯示規範有權威且應被遵循的。

5　雖然不喜歡讀書，還是依照父母的意願上了大學。

讀書　　　　　　父母　　　　　大學
勉強は好きではないが、両親の言う通り大学に行った。
べんきょう　す　　　　　　りょうしん　い　とお　だいがく　い

★「とおり」表達出按照父母建議上大學，強調遵循指示的重要性，顯示父母建議是有價值的且應被遵循。

どおり（に）

按照、正如…那樣、像…那樣

類義表現

まま（で）
保持原樣

接續方法▶ {名詞}＋どおり（に）

【依據】「どおり」是接尾詞。表示按照前項的方式或要求，進行後項的行為、動作。

　　　對象　　按照方法　依據　　　主要行動
　　　　↓　　　　↓　　　↓　　　　　↓

例 1 荷物を、指示 どおりに 運搬した。
にもつ　　しじ　　　　　うんぱん

行李依照指示搬運。

「どおりに」強調的是運送貨物的行為，完全遵從了先前的指示或規定，也強調了對規則或指示遵守的重視和尊重。

這些器具是很重要的喔！

文法應用例句

2 事情就有如預料般地進展了下去。

話は予想どおりに展開した。
はなし　よそう　　　　てんかい

★「どおりに」強調的是故事的進展，正如預先的猜測或預期的那樣，表達了預測的準確性以及對事情細節的前瞻性觀察。

3 所謂的「萬一」，字面的意思就是「一萬分之一」，也就是用來表示「罕見的事」的語詞。

「万一」とは、文字通りには「一万のうち一つ」ということで、「めったにないこと」を表す言葉です。
まんいち　　もじどお　　いちまん　ひと　　　　　　　　　　　　　　　　　　あらわ　ことば

★「どおりに」強調的是詞語的字面意義，確實遵從了詞語原有的含義，展現了對詞語意義的深入理解及來源的尊重。

4 進度幾乎都依照計畫進行。

進み具合は、ほぼ計画どおりだ。
すす　ぐあい　　　　けいかく

★「どおり」強調的是進行狀態，完全按照先前的計畫或規劃，展現了對於計畫或指示的嚴謹遵循與尊重。

5 人生當中會發生許許多多無法順心如意的事。

人生は、思い通りにならないことがいろいろ起こるものだ。
じんせい　　おも　どお　　　　　　　　　　　　　　　　お

★「どおりに」強調的是人生中的事件，無法完全按照自己的意願來進行，顯示了對於人生變幻莫測的深刻認識。

063
とか

好像…、聽說…

類義表現

って
聽說…

接續方法▶ {名詞；形容動詞詞幹；[名詞・形容詞・形容動詞・動詞] 普通形}＋とか

【傳聞】用在句尾，接在名詞或引用句後，表示不確切的傳聞，引用信息。比表示傳聞的「そうだ、ということだ」更加不確定，或是迴避明確說出，一般用在由於對消息沒有太大的把握，因此採用模稜兩可，含混的說法。相當於「と聞いている」。

發生時間　　當時情況　　傳聞

例1 **当時は まだ新幹線がなかった とか。**
とう じ　　　　しんかんせん

聽說當時還沒有新幹線。

「とか」表達了「當時還沒有新幹線」這一信息，也許是出自他人的口述或者文字記錄，而非自己親自經歷。該信息帶有間接性和二手的特徵及不確定的語氣。

把聽到的事情傳達給別人，就用「とか」這個句型。由於是聽來的，不是自己實際調查的，所以對那個事情並沒有十分的把握。

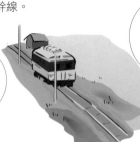

☞ 文法應用例句

2　據說這一帶從前是大海。

昔、この辺は海だったとか。
むかし　　へん　うみ

★「とか」傳達了「這一帶以前是海」的消息，可能是從其他來源獲得的，暗示著這個訊息並非自己的直接觀察，具有推測性和非確定性。

3　聽說他們感情很好。

彼らは、みんな仲良しだったとか。
かれ　　　　なか よ

★「とか」傳達了「他們都是好朋友」的信息，顯示這是從別人那裡得知的，表達出這個訊息的可信度不確定，並具有一定的間接性。

4　聽說昨天是今年冬天最冷的一天。

昨日はこの冬一番の寒さだったとか。
きのう　　ふゆいちばん　さむ

★「とか」傳達了「昨天是這個冬天最冷的一天」的信息，可能是由其他人的描述所得，突顯這個訊息的真實性不確定，帶有一種間接的感覺。

5　聽說令千金考上京都大學了？恭喜恭喜！

お嬢さん、京大に合格なさったとか。おめでとうございます。
じょう　　きょうだい　ごうかく

★「とか」傳達了「您的女兒考上了京都大學」的信息，可能是來自別人的話，突顯消息的提及，並具有一定的間接性。

064

ところだった

1.（差一點兒）就要…了、險些…了；2.差一點就…可是…

類義表現

ところだ
剛要…、正要…

接続方法▶ {動詞辭書形}＋ところだった

1【結果】表示差一點就造成某種後果，或達到某種程度，含有慶幸沒有造成那一後果的語氣，是對已發生的事情的回憶或回想，如例（1）～（3）。

2【懷悔】「ところだったのに」表示差一點就可以達到某程度，可是沒能達到，而感到懷悔，如例（4）、（5）。

險些發生　　　未發生事件　　　實際結果

例 1 もう少しで　車にはねられる　ところだった。
すこ　　　くるま

差點就被車子撞到了。

我的天啊！心肝寶貝！

「ところだった」強調情況非常危險，差一點就會往不好的方向發展「被車撞了」，但最終未發生。有避免了不好結果的慶幸心情。

☞ 文法應用例句

2　啊，對了，差點忘了！明天３點向井小姐會來喔。

あっ、そうだ、忘れるところだった。明日、3時に向井さんが来るよ。
わす　　　　　　　　　あした　じ　むかい　　く

★「ところだった」表示差一點忘記「明日，3時向井小姐會來」這件事情，但最後提醒了自己。帶有一種險些忘記但最後記起的心情。

3　若是再晚個５分鐘，就會發生嚴重的事故了。

もしあと５分遅かったら、大きな事故になるところでした。
ふんおそ　　　おお　じこ

★「ところだった」表示差一點就會發生「大事故」，但由於早了５分鐘，所以沒有發生。帶有一種險些發生大事但最後避免的心情。

4　原本就快要剩下我們兩人獨處了，結果卻被她壞了好事啦！

もう少しで二人きりになれるところだったのに、彼女が台無しにしたのよ。
すこ　ふたり　　　　　　　　　　　　　かのじょ　だいな

★「ところだった」表示差一點就可以「只有兩人」獨處，但是她搞砸了。帶有一種差點達到目標但最後被破壞的失望心情。

5　本來就快要獲勝了呀，就在最後的緊要關頭以一分飲恨敗北。

もう少しで優勝するところだったのに、最後の最後に1点差で負けてしまった。
すこ　ゆうしょう　　　　　　　　　　　さいご　さいご　てんさ　ま

★「ところだった」表示差一點要「獲得勝利」，但是最後因為一分的差距而輸掉。帶有差點達成目標但最終受阻的失望感。

ところに

…的時候、正在…時

類義表現

さいちゅうに
正在…

接續方法▶ {名詞の；形容詞辭書形；動詞て形＋ている；動詞た形}＋ところに

【時點】表示行為主體正在做某事的時候，發生了其他的事情。大多用在妨礙行為主體的進展的情況，有時也用在情況往好的方向變化的時候。相當於「ちょうど～しているときに」。

　　　　　　進行中的動作　　　　時點　　　突發事件
　　　　　　　　↓　　　　　　　↓　　　　　↓

例 1　**出かけようとした ところに、電話が鳴った。**
　　　正要出門時，電話鈴就響了。

「ところに」表示女孩正要「出かけようとした」（準備出門）的時候，發生了「電話が鳴った」的事情。

「ところに」表示一個事件（電話鈴響），恰好發生在另一個事件（正要出門）的時間點上。強調兩者時間的重合，及後面對前面事件可能造成影響或妨礙。

☞ 文法應用例句

2　就在以家用電話通話時，手機也響了。

　家の電話で話し中のところに、携帯電話もかかってきた。
　いえ　でんわ　はな　ちゅう　　　　　　けいたいでんわ

★「ところに」描述正在使用家庭電話講話的同時，手機也響了起來。凸顯兩事時間的交錯，及後者對前者可能產生的干擾。

3　本來就已經忙得團團轉了，竟然還有急事插進來。

　ただでさえ忙しいところに、急な用事を頼まれてしまった。
　　　　　　いそが　　　　　　きゅう　ようじ　たの

★「ところに」描述非常忙碌時，又被要求處理突發事件。突顯兩事時間的重疊，及後者對前者可能產生的壓力。

4　正在煩惱的時候，老師一來事情就解決了。

　困っているところに先生がいらっしゃって、無事解決できました。
　こま　　　　　　　　せんせい　　　　　　　　　ぶじかいけつ

★「ところに」描述困擾不知所措時，老師的出現使問題得以順利解決。彰顯兩事時間的重合，及後者對前者帶來的正面影響。

5　正在畫口紅時，小孩突然跑過來，口紅就畫歪了。

　口紅を塗っているところに子どもが飛びついてきて、はみ出してしまった。
　くちべに　ぬ　　　　　　　　　　こ　　　と　　　　　　　　　だ

★「ところに」描述塗口紅時，孩子突然衝過來，口紅塗出輪廓。表明兩事時間的交匯，及後者對前者可能產生的干擾。

ところへ

…的時候、正當…時，突然…、正要…時，（…出現了）

類義表現

とたんに

剛—…、立刻…、
剎那就…

接續方法▶ {名詞の；形容詞辭書形；動詞て形＋ている；動詞た形}＋ところへ

【時點】表示行為主體正在做某事的時候，偶然發生了另一件事，並對行為主體產生某種影響。下文多是移動動詞。相當於「ちょうど～しているときに」。

進行中動作　　　　時點　　　　突發事件

 例 1

植木の世話をしている ところへ、友達が遊びに来ました。
うえき せわ　　　　　　　　　　　ともだち あそ き

正要整理花草時，朋友就來了。

> 庭院的植物們失去了原有的水嫩模樣，看來需要澆一下水了。正當我在澆花時，朋友就來了。

> 「ところへ」強調了兩件事件（照顧植物和朋友來訪）的時間點剛好重合，並且後發生的（朋友來訪）可能對前面（照顧植物）產生了影響或中斷。

☞ 文法應用例句

2 正忙著準備會議資料的時候，接到了數據有誤的通知。

会議の準備で資料作成中のところへ、データが間違っていたという知らせが来た。
かいぎ じゅんび　 しりょうさくせいちゅう　　　　　 まちが　　　　　　　　　　 し　　　き

★「ところへ」描述在製作會議資料時，突收到數據錯誤通知，顯示了對前者的干擾性。

3 正在曬衣服時，小狗突然闖了進來。

洗濯物を干しているところへ、犬が飛び込んできた。
せんたくもの ほ　　　　　　　　　　いぬ と こ

★「ところへ」描述在曬衣時，小狗突入，表現出小狗打亂了前者的原來狀態。

4 正在做功課的時候，弟弟來搗蛋了。

宿題をやっているところへ、弟がじゃましに来た。
しゅくだい　　　　　　　　　おとうと　　　　　　き

★「ところへ」描述在做功課時，弟弟來搗亂，顯示了弟弟對前者的干擾性。

5 當我正在做飯時，薰姊姊恰巧來了。

食事の支度をしているところへ、薫姉さんが来た。
しょくじ したく　　　　　　　　　　かおるねえ　　　き

★「ところへ」描述在準備晚餐時，薰姊姊來訪，表現出其打亂了前者的原狀態。

ところを

正…時、…之時、正當…時…

類義表現
さい（は）、さいに（は）
…的時候、在…時、當…之際

接續方法▶ {名詞の；形容動詞詞幹な；[形容詞・動詞]普通形}＋ところを

【時點】表示正當Ａ的時候，發生了Ｂ的狀況。後項的Ｂ所發生的事，是對前項Ａ的狀況有直接的影響或作用的行為。含有說話人擔心給對方添麻煩或造成對方負擔的顧慮。相當於「ちょうど～しているときに」。

進行中動作　　　　時點　　　　突發情況
　　↓　　　　　　　↓　　　　　　↓

例 1 煙草を吸っている ところを 母に見つかった。
たばこ す　　　　　　　　　　はは み

抽煙時，被母親撞見了。

「ところを」伴隨著前後的動詞，表示正當在「煙草を吸っている」（抽煙）的時候，發生了「母に見つかった」（被母親抓到）的狀況。

「ところを」表示動作（在吸煙）正在進行的時候，另一個事件（被母親發現）發生了，而產生了影響或打斷。隱含了被母親發現吸煙的負面結果。

☞ 文法應用例句

2 不好意思，在您百忙之中前來打擾。

┌分身乏術┐　　　　　┌對不起┐
お取り込み中のところを、失礼致します。
と こ ちゅう　　　　　　　しつれいいた

★「ところを」表示在對方「正在忙碌」時，說話人進行了另一行為「打擾對方」，暗示抱歉之意。

3 職員正在忙的時候，我叫住他問問題。

┌負責(人)┐　　　　　　　　┌叫住┐　┌問了問題┐
係りの人が忙しいところを呼び止めて質問した。
かか ひと いそが　　　　　　よ と　　しつもん

★「ところを」表示在對方「正在忙碌」時，說話人進行了另一行為（阻止對方提問），對打擾對方的行為感到擔憂。

4 小偷正要逃出門時，被警察逮個正著。

┌警察┐　┌小偷┐　　　　　　　　┌逮捕了┐
警察官は泥棒が家を出たところを捕まえた。
けいさつかん どろぼう いえ で　　　　つか

★「ところを」表示小偷「即將離開」時，被「警察捉住」，暗示行為的打斷。

5 正在霸凌同學的時候被老師發現了。

┌同學┐　　　┌欺凌┐　　　　　　　　┌被發現了┐
クラスメートをいじめているところを先生に見つかった。
せんせい み

★「ところを」表示在「欺負同學」時，被「老師發現」，暗示行為的打斷與負面語氣。

として、としては

以…身分、作為…；如果是…的話、對…來說

類義表現

にしても
即時…，也…

接續方法▶ {名詞}＋として、としては

【立場】「として」接在名詞後面，表示身分、地位、資格、立場、種類、名目、作用等。有格助詞作用。

身分　立場　　　　　主語意圖

例1 <u>専門家</u> として、<u>一言意見</u>を述べたいと思います。
　　せんもん か　　　　ひとこと い いけん　の　　　おも

我想以專家的身分，說一下我的意見。

關於近代的經濟變遷，身為研究經濟學數十年的我，想發表一下我的個人意見。

「として」表示身分，強調了發言者「作為一名專家」的身分，暗示其具有發表意見的權威和資格。這強調了講者的特定角色，對其行為和觀點的影響。

☞ 文法應用例句

2 請以負責人的身分，說明一下狀況。

┌負責人┐　　　　┌情況┐　┌─說明─┐
責任者 として、状況を説明してください。
せきにんしゃ　　　　じょうきょう　せつめい

★「として」強調「身為負責人」這特定角色下的責任與義務，暗示其需要對狀況給予解釋。

3 請以本書作者的身分，談一下本書的內容。

　　┌─作者─┐　　　　┌內容┐
本の著者 として、内容について話してください。
ほん　ちょしゃ　　　　ないよう　　　　はな

★「として」強調「身為這本書的作者」這特定角色下的權威和資格，暗示其具有關於書內容的詮釋權。

4 作為興趣，我持續地寫書法。

┌興趣┐　　　　┌書法┐　┌持續┐
趣味 として、書道を続けています。
しゅみ　　　　しょどう　つづ

★「として」突出「將書法視為興趣」的休閒性質。表明其心態與行為的性質。

5 現在的男友以情人來說雖然無可挑剔，但若要當成結婚的對象，他的收入卻不夠。

　　　　　　　┌情人┐　　　　┌滿意┐　　　　┌對象┐　　　　┌所得┐　┌─不足─┐
今の彼は、恋人 としては満足だけれど、結婚相手 としては収入が足りない。
いま　かれ　こいびと　　　　まんぞく　　　　けっこんあいて　　　　しゅうにゅう　た

★「としては」表示「作為戀人或結婚對象」的期待差異。表明在不同情境下的期望與現實狀況。

069
としても

即使…，也…、就算…，也…

類義表現

といっても
雖說…，但…

接續方法▶ {名詞だ；形容動詞詞幹だ；[形容詞・動詞] 普通形}＋としても

【逆接條件】表示假設前項是事實或成立，後項也不會起有效的作用，或者後項的結果，與前項的預期相反。後項大多為否定、消極的內容。一般用在説話人的主張跟意見上。相當於「その場合でも」。

假定條件　　　　　逆接條件　　　　依然發生的結果
↓　　　　　　　　　↓　　　　　　　　↓

例 1 みんなで力を合わせた としても、彼に勝つことはできない。
ちから　あ　　　　　　　　　　　　かれ　か

就算大家聯手，也沒辦法贏他。

團結應該是力量大的啊！但是…。

「としても」強調了即使在最有利的情況下（所有人聯手），仍無法達到特定結果（打敗他）。這強調了結果的困難或不可能性。

文法應用例句

2　即使這是真的寶石，我也不會買的。

これが本物の宝石だとしても、私は買いません。
　　　　ほんもの　ほうせき　　　　　　わたし　か

★「としても」強調了即使是理想情況下，如真的是寶石，也不會改變自己不會購買的想法。突出了結果的難以達成或其挑戰性。

3　即使那孩子再怎麼聰明，也沒有辦法解開這個問題吧！

その子がどんなに賢いとしても、この問題は解けないだろう。
　　こ　　　　　かしこ　　　　　　　もんだい　と

★「としても」指出即使是理想情況，如孩子聰明至極，也未必能解開這問題。強調某人的特質或能力，也無法改變結果或情況。

4　就算身體硬朗，也應該要提防流行性感冒。

体が丈夫だとしても、インフルエンザには注意しなければならない。
からだ　じょうぶ　　　　　　　　　　　　　　　　ちゅうい

★「としても」表示即使擁有好條件，如身體健壯，還是要注意流感。強調後者的重要性。

5　就算搭計程車去也來不及吧。

タクシーで行ったとしても間に合わないだろう。
　　　　い　　　　　　　　　ま　あ

★「としても」強調了即使採取最佳手段，如乘計程車，也不保證能趕到。強調結果的不可能性或挑戰性。

とすれば、としたら、とする

類義表現

たら
要是…；如果要是…了、…了的話

如果…、如果…的話、假如…的話

接續方法▶ {名詞だ；形容動詞詞幹だ；[形容詞・動詞] 普通形}＋とすれば、としたら、とする

【假定條件】在認清現況或得來的信息的前提條件下，據此條件進行判斷，後項大多為推測、判斷或疑問的內容。一般為主觀性的評價或判斷。相當於「～と仮定したら」。

假設條件　　假定條件　　　　　　　願望

例 1 **資格を取る としたら、看護師の免許をとりたい。**
しかく と かんごし めんきょ

要拿執照的話，我想拿看護執照。

以後資格考試越來越重要了。

「としたら」表說話者正考慮未來可能的情況，並明確表示如果有機會取得任何資格，他希望是護士的執照。強調對未來的某種期望。

👉 文法應用例句

2 假如他是凶手的話，那麼動機是什麼呢？

彼が犯人だとすれば、動機は何だろう。
かれ はんにん　　　　　　　　　どうき なん
（罪犯）（動機）

★「とすれば」表示對可能情況（他是罪犯）的推測及對其動機的疑問，突出不確定性和推測。

3 既然川田大學都不太有機會考上了，那麼山本大學當然更不可能了。

川田大学でも難しいとしたら、山本大学なんて当然無理だ。
かわだ だいがく むずか　　　　　　　やまもとだいがく　　とうぜん むり
（艱難的）（當然）（無望的）

★「としたら」表示對未來情況（川田大學難考）的推測及結果（山本大學更難），突出消極態度和難度。

4 假設你只能帶一件物品去無人島，你會帶什麼東西呢？

無人島に一つだけ何か持っていけるとする。何を持っていくか。
むじんとう ひと なに も　　　　　　　なに も
（無人島）（一樣）（攜帶）

★「とする」表示提出假設（只能帶一件物品到無人島）並詢問對方選擇，突出對方重視的物品。

5 假如你中了５億日圓，你會怎麼花？

５億円が当たったとします。あなたはどうしますか。
おくえん あ
（億）（中獎）

★「とする」表示提出假設（中獎５億圓）並詢問問對方如何使用，突出了解對方對金錢的態度。

とともに

1. 與…同時，也…；2. 隨著…；3. 和…一起

にともなって
伴隨著…、隨著…

接續方法　{名詞；動詞辭書形}＋とともに

1【同時】表示後項的動作或變化，跟著前項同時進行或發生，相當於「と一緒に、と同時に」，如例（1）、（2）。

2【相關關係】表示後項變化隨著前項一同變化，如例（3）。

3【並列】表示與某人等一起進行某行為，相當於「と一緒に」，如例（4）、（5）。

前述事件　同時　　　　　　另一事件
↓　　　↓　　　　　　　↓

例 1 　雷の音 とともに、大粒の雨が降ってきた。
かみなり おと　　　　　おおつぶ あめ ふ

隨著打雷聲，落下了豆大的雨滴。

聽到轟隆隆的雷聲而抬起頭，豆大的雨滴就同時滴落在我臉上。

「とともに」表示了兩個情況（雷聲和大雨）幾乎同時發生。它強調了這兩件事情（雷的聲音和大雨）的同時性和相關性，以及伴隨關係。

☞ 文法應用例句

2
一邊學習文法，一邊也背誦單詞。

文法を学ぶとともに、単語も覚える。
ぶんぽう まな　　　　　　　たんご おぼ

★「とともに」表示學習語法時同時記住單詞。強調兩個事件的同步性和相互依存，並表示學習語法的過程伴隨著單詞的記憶。

3
隨著電子郵件的普及，寫信的人愈來愈少了。

電子メールの普及とともに、手紙を書く人は減ってきました。
でんし ふきゅう　　　　　　てがみ か ひと へ

★「とともに」表示隨電子郵件普及，寫信人數減少，強調了兩種現象的同時性和相關性。

4
情人節那天我想和女朋友一起度過。

バレンタインデーは彼女とともに過ごしたい。
かのじょ す

★「とともに」表示對於在特定時間（情人節）與特定人（女朋友）的共享期望。這突出了兩人共享這一天的意願。

5
我們人類只能與大自然共生共存。

私たち人間も、自然と共に生きるしかない。
わた にんげん　　しぜん とも い

★「とともに」表示我們人類與特定的環境（自然）的共生態度。這突出了我們與自然共同生存的必要性。

ないこともない、ないことはない

1. 並不是不…、不是不…；2. 應該不會不…

類義表現

かもしれない
可能…也說不定

接續方法▶ ｛動詞否定形｝＋ないこともない、ないことはない

1【消極肯定】使用雙重否定，表示雖然不是全面肯定，但也有那樣的可能性，是種有所保留的消極肯定説法，相當於「することはする」，如例（1）～（4）。

2【推測】後接表示確認的語氣時，為「應該不會不…」之意，如例（5）。

背景信息　　　　　動作　　　消極肯定

 例1 **彼女は病気がちだが、出かけられ ないこともない。**

かのじょ　びょうき　　　　　　で

她雖然多病，但並不是不能出門的。

「ないこともない」是雙重否定，負負得正，表示雖然她體弱多病，但也有讓她「出かける」（出門）的可能性。

「ないこともない」強調了儘管有一種主觀的限制或困難（她經常生病），但這並不完全排除某種可能性（出門）。往往帶有保留或猶豫的語氣。

☞ 文法應用例句

2 如果有理由，並不是不允許外出的。

理由があるなら、外出を許可しないこともない。
りゆう　　　　　がいしゅつ　きょか

★「ないこともない」表示即使有規定（不允許外出），特定情況下（有理由）也可能有變通，帶有保留語氣。

3 假如懇求我務必撥冗，倒也不是不能去一趟。

ぜひにと言われたら、行かないこともない。
い　　　　　い

★「ないこともない」在被強烈要求的特定情境下，即使有面臨個人的限制或困難，也不完全否定可能去的猶豫心態。

4 假如非得稍微趕一下，倒也不是不能在一個小時之內做出來。

ちょっと急がないといけないが、あと1時間でできないことはない。
いそ　　　　　　　　　　じかん

★「ないことはない」即使在一定的困難或限制（需要匆忙）下，也不完全否定一小時內能完成的可能性，帶有保留和猶豫語氣。

5 在國中時學過了呀？總不至於不曉得吧？

中学で習うことですよ。知らないことはないでしょう。
ちゅうがく　なら　　　　　　　　し

★「ないことはないでしょう」表示既然是中學學過的知識，那應該不至於完全不知道吧？強調某事情是相對常識或普遍知識。

073

ないと、なくちゃ

不…不行

接續方法▶ {動詞否定形} ＋ないと、なくちゃ

1 【條件】表示受限於某個條件、規定，必須要做某件事情，如果不做，會有不好的結果發生，如例（1）～（3）。

2 〖口語〗「なくちゃ」是口語説法，語氣較為隨便，如例（4）、（5）。

例 1

理由 → 動作方式 → 不做將後悔

雪が降ってるから、早く帰らないと。
ゆき ふ はや かえ

下雪了，不早點回家不行。

才想著天氣怎麼這麼冷，就飄雪了。當然啦，下雪路滑很危險，得趕快回家了！

「ないと」強調了由於某種情況（正在下雪），所引起的迫切性（需要早點回家）。否則可能會在雪中遭遇困難或危險。有警告提醒之意。

☞ 文法應用例句

2

冰要溶化了，不趕快吃不行。

アイスが溶けちゃうから、早く食べないと。
と はや た

★「ないと」強調了冰淇淋正在融化，因此產生了迫切的需要（必須快速吃掉），否則會完全融化，有警告和提醒的語氣。

3

在後天之前非得完成這個不可。

あさってまでに、これやらないと。

★「ないと」用於強調如果不在後天前完成這件事，會產生問題。強調某種行動的重要性。

4

（一面看電視節目一覽表）啊，9點開始要播一部似乎挺有趣的電影，非看不可！

（テレビ番組表を見ながら）あ、9時から面白そうな映画やる。見なくちゃ。
ばんぐみひょう み じ おもしろ えいが み

★「なくちゃ」口語縮寫形式，用於強調如果不看這部看起來有趣的電影，就會錯過。突出行為的必要性。

5

明天早上5點要出發，所以不趕快睡不行。

明日朝5時出発だから、もう寝なくちゃ。
あしたあさ じ しゅっぱつ ね

★「なくちゃ」口語縮寫形式，用於強調如果不現在去睡覺，明天早上5點就無法出發。強調某種行動的關鍵性。

ないわけにはいかない

不能不…、必須…

類義表現

わけにはいかない
不能…、不可…

接續方法 ▶ {動詞否定形}＋ないわけにはいかない

【義務】表示根據社會的理念、情理、一般常識或自己過去的經驗，不能不做某事，有做某事的義務。

理由　　　　　發生時間　動作　　　　　　義務
↓　　　　　　　　↓　　　　↓　　　　　　　↓

例1　明日、試験があるので、今夜は 勉強し ないわけにはいかない。
　　　　あした　しけん　　　　　　　こんや　べんきょう

由於明天要考試，今晚不得不用功念書。

明天要考試啦！臨陣磨槍，不亮也光！

「ないわけにはいかない」強調了由於某種情況（明天有考試），所引起的必要性或迫切性（今晚必須學習）。經常帶有強烈的責任感或義務感。

☞ 文法應用例句

2　任憑百般不願，也非得繳納稅金不可。

どんなに嫌でも、税金を納めないわけにはいかない。
　　　　　　いや　　　ぜいきん　おさ
　　　　　　討厭　　　税金　　繳納

★「ないわけにはいかない」表示即使多麼不喜歡，也必須納稅。強調支付稅金的必要性。

3　畢竟是弟弟的婚禮，總不能不出席。

弟の結婚式だから、出席しないわけにはいかない。
おとうと　けっこんしき　　　しゅっせき
　　　結婚典禮　　　　參加

★「ないわけにはいかない」表示因為是弟弟的婚禮，所以無法不出席。強調出席弟弟婚禮的重要性。

4　畢竟是工作，就算是不知該如何應對的人，也不得不會面。

仕事なんだから、苦手な人でも会わないわけにはいかない。
しごと　　　　にがて　ひと　　あ
　　　工作　　　不擅於的　　　見面

★「ないわけにはいかない」表示因為是工作的關係，所以即使是不擅長的人也無法不見面。強調因工作關係，必須和不喜歡的人見面。

5　置之不理會有生命危險，所以非得動手術不可。

放っておくと命にかかわるから、手術をしないわけにはいかない。
ほう　　　　いのち　　　　　　しゅじゅつ
置之不理　　生命　　關係到　　　手術

★「ないわけにはいかない」表示因為放任不管可能危及生命，所以無法不進行手術。強調進行手術的迫切性和必要性。

など

1. 怎麼會…、才（不）…；2. 竟是…

接續方法▶ {名詞（＋格助詞）；動詞て形；形容詞く形}＋など

1 【輕視】表示加強否定的語氣。通過「など」對提示的事物，表示不值得一提、無聊、不屑等輕視的心情。口語是的說法是「なんて」。如例（1）～（5）。

2 【意外】也表示意外、懷疑的心情，語含難以想像、荒唐之意。例如：「これが離婚のきっかけになるなんて考えてもみなかった／這竟是造成離婚的原因，真的連想都沒想到。」

主題言行　名詞　輕視　強烈否定
↓　　　　↓　　↓　　　↓

例 1 あいつが言うことなど、信じるもんか。

我才不相信那傢伙說的話呢！

她老愛搬弄是非，這樣的人說的話，我才不相信呢！

「など」在這裡用作貶低或把某事物（她說的話）視為無足輕重。這句話強調了對方的言論不值得信任或被重視。

☞ 文法應用例句

2
你哪兒能了解我的感受！

　　┌心情┐　　　　　　┌理解┐
私の気持ちが、君などに分かるものか。
わたし　きも　　　きみ　　　　　わ

★「など」用作降低對象（你）的價值，暗示其無法理解我的感情。強調了對對方理解自己的疑惑和不滿。

3
彩券那種東西根本不可能中獎。

┌彩券┐　　　　┌中獎┐
宝くじなど、当たるわけがない。
たから　　　　あ

★「など」用作降低對象（彩票）的價值，暗示其中獎的機率極低。強調了對彩票中獎的可能性的輕視與不信。

4
我不覺得有趣，只是因為那是功課，所以不得不讀而已！

┌趣味度┐　　　　　　┌課程作業┐　┌閱讀┐
面白くなどないですが、課題だから読んでいるんです。
おもしろ　　　　　　　　　かだい　　　よ

★「など」用作降低對象（有趣）的價值，暗示自己只是因為作業才讀書，並非因為有趣。強調了對閱讀的需求而非閱讀的樂趣。

5
我並沒有生氣呀。

┌並沒有特別┐　┌發怒┐
別に、怒ってなどいませんよ。
べつ　　　おこ

★「など」用作降低對象（生氣）的價值，暗示自己並未生氣，或生氣的程度很小。強調了對自己的情緒狀態的了解和控制。

076

などと（なんて）いう、などと（なんて）おもう

1. 多麼…呀；2.…之類的…

類義表現

なんか
真是太…；…之類的

接續方法▶ {[名詞・形容詞・形容動詞・動詞] 普通形} ＋などと（なんて）言う、などと（なんて）思う

1【驚訝】表示前面的事，好得讓人感到驚訝，對預料之外的情況表示吃驚。含有讚嘆的語氣，如例（1）。

2【輕視】表示輕視、鄙視的語氣，如例（2）～（5）。

事件　　　　　　意外驚奇
　↓　　　　　　│　　　　│

例1 こんな日が来る なんて、夢にも思わなかった。

真的連做夢都沒有想到過，竟然會有這一天的到來。

天啊！我竟然成為皇室的王妃。

「なんて」表示對「這樣的一天會來到」這種情況的強烈驚訝，甚至連做夢都沒想到。強調了情況的非凡性或突出性。

☞ 文法應用例句

2　我又沒說不做啊。

やらないなんて言ってないよ。

★「なんて」在此處對「不做」這個說法，進行否定並降低其價值，強調自己並未說出這樣的話。

3　我沒罵你是笨蛋，只是說最好再想清楚一點比較好而已。

ばかだなんて言ってない、もっとよく考えた方がいいと言ってるだけだ。

★「なんて」在此處對「笨蛋」這個說法，進行否定並降低其價值，強調自己的真正意思是鼓勵對方多思考。

4　那個人說了只要上課就能取得資格之類的話，以強硬的手法拉人招生。

あの人は授業を受けるだけで資格が取れるなどと言って、強引に勧誘した。

★「などと」在此處對「只要上課就能獲得證照」這種說法，進行否定並降低其價值，強調該人的強烈誘惑行為。

5　兒子盤算著要爸媽幫自己買個房子。

息子は、自分の家を親に買ってもらおうなどと思っている。

★「などと」在此處對「要父母幫自己買房子」這種想法，進行否定並降低其價值，強調對兒子此種期待的批判。

なんか、なんて

1.…之類的；2.…什麼的；3.連…都不…

1 【舉例】{名詞}＋なんか。表示從各種事物中例舉其一，語氣緩和，是一種避免斷言、委婉的說法。是比「など」還隨便的說法，如例（1）、（2）。

2 【輕視】{[名詞・形容詞・形容動詞・動詞]普通形}＋なんて。表示對所提到的事物，帶有輕視的態度，如例（3）、（4）。

3 【強調否定】用「なんか～ない」的形式，表示「連…都不…」之意，表示對所舉的事物進行否定。有輕視、謙虛或意外的語氣。如例（5）。

場所　討論事物　舉例　　　　期望
　↓　　　↓　　　↓　　　　　↓

例 1 庭に、芝生 なんか あるといいですね。
如果庭院有個草坪之類的東西就好了。

屋前有庭院真好！如果再鋪上草坪就更完美了！

「なんか」表示希望或者建議庭院裡可以有草坪之類的設施。但並非唯一選擇。是一種輕鬆、緩和且非強制的希望或建議。

☞ 文法應用例句

2 雖然資料之類的全都蒐集到了，但沒時間彙整成一篇稿子。

データなんかは揃っているのですが、原稿にまとめる時間がありません。

★「なんか」表示數據已準備好，但類型、數量多，還有其他未列舉的類型，是一種含糊且緩和的說法。

3 看大家瘋迷偶像的舉動，我完全無法理解。

アイドルに騒ぐなんて、全然理解できません。

★「なんて」表示說話人對於前面提及的，對偶像瘋狂傾慕的行為感到鄙視，不只是無法認同，甚至連理解都無法理解。

4 都已經是這麼大歲數的人了，只因為不喜歡就當做視而不見，實在太孩子氣了耶！

いい年して、嫌いだからって無視するなんて、子どもみたいですね。

★「なんて」表示說話人對於前面提及的，因為討厭就無視的行為感到鄙視，認為這樣的行為太過於不成熟。

5 拉丁語那種的我沒興趣。

ラテン語なんか、興味ない。

★「なんか」在句裡使得「拉丁語」這個事物聽起來比較不那麼重要，或者說話者不那麼在乎它。

文法升級挑戰篇

來挑戰看看稍難的文法吧！做好萬全準備！邁向巔峰！

● {名詞；形容動詞詞幹な；[形容詞・動詞] 普通形} ＋だけに

> 役者としての経験が長いだけに、演技がとてもうまい。
> 正因為有長期的演員經驗，所以演技真棒！

說明 表示原因。表示正因為前項，理所當然地才有比一般程度更甚的後項的狀況。
意思是：「到底是…」、「正因為…，所以更加…」、「由於…，所以特別…」。

● {名詞；形容動詞詞幹な；[形容詞・動詞] 普通形} ＋だけのこと（は、が）
ある

> あの子は、習字を習っているだけのことはあって、字がうまい。
> 那孩子到底沒白學書法，字真漂亮。

說明 與其做的努力、所處的地位、所經歷的事情等名實相符。意思是：「不愧…」、
「難怪…」。

● {動詞辭書形} ＋だけ＋ {同一動詞}

> 彼は文句を言うだけ言って、何にもしない。
> 他光是發牢騷，什麼都不做。

說明 表示在某一範圍內的最大限度。意思是：「能…就…」、「盡可能地…」。

● {動詞た形} ＋たところが

> 彼の為に言ったところが、かえって恨まれてしまった。
> 為了他好才這麼説的，誰知卻被他記恨。

說明 表示因某種目的做了某一動作，但結果與期待或想像相反之意。意思是：「可
是…」、「然而…」。

● {動詞ます形} ＋っこない

> こんな長い文章は、すぐには暗記できっこないです。
> 這麼長的文章，根本沒辦法馬上背起來呀！

說明 表示強烈否定某事發生的可能性。意思是：「不可能…」、「決不…」。

● {動詞ます形} ＋つつ、つつも

> 彼は酒を飲みつつ、月を眺めていた。
>
> 他一邊喝酒，一邊賞月。

說明 「つつ」是表示同一主體，在進行某一動作的同時，也進行另一個動作。意思是：「一邊…一邊…」；跟「も」連在一起，表示連接兩個相反的事物。意思是：「儘管…」、「雖然…」。

● {動詞ます形} ＋つつある

> 経済は、回復しつつあります。
>
> 經濟正在復甦中。

說明 表示某一動作或作用正向著某一方向持續發展。意思是：「正在…」。

● {形容詞く形；動詞て形} ＋てしょうがない；{形容動詞詞幹} ＋でしょうがない

> 彼女のことが好きで好きでしょうがない。
>
> 我喜歡她，喜歡到不行。

說明 表示心情或身體，處於難以抑制，不能忍受的狀態。意思是：「…得不得了」、「非常…」、「…得沒辦法」。

● {名詞} ＋といえば、といったら

> 京都の名所といえば、金閣寺と銀閣寺でしょう。
>
> 提到京都名勝，那就非金閣寺跟銀閣寺莫屬了！

說明 用在承接某個話題，從這個話題引起自己的聯想，或對這個話題進行說明。意思是：「談到…」、「提到…就…」、「說起…」，或不翻譯。

● {名詞} ＋というと

> パリというと、香水の匂いを思い出す。
>
> 說到巴黎，就想起香水的味道。

說明 用在承接某個話題，從這個話題引起自己的聯想，或對這個話題進行說明。意思是：「提到…」、「要說…」、「說到…」。

- {名詞；形容動詞詞幹；動詞辭書形} ＋というものだ

  [この事故で助かるとは、幸運というものだ。
  能在這事故裡得救，算是幸運的了。

  說明 表示對事物做一種結論性的判斷。意思是：「也就是…」、「就是…」。

- {[名詞・形容詞・形容動詞・動詞] 假定形} … {[名詞・形容動詞詞幹]（だ）；
  形容詞辭書形} ＋というものではない、というものでもない

  [結婚しさえすれば、幸せだというものではないでしょう。
  結婚並不代表獲得幸福吧！

  說明 表示對某想法或主張，不能說是非常恰當，不完全贊成。意思是：「…可不
  是…」、「並不是…」、「並非…」。

- {動詞た形} ＋（か）とおもうと、とおもったら；{名詞の；動詞普通形；引
  用文句} ＋（か）とおもいきや

  [太郎は勉強していると思ったら、漫画を読んでいる。
  原以為太郎在看書，誰知道是在看漫畫。

  說明 本來預料會有某種情況，結果有：一種是出乎意外地出現了相反的結果。意
  思是：「原以為 …，誰知是…」；一種是結果與本來預料的一致。意思是：「覺得
  是…，結果果然…」。

- {名詞；形容動詞詞幹な；[形容詞・動詞] 普通形} ＋どころか

  [お金が足りないどころか、財布は空っぽだよ。
  哪裡是不夠錢，錢包裡就連一毛錢也沒有。

  說明 表示從根本上推翻前項，並且在後項提出跟前項程度相差很遠，或內容相反
  的事實。意思是：「哪裡還…」、「非但…」、「簡直…」。

● ｛名詞；動詞辭書形｝＋どころではない、どころではなく

> 先々週は風邪を引いて、勉強どころではなかった。
>
> 上上星期感冒了，哪裡還能唸書啊！

說明 表示遠遠達不到某種程度，或大大超出某種程度。意思是：「哪有…」、「不是…的時候」、「哪裡還…」。

● ｛動詞否定形｝＋ないうちに

> 雨が降らないうちに、帰りましょう。
>
> 趁還沒有下雨，回家吧！

說明 表示在還沒有產生前面的環境、狀態的變化的情況下，先做後面的動作。意思是：「在未…之前，…」、「趁沒…」。

● ｛動詞否定形｝＋ないかぎり

> 犯人が逮捕されないかぎり、私たちは安心できない。
>
> 只要沒有逮捕到犯人，我們就無法安心。

說明 表示只要某狀態不發生變化，結果就不會有變化。意思是：「除非…，否則就…」、「只要不…，就…」。

● ｛動詞否定形｝＋ないことには

> 保護しないことには、この動物は絶滅してしまいます。
>
> 如果不加以保護，這種動物將會瀕臨絕種。

說明 表示如果不實現前項，就會導致後項的結果。意思是：「要是不…」、「如果不…的話，就…」。

● ｛動詞否定形｝＋ないではいられない

> 紅葉がとてもきれいで、歓声を上げないではいられなかった。
>
> 楓葉真是太美了，不禁歡呼了起來。

說明 表示意志力無法控制，自然而然地內心衝動想做某事。意思是：「不能不…」、「忍不住要 …」、「不禁要…」、「不…不行」、「不由自主地…」。

● ｛名詞・形容動詞詞幹；形容詞辭書形；動詞ます形｝＋ながら

> この服は地味ながら、とてもセンスがいい。
> 雖然這件衣服很樸素，不過卻很有品味。

說明 連接兩個矛盾的事物。表示後項與前項所預想的不同。意思是：「雖然…，但是…」、「儘管…」、「明明…卻…」。

● ｛名詞；動詞辭書形｝＋にあたって、にあたり

> このおめでたい時にあたって、一言お祝いを言いたい。
> 在這可喜可賀的時刻，我想説幾句祝福的話。

說明 表示某一行動，已經到了事情重要的階段。意思是：「在…的時候」、「當…之時」、「當…之際」。

MEMO

において、においては、においても、における

在…、在…時候、在…方面

類義表現
にかんして
關於…、
關於…的…

接續方法▶ {名詞}＋において、においては、においても、における

【場面・場合】表示動作或作用（主要為特別的活動或抽象的事物）的時間、地點、範圍、狀況等。是書面語。口語一般用「で」表示。

地點　　場合　　　　　　　　　具體陳述

例 1 我が社においては、有能な社員はどんどん昇進します。

在本公司，有才能的職員都會順利升遷的。

「において」表示「有能な社員はどんどん出世します」是在絕對重視實力主義的「わが社」這樣的背景下。

「においては」指出在這個特定場所（即我們公司）的範疇內，有能力的員工可以得到快速晉升的機會。強調其獨特性或特殊性。

文法應用例句

2 聽力考試在這間教室進行。

聴解試験はこの教室において行われます。
ちょうかい しけん　　　きょうしつ　　　　おこな

★「において」用於強調聽力考試是在一個特定的地方（即這個教室）進行。表明了該活動在地點上的專一性。

3 於研究過程中，發現了幾項要點。

研究過程において、いくつかの点に気が付きました。
けんきゅう かてい　　　　　　　てん き つ

★「において」用於強調在特定的時間或過程（即研究過程）中，察覺到了一些問題。表明了該發現在時間上的獨特性。

4 不論是在職場上或在家庭裡，有哪個國家已經達到男女完全平等的嗎？

職場においても、家庭においても、完全に男女平等の国はありますか。
しょくば　　　　　かてい　　　　　　かんぜん だんじょびょうどう くに

★「においても」強調在如職場或家庭等場所中，是否有男女完全平等的國家。表明了該問題在地點上的廣泛性。

5 我想在資金上也支援他。

私は、資金においても彼を支えようと思う。
わたし　しきん　　　　　かれ ささ　　　おも

★「においても」用於強調在特定的事物（如資金）上，講話人打算支持他。表明了這種支持在情況上的專一性。

にかわって、にかわり

1. 替…、代替…、代表…；2. 取代…

いっぽう
而（另一面）

接續方法▶ ｛名詞｝＋にかわって、にかわり

1 【代理】前接名詞為「人」的時候，表示應該由某人做的事，改由其他的人來做。是前後兩項的替代關係。相當於「の代理で」。如例（1）～（4）。

2 【對比】前接名詞為「物」的時候，表示以前的東西，被新的東西所取代。相當於「かつての～ではなく」。如例（5）。

被代替人物　　　　代替　　　　替代人物　　　　主要動作

例1 社長にかわって、副社長が 挨拶をした。
しゃちょう　　　　　ふくしゃちょう　あいさつ

副社長代表社長致詞。

嗯？社長呢？喔原來是因為社長今天不方便出席，所以由副社長來代為致詞。

「にかわって」表達了副社長代替社長進行了致詞的情況。這強調了副社長在社長缺席時擔任代理角色的重要性和責任。

☞ 文法應用例句

2 僅代表全體家屬，向您致上問候之意。

┌親屬┐┌全體┐　　　　　┌問候┐┌表達┐
親族一同にかわって、ご挨拶申し上げます。
しんぞくいちどう　　　　あいさつもう　あ

★「にかわって」表達了說話人代替全體家族進行問候的情況。強調以親族全體的身分代表並表達問候的重要性和責任。

3 鎌倉時代由武士取代了貴族的施政功能。

┌時代┐　　　　　　　　　　　　┌政治┐┌操控┐
鎌倉時代、貴族にかわって武士が政治を行うようになった。
かまくらじだい　きぞく　　　　ぶし　せいじ　おこな

★「にかわって」表達了在鎌倉時代，武士開始代替貴族執政的情況。這突出了武士在歷史轉折點擔任重要角色的事實。

4 外交部長代替首相訪問美國。

┌首相┐　　　　┌外交部長┐　　　┌參訪了┐
首相にかわり、外相がアメリカを訪問した。
しゅしょう　　がいしょう　　　　ほうもん

★「にかわり」表達了外務大臣代替首相訪問美國的情況。強調在首相無法親自前往的情況下，外務大臣代理訪問的重要性和責任。

5 如今電腦已經取代算盤的計算功能。

　　　　　　┌算盤┐　　　　　　┌電腦┐　　　┌計算┐
今では、そろばんにかわってコンピューターが計算に使われている。
いま　　　　　　　　　　　　　　　　　　　　けいさん　つか

★「にかわって」表達了現今「電腦」已經取代了「算盤」來進行計算的對比現象。突顯科技進步下新工具替代舊物的趨勢。

にかんして (は)、にかんしても、にかんする
関於…、関於…的…

接続方法▶ {名詞} ＋に関して (は)、に関しても、に関する

【関連】表示就前項有関的問題，做出「解決問題」性質的後項行為。也就是聽、説、寫、思考、調査等行為所渉及的對象。有関後項多用「言う（説）、考える（思考）、研究する（研究）、討論する（討論）」等動詞。多用於書面。

討論對象　　　関聯　　　　　採取行動
↓　　　　　　↓　　　　　　↓

例 1 フランスの絵画に関して、研究しようと思います。
かいが　　かん　　けんきゅう　　おも

我想研究法國繪畫。

「にかんして」表示研究的特定對象或範疇是「法國的繪畫」。強調了説話者對於法國繪畫領域的興趣和打算進行深入研究的意向。

藝術殿堂法國，即使是手牽手的情侶、搶眼的街頭藝人、特色的店家門前裝飾、親子的互動、吆喝的攤販，都可以成為一幅畫，我一定要去好好研究法國畫。

☞ 文法應用例句

2 學長給了我関於學習日文的建議。

日本語の学習に関して、先輩からアドバイスをもらった。
にほんご　がくしゅう　かん　　せんぱい

★「に関して」表示學長所給出建議的特定對象或範疇是「日語學習」。這突出了日語學習是兩人對話和討論的主題。

3 近藤先生對動漫知之甚詳。

近藤さんは、アニメに関しては詳しいです。
こんどう　　　　　　　　かん　　くわ

★「に関しては」表示近藤對於特定範疇「動漫」的詳盡知識。這突出了近藤對於動漫領域的深度了解和專門知識。

4 最近，無論做什麼事都提不起勁。

最近、何に関しても興味がわきません。
さいきん　なに　かん　　きょうみ

★「に関しても」表示對任何事情（無論是哪個範疇或對象）都提不起興趣。強調說話人對於所有領域都缺乏興趣。

5 看了很多関於經濟的書。

経済に関する本をたくさん読んでいます。
けいざい　かん　　ほん　　　　　　よ

★「に関する」表示所閱讀書籍的特定對象或範疇是「經濟」。強調說話人對於經濟學的興趣，以及所付出的努力。

にきまっている

肯定是…、一定是…

類義表現

わけがない
不會…、不可能…

接續方法▶ {名詞;[形容詞・動詞]普通形}＋に決まっている

1 **【自信推測】**表示說話人根據事物的規律,覺得一定是這樣,不會例外,沒有模稜兩可,是種充滿自信的推測,語氣比「きっと～だ」還要有自信,如例(1)～(3)。

2 〔斷定〕表示說話人根據社會常識,認為理所當然的事,如例(4)、(5)。

主題 　　　　主題狀態 　　　自信推測
　↓ 　　　　　↓ 　　　　　↓

例1 今ごろ東北は、紅葉が美しい に決まっている。

現在東北的楓葉一定很漂亮的。

日本東北一到秋天,真的很美喔!

「にきまっている」表示對「此時東北地區紅葉的美麗」這個事實的確信。暗示了他們對該觀點的堅信,是不容置疑的。

☞ 文法應用例句

2 「媽呀有鬼!」「怎麼可能有鬼,一定是風聲啦!」

「きゃ～、おばけ～。」「おばけのわけない。風の音に決まってるだろう。」

★「に決まってる」表示對「聲音源自風」這一事實的確信。這突出了他們對此觀點的堅定信念,這是無庸置疑的。

3 如果是石上小姐的話,絕對辦得到。

石上さんなら、できるに決まっている。

★「に決まっている」表示對「石上小姐可以做到」這一事實的確信。強調的是對石上的能力的確定信任。

4 要是在這麼晚的時間撥電話過去,想必會打擾對方的作息。

こんな時間に電話をかけたら、迷惑に決まっている。

★「に決まっている」表明根據社會常識,說話人自然而然認為「這時間打電話會打擾」,強調此行為確定會困擾他人。

5 大家在一起,肯定是比較安心的。

みんな一緒のほうが、安心に決まっています。

★「に決まっている」表示根據社會常識,說話人認為「大家在一起會更安心」。強調的是對群體一起的安心感的確定認識。

にくらべて、にくらべ

與…相比、跟…比較起來、比較…

類義表現

にしては
相對來説…

接續方法▶ {名詞}＋に比べて、に比べ

【基準】表示比較、對照兩個事物，以後項為基準，指出前項的程度如何的不同。也可以用「にくらべると」的形式如例（4）。相當於「に比較して」。

被比較對象　比較基準　　基準　　　不同處

例 1 **今年は 去年 に比べて 雨の量が多い。**
ことし　きょねん　くら　　あめ　りょう　おお

今年比去年雨量豐沛。

「に比べて」強調了「今年的降雨量」和「去年的降雨量」之間的差異的認識，今年的降雨量相較於去年來説更多。突顯兩者之間的對比，或變化的程度。

受全球暖化的影響，這幾年梅雨有雨量加大、頻率下降的趨勢。也因此，今年雨量異常豐沛！

☞ 文法應用例句

2　跟平原比起來，盆地的夏天熱多了。

┌平原┐　　　┌盆地┐　　┌炎熱的┐
平野に比べて、盆地の夏は暑いです。
へいや　くら　　ぼんち　なつ　あつ

★「に比べて」用來把比較基準的「平野」（平原）和「盆地」（盆地）的夏天，進行溫度差異上的比較。

3　相較於中文，日文使用的漢字數目可能比較少。

┌通常┐　┌漢字┐┌數量┐┌較少的┐
日本語は、中国語に比べて、ふだん使う漢字の数が少ない。
にほんご　ちゅうごくご　くら　　　　つか　かんじ　かず　すく

★「に比べて」是用來將「中文」作為比較基準，突顯日語在漢字使用數量上較少的差異。

4　相較於過去，日本人的食米消費量日趨減少。

┌米飯┐┌消費數量┐┌減少┐
昔に比べると、日本人の米の消費量は減っている。
むかし　くら　　にほんじん　こめ　しょうひりょう　へ

★「に比べる」是用來將「過去」作為比較基準，來評估日本人現在和過去在米的消費量上「已經減少」的差異。

5　跟事件發生前比起來，警備更森嚴了。

┌事件┐　　┌警衛┐┌加強┐
事件前に比べ、警備が強化された。
じけんまえ　くら　けいび　きょうか

★「にくらべ」是以「事件前」為比較的基準，來評估警備在事件發生前後的變化，即警備已經被加強了。

にくわえて、にくわえ

而且…、加上…、添加…

類義表現

はもちろん

不僅…而且…、…不用說、
…自不待說，…也…

接續方法▶ {名詞}＋に加えて、に加え

【附加】表示在現有前項的事物上，再加上後項類似的別的事物。有時是補充某種性質、有時是強調某種狀態和性質。後項常接「も」。相當於「だけでなく〜も」。

例1

主題　　附加　　類似事物　進行中動作
書道 に加えて、華道も 習っている。
しょどう　くわ　　か どう　なら

學習書法以外，也學習插花。

> 「にくわえて」強調除了「書道」之外，説話者還學習了另一個領域，即「華道」。揭示了這個人多元的學習或興趣範疇。

> 在生活緊張的現在，多學一些藝術可以舒緩一些壓力喔！

☞ 文法應用例句

2　重視能力以外，也重視人品。

┌能力┐　　　　┌人品┐┌重視┐
能力に加えて、人柄も重視されます。
のうりょく　くわ　　ひとがら　じゅうし

★「にくわえて」強調了除了「能力」外，「人格特質」也被強烈重視。揭示出了對於人格特質的重視，甚至可與能力相提並論。

3　不但體重肥胖而且髮量也稀疏。

┌肥胖┐　　　　　　┌頭髮┐┌稀疏的┐
太っているのに加えて髪も薄い。
ふと　　　　　くわ　　かみ　うす

★「にくわえて」強調了除了「體重過重」外，還有另一個困擾，即「脱髮」。揭示了兩種負面情況的存在。

4　他不僅有實力，而且也很努力。

　　　┌實力┐　　　　　┌努力的人┐
彼は、実力があるのに加えて努力家でもある。
かれ　じつりょく　　　くわ　　どりょくか

★「にくわえて」強調了除了「實力」外，還有另一個優點，即「努力」。揭示了對方的兩大優點。

5　電費之外，就連瓦斯費也上漲了。

┌電費┐　　　　┌瓦斯費┐　┌漲價了┐
電気代に加え、ガス代までもが値上がりした。
でんきだい　くわ　　だい　　　　ね あ

★「にくわえ」強調了除了「電費」外，另一項費用「瓦斯費」也有所上漲。揭示了兩種費用上漲的情況，帶來的經濟壓力。

にしたがって、にしたがい

類義表現

とともに
隨著…；和…一起

1. 伴隨…、隨著…；2. 按照…

接續方法▶ {動詞辭書形}＋にしたがって、にしたがい

1【附帶】表示隨著前項的動作或作用的變化，後項也跟著發生相應的變化。「にしたがって」前後都使用表示變化的說法。有強調因果關係的特徵。相當於「につれて、にともなって、に応じて、とともに」等。如例（1）～（5）。

2【基準】也表示按照某規則、指示或命令去做的意思。如「例にしたがって、書いてください／請按照範例書寫。」

動作變化
↓
附帶
↓
相應變化
↓

例 1 おみこしが<ruby>近<rt>ちか</rt></ruby>づく にしたがって、<ruby>賑<rt>にぎ</rt></ruby>やかになってきた。

隨著神轎的接近，變得熱鬧起來了。

到日本玩，沒有去體驗一下當地慶典盛事的感動，就真的太太太可惜了！

「にしたがって」表示隨著祭典神轎（おみこし）的逐漸接近，氣氛變得更加喧鬧活躍。強調一種狀態隨著另一種狀態的改變，而變化的情形。

👉 文法應用例句

2 隨著山愈爬愈高，變得愈來愈冷。

<ruby>山<rt>やま</rt></ruby>を<ruby>登<rt>のぼ</rt></ruby>るにしたがって、<ruby>寒<rt>さむ</rt></ruby>くなってきた。

山岳・攀登・寒冷的

★「にしたがって」表示隨著山的攀登，天氣也變得越來越冷，強調了天氣變冷與山的攀登之間的關聯性。

3 隨著溫度的提升，藥品的顏色也起了變化。

<ruby>薬品<rt>やくひん</rt></ruby>を<ruby>加熱<rt>かねつ</rt></ruby>するにしたがって、<ruby>色<rt>いろ</rt></ruby>が変わってきた。

藥物・加熱・顏色

★「にしたがって」表示隨著藥品的加熱，其顏色也開始改變，強調了顏色變化與藥品加熱之間的關聯性。

4 隨著預產期愈來愈近，肚子變得愈來愈大。

<ruby>出産予定日<rt>しゅっさんよていび</rt></ruby>が<ruby>近<rt>ちか</rt></ruby>づくにしたがって、お<ruby>腹<rt>なか</rt></ruby>が<ruby>大<rt>おお</rt></ruby>きくなってきた。

生產・預定・接近

★「にしたがって」表示隨著預產期的接近，肚子也變得越來越大，強調了肚子變大與預產期接近之間的關聯性。

5 伴隨著國家的富足，國民的教育水準也跟著提升了

<ruby>国<rt>くに</rt></ruby>が<ruby>豊<rt>ゆた</rt></ruby>かになるにしたがい、<ruby>国民<rt>こくみん</rt></ruby>の<ruby>教育水準<rt>きょういくすいじゅん</rt></ruby>も<ruby>上<rt>あ</rt></ruby>がりました。

富饒的・國民・上升了

★「にしたがい」表示隨著國家富裕，國民的教育水平也提高，突顯教育水平提高與國家富裕之間的關聯。

にしては

照…來說…、就…而言算是…、從…這一點來說，
算是…的、作為…，相對來說…

類義表現

をちゅうしんに
以…為中心

接續方法▶ {名詞；形容動詞詞幹；動詞普通形}＋にしては

【與預料不同】表示現實的情況，跟前項提的標準相差很大，後項結果跟前項預想的相反或出入很大。含有疑問、諷刺、責難、讚賞的語氣。相當於「割には」。

被討論對象　　主體及內容　　預料　　評價

例1　この字は、子どもが書いた にしては 上手です。
　　　這字出自孩子之手，算是不錯的。

> 日本書法的字形架構非常重視個人特色，以小孩來説，這字寫的真不錯。

> 「にしては」雖然這個字是由孩子寫的，但這個孩子卻展現了出色的寫字技巧。強調與預期不同的情況，帶有驚訝或讚賞的情緒。

☞ 文法應用例句

2　做為代理社長來講，他不怎麼可靠呢。

社長の代理にしては、頼りない人ですね。
しゃちょう　だいり　　　　　たよ　　　　ひと

★「にしては」表示他身為總經理代理，表現卻出乎意料的不可靠。諷刺了他的表現與他的身分之間的對比。

3　就棒球選手而言，他算是個子矮小的。

彼は、プロ野球選手にしては小柄だ。
かれ　　　　や きゅうせんしゅ　　　こ がら

★「にしては」表示作為職業棒球選手，他身材出奇地偏小。驚訝於他的身材與他的職業身分之間的對比。

4　以英文系畢業生來說，那個人根本不會英文。

あの人は、英文科を出たにしては、英語ができない。
ひと　　えいぶんか　で　　　　　えいご

★「にしては」表示英語專業畢業生的他，英語能力出乎預期地不佳，諷刺了英語能力與學業背景之間的對比。

5　以植村先生完成的結果而言，未免太草率了吧。

植村さんがやったにしては、雑ですね。
うえむら　　　　　　　　　ざつ

★「にしては」表示由植村先生完成的工作，出奇地雜亂。驚訝於工作的質量與植村先生的一般表現之間的對比。

にしても

就算…，也…、即使…，也…

接續方法▸ {名詞；[形容詞・動詞] 普通形}＋にしても

【讓步】表示讓步關係，退一步承認前項條件，並在後項中敘述跟前項矛盾的內容。前接人物名詞的時候，表示站在別人的立場推測別人的想法。相當於「も、としても」。

前項條件　　讓步　　　　　　　　矛盾內容

例 1
テストの直前にしても、全然休まないのは体に悪いと思います。
ちょくぜん　　　　　ぜんぜんやす　　　　　からだ　わる　おも

就算是考試當前，完全不休息對身體是不好的。

學習只要掌握要領，就可以事半功倍喔！

「にしても」表示即使承認前項的事態（在考試的前夕），後項所説的仍然與前項存在一定的矛盾（完全不休息對身體是有害的）。強調了對比或相對的觀點。

☞ 文法應用例句

2

其實佐佐木小姐也沒有惡意，不如原諒她吧？

佐々木さんにしても悪気はなかったんですから、許してあげたらどうですか。
ささき　　　　　　わるぎ　　　　　　　　　　　　　ゆる

★「にしても」表示儘管對方有某種情況，但仍然提出意見。這裡強調儘管佐佐木小姐得罪了某人，但沒有惡意，建議原諒她。

3

儘管外觀不佳，但嚐起來同樣好吃喔。

見かけは悪いにしても、食べれば味は同じですよ。
み　　　　わる　　　　　　た　　　　あじ　おな

★「にしても」表示儘管有某種外觀或表面的特點，但實際效果或品質並不受影響。這裡強調儘管外觀不好，但味道一樣。

4

即使立場不同，也能互相幫忙。

お互い立場は違うにしても、助け合うことはできます。
たが　たちば　ちが　　　　　　たす　あ

★「にしても」表示儘管彼此的立場不同，但仍然可以互相幫助。這裡強調儘管立場不同，但可以互相幫助。

5

就算不來，至少也得打通電話講一下吧。

来られないにしても、電話1本くらいちょうだいよ。
こ　　　　　　　　　でんわ　ぽん

★「にしても」表示儘管對方有某種情況，但仍然提出要求。這裡強調儘管對方無法到來，但還是請給個電話。

にたいして（は）、にたいし、にたいする

類義表現

はんめん
另一方面…

1. 向…、對（於）…；2. 和…相比

接續方法▶ {名詞} ＋に対して（は）、に対し、に対する

1 【對象】表示動作、感情施予的對象，接在人、話題或主題等詞後面，表明對某對象產生直接作用，表示對於特定事物或對象的動作、態度或觀點。它強調了要求或期望對該事物或對象進行回應或表達意見。後接名詞時以「にたいするN」的形式表現。有時候可以置換成「に」，如例（1）～（4）。

2 【對比】用於表示對立，指出相較於某個事態，有另一種不同的情況，也就是對比某一事物的兩種對立的情況。如例（5）。

内容對象　　對象　　　　　　請求動作

例1　この問題 に対して、意見を述べてください。
　　　もんだい　　たい　　　　　　いけん　の

請針對這問題提出意見。

自我表現的能力很重要，要多訓練喔！

「にたいして」表示對一個特定的對象（這個問題）的回應（述說意見）。也就是對於這個問題，請表達你的意見。強調對特定對象的回應、觀點的期望。

☞ 文法應用例句

2　面對顧客時，必須始終秉持顧客至上的心態。

お客様に対しては、常に神様と思って接しなさい。
きゃくさま　たい　　　　つね　かみさま　おも　　　せっ

★「にたいしては」表示對特定對象（如顧客）持有尊重如神的心態，這凸顯出對特定對象的態度的期待。

3　我得向大家致歉。

皆さんに対し、お詫びを申し上げなければならない。
みな　　　　たい　　　わ　　もう　あ

★「にたいし」意味著對特定的群體（如大家）表示道歉，這凸顯出對特定對象的懺悔和責任感。

4　兒子對音樂的興趣非常濃厚。

息子は、音楽に対する興味が人一倍強いです。
むすこ　　おんがく　たい　　きょうみ　ひといちばいつよ

★「にたいする」顯示兒子對特定主題（如音樂）有濃厚的興趣，這凸顯出對特定對象的反應或態度。

5　我兒子喜歡安安靜靜地讀書，而女兒則喜歡在戶外運動。

息子は静かに本を読むのが好きなのに対して、娘は外で運動するのが好きだ。
むすこ　しず　　ほん　よ　　　す　　　　　たい　　　むすめ　そと　うんどう　　　　す

★「にたいして」用於強調兒子喜愛閱讀，而女兒則偏好戶外運動，這強調出兩者的對比。

にちがいない

―定是…、准是…

接續方法▶ {名詞；形容動詞詞幹；[形容詞・動詞] 普通形} ＋に違いない

【肯定推測】表示説話人根據經驗或直覺，做出非常肯定的判斷，相當於「きっと〜だ」。

　　　　討論事物　　　　　　　主語信息　　　　肯定推測
　　　　　↓　　　　　　　　　↓　　　　　　↓

例 1　**この写真は、ハワイで撮影された に違いない。**
　　　　　しゃしん　　　　　　　さつえい　　　　ちが

這張照片，肯定是在夏威夷拍的。

朋友拍了好多旅行的照片，啊！這個背景我知道！是夏威夷的威基基海灘嘛！

「にちがいない」表示這張照片無疑是在夏威夷拍攝的，強調了對此事實的確信和高度的信心，幾乎可以説是確定無疑。

☞ 文法應用例句

2
凶手肯定是那傢伙！

┌犯人┐　┌那傢伙┐
犯人はあいつに違いない。
　はんにん　　　　　ちが

★「にちがいない」表達説話人非常確信「那傢伙」就是犯人。強調點是犯人的身分。

3
那家店總是大排長龍，想必一定好吃。

　　　　　　┌總是┐┌長隊┐　┌形成┐
あの店はいつも行列ができているから、おいしいに違いない。
　　　　　　　　ぎょうれつ　　　　　　　　　　　　　　ちが

★「にちがいない」因為那家店總是有人排隊，所以説話人相當肯定那家店的食物很好吃。強調點是店裡食物的美味。

4
唉，今天的考試一定考砸了。

　　　　┌考試┐　┌無望┐
ああ、今日の試験、だめだったに違いない。
　　　　きょう　しけん　　　　　　　　ちが

★「にちがいない」説話人相當確信他今天的考試表現不好。強調點是今日考試的結果。

5
她既可愛又温柔，想必一定很受大家的喜愛。

　　　　　┌可愛┐　┌温柔的┐　　　┌受歡迎┐
彼女は可愛くて優しいから、もてるに違いない。
　かのじょ　かわい　　やさ　　　　　　　　　　ちが

★「にちがいない」因為她又可愛又和藹，所以説話人非常肯定她受到很多人的喜愛。強調點是她的受歡迎程度。

につき

因…、因為…

類義表現

による
因…造成的…

接続方法▶ {名詞}＋につき

【原因】接在名詞後面，表示其原因、理由。一般用在書信中比較鄭重的表現方法，或用在通知、公告、海報等文體中。相當於「のため、という理由で」。

原因名詞 原因　　　　　　　　結果
↓　　　↓　　　　　　　　　↓

例 1　　**台風につき、学校は休みになります。**
たいふう　　　　がっこう　やす

因為颱風，學校停課。

> 「につき」表示因颱風影響，學校休息。強調颱風對學校行事安排的重要性，強調原因對結果的影響。

> 超級強颱提早來襲，轉新聞台說不上班不上課，學校也因此停課。

☞ 文法應用例句

2　因為 5 點以後不在，所以請明天再來。

┌以後┐┌外出┐　　　　　　┌前來┐
5時以降は不在につき、また明日お越しください。
じ いこう　ふざい　　　　　　あした こ

★「につき」表示因為在下午 5 點以後不在，請明天再來。這裡強調了時間因素。

3　由於施工之故，前方路段禁止通行。

┌施工┐　　　　　　┌前方┐┌禁止通行┐
工事中につき、この先通行止めとなっております。
こうじ ちゅう　　　　　さきつうこう ど

★「につき」表示由於正在進行工程的原因，所以前面的路段已經被封閉。這裡強調了工程的影響。

4　由於大受好評，目前已經銷售一空。

┌好評如潮┐　　　┌現在┐┌缺貨┐
好評につき、現在品切れとなっております。
こうひょう　　　げんざいしなぎ

★「につき」表示由於商品的好評，所以現在已經賣完了。這裡強調了好評的效果。

5　由於生病而缺席。

┌生病┐　　　┌缺席┐
病気につき欠席します。
びょうき　　　けっせき

★「につき」表示因為生病的原因，所以將會缺席。這裡強調了健康狀態的影響。

文法升級挑戰篇

來挑戰看看稍難的文法吧！做好萬全準備！邁向巔峰！

● {名詞}＋におうじて

働きに応じて、報酬をプラスしてあげよう。

依工作的情況來加薪！

說明 表示按照、根據。前項作為依據，後項根據前項的情況而發生變化。意思是：「根據⋯」、「按照⋯」、「隨著⋯」。

● {名詞；[形容詞・動詞]辭書形；[形容詞・動詞]否定形}＋にかかわらず

お酒を飲む飲まないにかかわらず、一人当たり2000円を払っていただきます。

不管有沒有喝酒，每人都要付2000圓。

說明 接兩個表示對立的事物，表示跟這些無關，都不是問題。意思是：「不管⋯都⋯」、「儘管⋯也⋯」、「無論⋯與否⋯」。

● {名詞}＋にかぎって、にかぎり

時間に空きがある時に限って、誰も誘ってくれない。

獨獨在空閒的時候，沒有一個人來約我。

說明 表示特殊限定的事物或範圍。意思是：「只有⋯」、「唯獨⋯是⋯的」、「獨獨⋯」。

● {名詞}＋にかけては、にかけても

パソコンの調整にかけては、自信があります。

在修理電腦這方面，我很有信心。

說明 「其它姑且不論，僅就那一件事情來說」。意思是：「在⋯方面」、「在⋯這一點上」。

- {名詞} +にこたえて、にこたえ、にこたえる

  農村の人々の期待にこたえて、選挙に出馬した。

  為了回應農村的鄉親們的期待而出來參選。

  說明 表示為了使前項能夠實現，後項是為此而採取行動或措施。意思是：「應…」、「響應…」、「回答…」、「回應…」。

- {名詞；動詞辭書形} +にさいして、にさいし、にさいしての

  チームに入るに際して、自己紹介をしてください。

  入隊時請先自我介紹。

  說明 表示以某事為契機，也就是動作的時間或場合。意思是：「在…之際」、「當…的時候」。

- {名詞；動詞辭書形} +にさきだち、にさきだつ、にさきだって

  旅行に先立ち、パスポートが有効かどうか確認する。

  在出遊之前，要先確認護照期限是否還有效。

  說明 用在述說做某一動作前應做的事情，後項是做前項之前，所做的準備或預告。意思是：「在…之前，先…」、「預先…」、「事先…」。

- {名詞；動詞辭書形} +にしたがって、にしたがい

  季節の変化にしたがい、町の色も変わってゆく。

  隨著季節的變化，街景也改變了。

  說明 表示按照、依照的意思。意思是：「依照…」、「按照…」、「隨著…」。

- {名詞；形容動詞詞幹；[形容詞・動詞] 普通形} +にしろ

  体調は幾分よくなってきたにしろ、まだ出勤はできません。

  即使身體好了些，也還沒辦法去上班。

  說明 表示退一步承認前項，並在後項中提出跟前面相反或矛盾的意見。意思是：「無論…都…」、「就算…，也…」、「即使…，也…」。

● ｛名詞；形容動詞詞幹である；［形容詞・動詞］普通形｝ ＋にすぎない

> これは少年犯罪の一例にすぎない。
> 這只不過是青少年犯案中的一個案例而已。

説明 表示程度有限，有這並不重要的消極評價語氣。意思是：「只是⋯」、「只不過⋯」、「不過是⋯而已」、「僅僅是⋯」。

● ｛名詞；形容動詞詞幹である；［形容詞・動詞］普通形｝ ＋にせよ、にもせよ

> 困難があるにせよ、引き受けた仕事はやりとげるべきだ。
> 即使有困難，一旦接下來的工作就得完成。

説明 表示退一步承認前項，並在後項中提出跟前面反或相矛盾的意見。意思是：「無論⋯都⋯」、「就算⋯，也⋯」、「即使⋯，也⋯」、「⋯也好⋯也好⋯」。

● ｛名詞；形容動詞詞幹；［形容詞・動詞］普通形｝ ＋にそういない

> 明日の天気は、快晴に相違ない。
> 明天的天氣，肯定是晴天。

説明 表示説話人根據經驗或直覺，做出非常肯定的判斷。意思是：「一定是⋯」、「肯定是⋯」。

● ｛名詞｝ ＋にそって、にそい、にそう、にそった

> 道にそって、クリスマスの飾りが続いている。
> 沿著道路滿是聖誕節的點綴。

説明 接在河川或道路等長長延續的東西，或操作流程等名詞後，表示沿著河流、街道，或按照某程序、方針。意思是：「沿著⋯」、「順著⋯」、「按照⋯」。

● ｛[形容詞・動詞] 辭書形｝＋につけ、につけて

この音楽を聞くにつけ、楽しかった月日を思い出します。

每當聽到這個音樂，會回想起過去美好的時光。

說明 表示每當看到什麼就聯想到什麼的意思。意思是：「一…就…」、「每當…就…」。

MEMO

につれ（て）

伴隨…、隨著…、越…越…

接續方法▶ {名詞；動詞辭書形}＋につれ（て）

【平行】表示隨著前項的進展，同時後項也隨之發生相應的進展，「につれて」前後都使用表示變化的説法。相當於「にしたがって」。

隨著情況變化　　　伴隨　　　　　　相對改變
↓　　　　　　　　　↓　　　　　　　　↓

 例 1 一緒に活動するにつれて、みんな仲良くなりました。
いっしょ　かつどう　　　　　　　　　　　なか　よ

隨著共同參與活動，大家感情變得很融洽。

團體活動可以訓練一個人互助合作的精神喔！

「につれて」隨著一種情況（一起活動）的發展，另一種情況（變得親密）也相應改變，強調其帶來的結果或影響。

☞ 文法應用例句

2 隨著故事的進展，出場人物愈來愈多，情節也變得錯綜複雜了。

話が進むにつれ、登場人物が増えて込み入ってきた。
はなし　すす　　　　とうじょうじんぶつ　ふ　　こ　い
　　　　　　　　　　┌出場┐┌人物┐┌増加┐┌錯綜複雜┐

★「につれ」表示隨著故事的發展（情況一），出現的角色增多且情節變得複雜（情況二）。這裡凸顯了故事和結果的同時進行。

3 隨著時代的變化，小家庭愈來愈多了。

時代の変化につれ、少人数の家族が増えてきた。
じだい　へんか　　　しょうにんずう　かぞく　ふ
┌変化┐　　　　　┌人數較少┐┌家庭┐

★「につれ」表示隨著時代的變遷（情況一），小家庭數量逐漸增加（情況二）。這裡突出了因果之間的連動性。

4 隨著年齡增加，體力也逐漸變差。

年齢が上がるにつれて、体力も低下していく。
ねんれい　あ　　　　　　たいりょく　ていか
┌歲數┐┌增長┐　　　　┌體力┐┌下降┐

★「につれて」表示隨著年齡的增長（情況一），體力也逐漸下降（情況二）。這裡表明了兩種現象的相互關聯。

5 隨著研讀，也就瞭解原理了。

勉強するにつれて、原理が理解できてきた。
べんきょう　　　　　げんり　りかい
┌用功讀書┐　　　┌基礎理論┐┌領悟┐

★「につれて」表示隨著學習的進行（情況一），原理理解的程度也逐漸提高（情況二）。這裡顯示了學習和成效的共變。

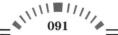
にとって（は／も／の）

對於…來說

接續方法▶ ｛名詞｝＋にとって（は／も／の）

【立場】表示站在前面接的那個詞的立場，來進行後面的判斷或評價，表示站在前接詞（人或組織）的立場或觀點上考慮的話，會有什麼樣的感受之意。相當於「の立場から見て」。

主語 　　　　　立場 　　　　　　　主語看法

例1 　僕たち にとって、明日の試合は重要です。
　　　（ぼく）　　　　　（あした）（しあい）（じゅうよう）

對我們來説，明天的比賽至關重要。

「にとって」表示從特定對象的視角或立場（我們）來看，另一事件或狀況（明日的比賽的重要性）的意義或價值。

明天的比賽決定著我們能不能進決賽，所以不能掉以輕心！

📖 文法應用例句

2　那個消息必定讓川崎先生深受打擊。

そのニュースは、川崎さんにとってショックだったに違いない。
　　　　　　　　（かわさき）　　　　　┌打擊┐　　　　　（ちが）┌毫無疑問┐

★「にとって」表示這條新聞對川崎先生來説，肯定是一個震撼。這裡強調「川崎さん」的感受。

3　雖然只有1000圓，但對孩子而言可是個大數字。

┌僅只┐　　　　　　　　　　　　　　┌巨款┐
たった1,000円でも、子どもにとっては大金です。
　　　　　　（えん）　（こ）

★「にとっては」表示即使只是 1,000 圓，對孩子來説也是一筆大錢。這裡強調「子ども」的觀念或認知。

4　想必對各位而言，這趟旅程一定也永生難忘吧！

┌這次┐┌旅行┐┌遺忘┐
みんなにとっても、今回の旅行は忘れられないものになったことでしょう。
　　　　　　　　　　（こんかい）（りょこう）（わす）

★「にとっても」表示對大家來説，這次的旅行肯定是難忘的。這裡強調「みんな」的共同經歷。

5　對我而言的昭和時代，也就是第２次世界大戰與戰後復興的那個時代。

　　　┌昭和時代┐　　　　　　　　　　　　　┌戰爭結束後┐┌重建┐
私にとっての昭和とは、第二次世界大戦と戦後復興の時代です。
（わたし）　　　　（しょうわ）　　　（だいにじせかいたいせん）（せんごふっこう）（じだい）

★「にとっての」表示對我來説，昭和時代就是第二次世界大戰和戰後復興的時代。這裡強調「私」的認知或定義。

にともなって、にともない、にともなう

伴隨著…、隨著…

類義表現

につれて
伴隨…、隨著…

接續方法▶ {名詞;動詞普通形}＋に伴って、に伴い、に伴う

【平行】表示隨著前項事物的變化而進展，相當於「とともに、につれて」。

前述事件改變 → 　　　伴隨 → 　　　跟著改變 →

例 1 **牧畜業が盛んになる に伴って、村は豊かになった**
ぼくちくぎょう　さか　　　　　　とも　　　　　　むら　ゆた

伴隨著畜牧業的興盛，村子也繁榮起來了。

> 「にともなって」表示某事件（畜牧業變化繁榮），與另一事件（村莊變化富饒）同時平行發生，強調兩者的相互關聯。

> 人口不斷外流的荒涼小村，隨著幾個年輕人返鄉發展畜牧業，小村子很快就繁榮起來了。

👉 文法應用例句

2

調查了當日圓升值時，對於進出口額增減造成的影響。

┌日圓升值┐　┌進出口┐　　　　┌調查了┐
円高に伴う 輸出入の増減について調べました。
えんだか　とも　ゆしゅつにゅう　ぞうげん　　　　しら

★「にともなう」描述了日圓升值（円高），所帶來的相關變化，即導致輸出入的增減。強調的是升值的影響。

3

隨著少子化的影響，學校的營運也愈來愈困難了。

　　　　　　　　┌經營┐　嚴峻的┐　┌加劇┐
少子化に伴って、学校経営は厳しさを増している。
しょうしか　とも　　　がっこうけいえい　きび　　　　ま

★「に伴って」說明了少子化現象（少子化），所引起的相應變化，即學校經營的困難程度正在增加。重點在於少子化的後果。

4

隨著颱風行徑路線的北移，風雨將逐漸增強。

┌颱風┐ 向北移動┐　┌風雨┐
台風の北上に伴い、風雨が強くなってきた。
たいふう　ほくじょう　とも　ふうう　つよ

★「に伴い」說明了颱風北上（台風の北上），帶來的相應變化，即風雨變得更強。主要突顯颱風北上的效果。

5

隨著火山的爆發也觀測到了地震。

┌火山┐　┌噴火┐　　　　　　　　┌觀測┐
火山の噴火に伴って、地震も観測された。
かざん　ふんか　とも　　　じしん　かんそく

★「に伴って」說明了火山爆發（火山の噴火），引起的相應變化，即觀測到了地震。特別指出爆發的連鎖反應。

にはんして、にはんし、にはんする、にはんした

與…相反…

類義表現

にくらべて
與…相比

接續方法▶ {名詞} ＋に反して、に反し、に反する、に反した

【對比】接「期待（期待）、予想（預測）」等詞後面，表示後項的結果，跟前項所預料的相反，形成對比的關係。相當於「とは反対に、に背いて」。

例 1

預期 → 期待（きたい）　對比 → に反（はん）して、　相反結果 → 収穫量（しゅうかくりょう）は少（すく）なかった。

與預期的相反，收穫量少很多。

今年明明是風調雨順的，預期稻子應該是豐收的，但是…。

「にはんして」表收穫量少的事實與原先的期待（期待豐收）之間的對比和矛盾。強調不符合常規的情況，並使之突出。

☞ 文法應用例句

2

前妻違反約定，不讓我和孩子見面。

分手了┐妻子　　約定┐
別（わか）れた妻（つま）が、約束（やくそく）に反（はん）して子（こ）どもと会（あ）わせてくれない。

★「にはんして」表明了分手的妻子的行為（不讓孩子見父親），與之前的約定相反，這裡強調的是她違背約定。

3

與預期相反，比起贊成，有更多人反對。

預期┐　　贊同┐　　　反對┐
予想（よそう）に反（はん）し、賛成（さんせい）より反対（はんたい）の方（ほう）が多（おお）かった。

★「にはんし」表示某現象（反對票多）與原本的預想（贊成票多）之間的矛盾，這裡突出了與預期的不符。

4

此次政府的決定有違國家利益。

政府┐　決定┐　　　　利益┐
今回（こんかい）の政府（せいふ）の決定（けってい）は、国（くに）の利益（りえき）に反（はん）する。

★「にはんする」指的是這次政府的決定，與國家利益相反，這裡指出了兩者之間的矛盾。

5

跟他的外表相反，他是一個很懂禮貌的青年。

外表┐　　　　禮節┐端正的┐
彼（かれ）は、外見（がいけん）に反（はん）して、礼儀（れいぎ）正（ただ）しい青年（せいねん）でした。

★「にはんして」表明了他的行為（禮儀正確），與他的外表相反，這裡顯示了與其外觀的對比。

にもとづいて、にもとづき、にもとづく、にもとづいた

根據…、按照…、基於…

類義表現

によって

根據…；依照…

接続方法 ▶ {名詞} ＋に基づいて、に基づき、に基づく、に基づいた

【依據】表示以某事物為根據或基礎。相當於「をもとにして」。

主語　根據對象　　依據　　　執行動作

例 1　**違反者は 法律 に基づいて 処罰されます。**
いはんしゃ　ほうりつ　もと　　しょばつ

違者依法究辦。

「にもとづいて」表示對違反者進行懲罰的實施，是基於法律的規定。強調了這種依據的重要性和影響力。

你超速違規囉！
請把駕照和行照給我看一下！

🖝 文法應用例句

2

這本雜誌上的報導沒有事實根據。

この雑誌の記事は、事実に基づいていない。
ざっし　きじ　　じじつ　もと

★「に基づいていない」表示雜誌的文章並未根據事實。強調點是雜誌的文章缺乏事實依據。

3

這是根據顧客的需求所研發的新產品。

こちらはお客様の声に基づき開発した新商品です。
きゃくさま　こえ　もと　かいはつ　しんしょうひん

★「に基づき」表示這款新產品是根據客戶的意見開發的。強調點是產品開發的依據是客戶的意見。

4

那種食品毫無科學依據就不斷宣稱「能夠有效治療癌症」。

その食品は、科学的根拠に基づかずに「がんに効く」と宣伝していた。
しょくひん　かがくてきこんきょ　もと　　　き　せんでん

★「に基づかずに」表示該食品並未根據科學證據就宣稱「對癌症有效」。強調點是食品的宣傳沒有科學依據。

5

根據專家意見訂的計畫。

専門家の意見に基づいた計画です。
せんもんか　いけん　もと　けいかく

★「に基づいた」表示這個計劃是基於專家的意見。強調點是計劃的依據是專家的意見。

によって（は）、により

1. 因為…；2. 根據…；3. 由…；4. 依照…的不同而不同

類義表現

にそって
按照…

接續方法▶｛名詞｝＋によって（は）、により

1【理由】表示事態的因果關係，「により」大多用於書面，後面常接動詞被動態，相當於「が原因で」，如例（1）。

2【手段】表示事態所依據的方法、方式、手段，如例（2）。

3【被動句的動作主體】用於某個結果或創作物等是因為某人的行為或動作而造成、成立的，如例（3）。

4【對應】表示後項結果會對應前項事態的不同，而有各種可能性，如例（4）、（5）。

引導原因　　原因　　　　　　　主語　　　　　　主語狀態

例 1　地震 により、500 人以上の貴い命が 奪われました。
じ しん　　　　にん い じょう　とうと　いのち　　うば

這一場地震，奪走了超過500條寶貴的生命。

由於夜半突然來襲的強震，讓整個城鎮遭到重創。

「地震により」強調地震是導致後面提到的重大人員傷亡的原因，並帶來嚴重後果。

☞ 文法應用例句

2　根據成績分班。

┌成績┐　　　　┌班級劃分┐
成績によって、クラス分けする。
せいせき　　　　　　　　わ

★「によって」表示通過學生的成績，來進行班級的劃分。強調了成績是作為分類學生班級的手段依據。

3　《源氏物語》是由紫式部撰寫的一部傑作。

　　　　　　　　　　　　　　┌撰寫┐　　┌名作┐
『源氏物語』は紫式部によって書かれた傑作です。
げん じ ものがたり　むらさきしき ぶ　　　　か　　　　けっさく

★「によって」表示「紫式部」是寫出這部「源氏物語」的人。強調了「紫式部」創作這部傑作的貢獻。

4　價值觀因人而異。

┌價值理念┐　　　　　┌不同┐
価値観は人によって違う。
か ちかん　ひと　　　　ちが

★「によって」表示應根據某種情況或條件（不同的人），來決定另一種行為或結果（價值觀的差異）。強調了不同人物的價值觀差異。

5　請依照當下的狀況採取臨機應變。

┌形勢┐　　　┌隨機應變┐　┌應對┐
状況により、臨機応変に対処してください。
じょうきょう　　りん き おうへん　たいしょ

★「により」表示應根據某種情況或條件（現況），來決定另一種行為或結果（應變對策）。強調了不同狀況下的變化與調整。

による

1. 因…造成的…、由…引起的…；2. 由…主辦的

接續方法▶ {名詞} ＋による

1 【依據】 表示造成某種事態的原因。「による」前接所引起的原因。如例（1）～（4）。

2 【負責人】 它也用來指活動或事件的主辦者或負責人，如例（5）。

引起原因　　原因　　　　　　　　　結果
　↓　　　　　↓　　　　　　　↓　　　↓

例 1 **雨 による 被害は、意外に大きかった。**
あめ　　　　　　ひがい　　　いがい　おお

因大雨引起的災害，大到叫人料想不到。

> 「雨による被害」表示雨是導致後面提到的損害或災害的原因。指出雨所造成的損害規模意外地很大。

> 好大的雨喔！真是天有不測風雲！

☞ 文法應用例句

2

「木の子」（菇蕈）這個名稱來自於其生長於樹木之上。

　　　┌蘆蔔┐　　　　　　　　　　　　　┌生長┐
「きのこ」（木の子）という名前は、木に生えることによる。
　　き　こ　　　　　　　　　なまえ　　　　き　は

★「による」表示一種現象或狀況（蘆蔔的名字），是由某種因素（生長在樹上的特性）導致的。強調名稱的由來與其生長地相關。

3

因為不小心，而引起重大事故。

┌不小心┐　　　　┌事故┐　┌引發了┐
不注意による大事故が起こった。
ふ ちゅうい　　　　だいじ こ　お

★「による」表示某種現象（大事故），是由某原因（不小心）導致的。強調原因與結果之間的關係。

4

無需擔心此次地震會引發海嘯。

　　　　┌地震┐　　　┌海嘯┐┌擔憂┐
この地震による津波の心配はありません。
　　じ しん　　　つなみ　しんぱい

★「による」表示某種潛在的狀況或結果（由此次地震引發的海嘯）不存在。強調無需擔憂某種可能性的發生。

5

由年輕音樂家舉行了慈善音樂會。

┌年輕的┐　　　　　　　　　　　┌慈善┐　　　┌音樂會┐
若手音楽家による無料チャリティー・コンサートが開かれた。
わか て おんがく か　　　　む りょう　　　　　　　　　　　　　ひら

★「による」表示某活動（免費的慈善音樂會），是由特定的人或團體（年輕的音樂家）主導的。強調這是由「年輕音樂家」所主辦的。

によると、によれば

據…、據…說、根據…報導…

類義表現

にもとづいて
因…造成的…、
由…引起的…

接續方法▶ ｛名詞｝＋によると、によれば

【信息來源】表示消息、信的來源，或推測的依據。後面經常跟著表示傳聞的「そうだ、ということだ」之類詞。

消息來源　　　　出處　　　　　　　　　　預期情報

例 1 **天気予報**によると、**明日は雨が降るそうです**。
てんきよほう　　　　　　　あした あめ ふ

根據氣象報告，明天會下雨。

「によると」表示根據可靠來源（天氣預報），得出預測明天可能會下雨。強調信息的可靠性或準確性。

這個句型也是氣象常用語喔！

☞ 文法應用例句

2　根據美國的文獻，這種藥物對心臟病有效。

アメリカの文献によると、この薬は心臓病に効くそうだ。
　　　　　ぶんけん　　　　　　くすり しんぞうびょう き
　　┌文獻┐　　　　　　　　　┌心臟病┐ ┌有效┐

★「によると」表示依據某來源（美國文獻），得出結論（該藥對心臟病有效）。強調來源的權威性和信任度。

3　聽久保田說，川本好像和米田小姐開始交往了。

久保田によると、川本は米田さんと付き合い始めたらしい。
くぼた　　　　　かわもと よねだ　　　つ あ はじ
　　　　　　　　　　　　　　　　┌交往┐ ┌似乎┐

★「によると」表示根據某人（久保田）的說法，我們獲得某一資訊（川本已與米田交往）。突出消息來自特定人。

4　據女性雜誌上說，每天喝一公升的水有助養顏美容。

女性雑誌によれば、毎日1リットルの水を飲むと美容にいいそうだ。
じょせいざっし　　　まいにち　　　　みず の びよう
┌女性┐　　　　　　　┌公升┐　　　　　　　　(保養美容)

★「によれば」表示根據來源（女性雜誌）所述，得知觀點（每天飲用一公升水有助於美容），凸顯資訊的專業性。

5　根據政府的宣布，受害者當中沒有日本人。

政府の発表によれば、被害者に日本人は含まれていないとのことです。
せいふ はっぴょう　　　ひがいしゃ にほんじん ふく
　　┌發佈┐　　　　　　┌被害人┐　　　　　┌包含在內┐

★「によれば」表依據來源（政府的發佈）所述，得知信息（被害者中無日本人）。強調資訊的信賴度。

にわたって、にわたる、にわたり、にわたった

經歷…、各個…、一直…、持續…

類義表現

から～にかけて
從…到…

接續方法▶ {名詞}＋にわたって、にわたる、にわたり、にわたった

【範圍】前接時間、次數及場所的範圍等詞。表示動作、行為所涉及到的時間，或空間沒有停留在小範圍，而是擴展得很大很大。

時間範圍　　起點　延伸範圍

 例 1

この小説の作者は、<u>60 年代</u> から <u>70 年代</u> にわたってパリに住んでいた。

這小說的作者，從60年代到70年代都住在巴黎。

「にわたって」表示作者在 60 年代到 70 年代期間一直住在巴黎。強調了持續居住在巴黎的時間範圍及延續性。

你手上那本文學小說的作者呀長時間都住在法國巴黎喔！

☞ 文法應用例句

2 這起車禍導致塞車長達了30公里。

この事故で、約30キロにわたって渋滞しました。

★「にわたって」表示因為這次事故，塞車的範圍擴展至約 30 公里。強調交通堵塞的範圍（30 公里）。

3 嘔心瀝血長達10年，最後終於完成了新產品。

10年にわたる苦心の末、新製品が完成した。

★「にわたる」表示新產品的完成，經歷了長達 10 年的苦心努力。強調了努力的時間長度（10 年）。

4 西日本全區域都下大雨。

西日本全域にわたり、大雨になっています。

★「にわたり」表示正在降大雨的區域覆蓋了西日本的全域。強調了受大雨影響的地理範圍（全西日本）。

5 自從進入明治維新之後，終結了歷經約莫700年的武士時代。

明治維新により、約700年にわたった武士の時代は終わった。

★「にわたった」表示武士時代所經歷的時間長達約 700 年。強調了武士時代的持續時間（700 年）。

（の）ではないだろうか、
（の）ではないかとおもう

つけ
是不是…來著

1. 不是…嗎；2. 我想…吧

接續方法▶ {名詞；[形容詞・動詞] 普通形} ＋（の）ではないだろうか、（の）ではないかと思う

1【推測】表示意見跟主張。是對某事能否發生的一種預測，有一定的肯定意味，如例（1）〜（3）。

2【判斷】「（の）ではないかと思う」表示説話人對某事物的判斷，含有徵詢對方同意自己的判斷的語意。如例（4）、（5）。

假設　　推測結果　　　推測

例1 読んでみると 面白い のではないだろうか。
讀了以後，可能會很有趣吧！

「のではないかだろうか」表示説話人推測這本書是「有趣的」。

「のではないだろうか」表達了説話人的推測或建議，暗示著讀這本書可能會很有趣，並且希望對方同意。

☞ 文法應用例句

2 拜託這種事情，會不會造成困擾呢？

こんなことを頼んだら、迷惑ではないだろうか。
たの　　　　　　　　めいわく

★「ではないだろうか」表示如果要求這樣的事情，是否會讓人困擾。強調的是對是否造成他人困擾的疑慮。

3 差不多可以考N3級測驗也沒問題了吧？

そろそろN3を受けても大丈夫ではないだろうか。
　　　　　　う　　　　　だいじょうぶ

★「ではないだろうか」表示我們是否應該已經準備好參加 N3 考試了。強調的是對考試準備就緒的推測。

4 我覺得他應該比任何人都還要愛妳吧！

彼は誰よりも君を愛していたのではないかと思う。
かれ　だれ　　　きみ　あい　　　　　　　　　　おも

★「のではないかと思う」表示我認為他比任何人都愛妳。強調的是對此事的推測，並尋求對方同意。

5 我想，這種好事該不會是騙人的吧！

こんなうまい話は、うそではないかと思う。
　　　　　　はなし　　　　　　　　　おも

★「ではないかと思う」表示我認為這樣的好事是否為謊言。強調的是對話語真實性的質疑，並期待對方的反饋。

100
ば〜ほど

越…越…

類義表現

ば〜だけ
越…越…

接續方法 ▶ {[形容詞・形容動詞・動詞] 假定形} ＋ば＋ {同形容動詞詞幹な；[同形容詞・動詞] 辭書形} ＋ほど

1【平行】同一單詞重複使用，表示隨著前項事物的變化，後項也隨之相應地發生變化，如例（1）〜（4）。

2〖省略ば〗接形容動詞時，用「形容動詞＋なら（ば）〜ほど」，其中「ば」可省略，如例（5）。

重複動作　越…越…　　　　　變化結果

例 1 　話せ ば 話す ほど、お互いを理解できる。

雙方越聊越能理解彼此。

溝通才能了解彼此的立場，溝通才能打通人的才智與心靈之門。

「ば〜ほど」表示隨著交談增加，彼此之間的理解也增加。強調行為和結果之間的平行關係。

☞ 文法應用例句

2 「什麼時候舉行婚禮？」「愈快愈好啊。」

「いつ、式を挙げる。」「早ければ早いほどいいな。」

★「ば〜ほど」表示舉行儀式的時間越早，感到開心的程度就越高。顯示了時間的早晚與心情之間的直接的關係。

3 寫字愈練習愈流利。

字は、練習すればするほど上手になる。

★「ば〜ほど」表示練習寫字的次數越多，寫字的技巧就越熟練。反映了練習的次數與技巧熟練度之間的正關聯。

4 外文愈使用，進步愈快。

外国語は、使えば使うほど早く上達する。

★「ば〜ほど」表示使用外國語言的次數越多，提升的速度就越快。突出了使用的次數與提升速度之間的正比例關係。

5 工作不是做得愈仔細就愈好喔，速度也很重要！

仕事は丁寧なら丁寧なほどいいってもんじゃないよ。速さも大切だ。

★「なら〜ほど」表示不一定工作越細心越好，速度也很重要。強調工作細心度與效果間的正相關性，及速度的重要性。

ばかりか、ばかりでなく

1.豈止…，連…也…、不僅…而且…；2.不要…最好…

類義表現

にくわえて
而且…、加上…

接續方法▶ {名詞；形容動詞詞幹な；[形容詞・動詞] 普通形}＋ばかりか、ばかりでなく

1【附加】表示除了前項的情況之外，還有後項的情況，褒意貶意都可以用。「ばかりか」含有説話人吃驚或感嘆等心情。語義跟「だけでなく〜も〜」相同，後項也常會出現「も、さえ」等詞。如例（1）〜（5）。

2【建議】「ばかりでなく」也用在忠告、建議、委託的表現上。例如「肉ばかりでなく野菜もたくさん食べるようにしてください／不要光吃肉，最好也多吃些蔬菜。」

　　　　　情況1　　　　附加　　　　附加情況2　　程度
　　　　　　↓　　　　　　↓　　　　　　↓　　　　　↓

例1 彼は、<u>勉強</u> ばかりでなく <u>スポーツも</u> <u>得意</u>だ。
かれ　べんきょう　　　　　　　　　　　　　　とくい
他不光只會唸書，就連運動也很行。

「ばかりでなく」表示他不僅在學習，在體育（附加）方面也很出色。強調他在兩個領域都有出色的能力。

學習跟運動雙全，真令人羨慕！

📖 文法應用例句

2 隔壁餐廳的菜餚不只份量少，而且也不大好吃。

隣のレストランは、量が少ないばかりか、大しておいしくもない。
となり　　　　　　　りょう　すく　　　　　　　　　　たい

★「ばかりか」表示隔壁餐廳除了「份量少」這個問題以外，「不好吃」更是一個關鍵問題。強調了餐廳在兩個方面的不滿足。

3 這篇作文簡直是鬼畫符呀！不但筆跡潦草，內容也亂七八糟的。

何だこの作文は。字が雑なばかりでなく、内容もめちゃくちゃだ。
なん　　　さくぶん　　じ　ざつ　　　　　　　　ないよう

★「ばかりでなく」表示這篇作文除了「字體潦草」以外，「內容混亂」更是問題的重點。強調作文在兩個方面的不優秀。

4 那個孩子不但任性妄為，而且驕傲自大。

あの子は、わがままなばかりでなく生意気だ。
こ　　　　　　　　　　　　　　なまいき

★「ばかりでなく」表示那孩子除了「自私」的特性以外，還有更麻煩的「傲慢」特質。強調孩子在兩個性格特質上的負面表現。

5 他不但失戀了，而且工作也被革職了。

彼は、失恋したばかりか、会社さえくびになってしまいました。
かれ　しつれん　　　　　　　かいしゃ

★「ばかりか」表示他除了「失戀」這個情況以外，還有更嚴重的「被解雇」的問題。強調他在愛情與工作兩個領域上都遭受打擊。

102

はもちろん、はもとより

不僅…而且…、…不用說，…也…

類義表現

ばかりか
不僅…而且…

接續方法▶ {名詞}＋はもちろん、はもとより

1 【附加】表示一般程度的前項自然不用説，就連程度較高的後項也不例外，後項是強調不僅如此的新信息。相當於「は言うまでもなく～（も）」，如例（1）～（3）。

2 〔禮貌體〕「はもとより」是種較生硬的表現，「もとより」本身有「本來、從開始」的意思。例如：「そのことはもとより存じております／那件事打從一開始我就知道了。」如例（4）、（5）。

焦點之一　　　　　附加　　　　重要焦點　　評價

例1 病気の治療 はもちろん、予防も 大事です。
びょうき ちりょう　　　　　　　　よぼう だいじ

疾病的治療自不待言，預防也很重要。

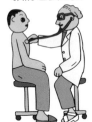

> 預防真的勝於治療喔！所以平常就應該好好照顧身體！

> 「はもちろん」強調了除了一般治療外，程度高的預防也很重要。強調除了提及事項外，其他相關事項的重要性。

☞ 文法應用例句

2 這一帶別説是白天，就連夜裡也是人聲鼎沸。

この辺りは、昼間はもちろん夜も人であふれています。
あた　　　　ひるま　　　　　　よる ひと

★「はもちろん」表示這個地方不只在正常繁忙的白天人滿為患，就連夜晚也是人潮洶湧。強調無論何時都非常繁榮。

3 Kansai Boys全是型男就不用説了，連唱歌和跳舞也非常厲害。

Kansai Boysは、かっこういいのはもちろん、歌も踊りも上手です。
帥氣迷人的　　　　　　　　　　　うた おど 舞蹈 じょうず

★「はもちろん」表示Kansai Boys不僅有很好的外貌，甚至歌唱和舞蹈技巧也都非常出色。強調他們的全方位才華。

4 楊小姐不只會英語，也會日語。

楊さんは、英語はもとより日本語もできます。
よう　　　えいご 英語　　にほんご 日語 擅長

★「はもとより」在此禮貌地強調，楊小姐不僅擅長普遍的英語，甚至日語也很精通。強調她的多語言才能。

5 布料好自不待言，就連設計也很棒。

生地はもとより、デザインもとてもすてきです。
きじ 布料　　　　設計　　　　　絶妙的

★「はもとより」在此禮貌地強調，除了基本的布料品質出色，甚至設計也很精美，強調其全面的品質。

ばよかった

1.…就好了；2.沒（不）…就好了

接續方法▶ {動詞假定形}＋ばよかった；{動詞否定形（去い）}＋なければよかった

1 【反事實條件】表示説話者自己沒有做前項的事而感到後悔，覺得要是做了就好了，對於過去事物的惋惜、感慨，帶有後悔的心情。如例（1）～（4）。

2 【否定－後悔】以「なければよかった」的形式，表示對已做的事感到後悔，覺得不應該。如例（5）。

動作目標　　　反事實條件　惋惜
　↓　　　　　　↓　　　　↓

例 1 雨だ、傘を 持ってくれ ばよかった。
あめ　　かさ　も

下雨了！早知道就帶傘來了。

糟了！下雨了，雨傘咧？沒帶！！

「ばよかった」暗示如果當時帶了傘，就能夠應對當時的雨天情況，結果就可能會更好。言含對過去某行為的遺憾。

☞ 文法應用例句

2 早知道一切從實招供就好了。

正直に言えばよかった。
しょうじき　い

★「ばよかった」表示如果當時選擇了坦白告知，可能就不會引起現在的不良後果。強調後悔沒有誠實地表達自己的想法。

3 要是能及早請醫師診治就好了。

もっと早くお医者さんに診てもらえばよかった。
はや　　いしゃ　　　み

★「ばよかった」表示如果當時及時去看醫生，可能就不會使病情加重。強調後悔沒有早點尋求醫療協助。

4 假如當初按照父母所說的去上大學就好了。

親の言う通り、大学に行っておけばよかった。
おや　い　とお　だいがく　い

★「ばよかった」表示如果當時按照父母的話去上大學，現在可能有更好的成績。強調後悔沒有聽從父母的建議去上大學。

5 那時若不要說那樣的話就好了。

あの時あんなこと言わなければよかった。
とき　　　　　　い

★「なければよかった」表示如果當時沒有說出那樣的話，可能就不會引發現在的不良後果。強調對過去說的話感到後悔。

104

はんめん

另一面…、另一方面…

類義表現

かわりに
代替…

接續方法▶ {[形容詞‧動詞]辭書形}＋反面；{[名詞‧形容動詞詞幹な]である}＋反面

【對比】表示同一種事物，同時兼具兩種不同性格的兩個方面。除了前項的一個事項外，還有後項的相反的一個事項。前項一般為醒目或表面的事情，後項一般指出其難以注意或內在的事情。相當於「である一方」。

兩相反情況 ────── 對比

例 1
産業が発達している 反面、公害が深刻です。
さんぎょう　はったつ　　　　　　　はんめん　こうがい　　しんこく

產業雖然發達，但另一方面也造成嚴重的公害。

> 事物總是一體兩面的，在我們擁有的同時，也會失去些什麼。

> 「はんめん」表明儘管產業發達，但卻存在嚴重的公害問題。強調發達的產業和嚴重的污染之間的，對比和緊張對立性。

☞ 文法應用例句

2
汽車雖然是便捷的工具，卻也是造成交通事故與破壞環境的元凶。

┌汽車┐　　　┌方便的┐┌工具┐　　　　　　　　　　　　　　　　　　┌原因┐
自動車は、便利な道具である反面、交通事故や環境破壊の原因にもなる。
じどうしゃ　べんり　どうぐ　　　はんめん　こうつうじこ　かんきょうはかい　げんいん

★「はんめん」表示汽車的便利性，與可能造成的交通事故，及環境破壞的負面對比。凸顯了方便性與其可能帶來的風險間的衝突。

3
貿易公司雖然薪資好，但另一方面工作也吃力。

┌貿易公司┐　┌薪資┐　　　　　　　┌繁重的┐
商社は、給料がいい反面、仕事がきつい。
しょうしゃ　きゅうりょう　はんめん　しごと

★「はんめん」表示商社提供高薪的正面，以及工作強度大的負面對比。凸顯了高收入與工作負擔之間的兩難。

4
語文很拿手，但是數學就不行了。

┌外語┐　┌善於┐　　　　　　┌不擅長的┐
語学は得意な反面、数学は苦手だ。
ごがく　とくい　はんめん　すうがく　にがて

★「はんめん」表示在語言學上的優勢，以及數學上的劣勢對比。凸顯了在兩個學科能力上的對立。

5
這個國家經濟雖然落後，但另一方面卻擁有豐富的自然資源。

┌經濟┐　┌落後┐　　　　　　　┌富饒的┐
この国は、経済が遅れている反面、自然が豊かだ。
くに　けいざい　おく　　　　はんめん　しぜん　ゆた

★「はんめん」表示該國在經濟發展上的滯後，以及自然資源豐富的對比。凸顯了在經濟和自然資源上的矛盾。

べき、べきだ

必須…、應當…

類義表現

はずだ
（按理說）應該…；
怪不得…

接續方法▶ ｛動詞辭書形｝＋べき、べきだ

1 【勸告】表示那樣做是應該的、正確的。常用在勸告、禁止及命令的場合。一般是從道德、常識或社會上一般的理念出發。是一種比較客觀或原則的判斷，書面跟口語雙方都可以用，相當於「するのが当然だ」，如例（1）～（3）。

2 〖するべき、すべき〗「べき」前面接サ行變格動詞時，「する」以外也常會使用「す」。「す」為文言的サ行變格動詞終止形，如例（4）、（5）。

主體　　　　　理想狀態　　　　勸告
　↓　　　　　　↓　　　　　　　↓

例1
人間は みな平等である べきだ。
にんげん　　　　　びょうどう

人人應該平等。

不論種族、性別，大家都是平等的。

「べきだ」表示人們應該享有平等的權利和待遇，這是一種道義上的勸告。強調人類社會應當追求的價值。

「べきだ」可以是對一般事情發表意見，也可以是對對方的勸告、禁止和命令等。

☞ 文法應用例句

2　這是一本想要辭職的人必讀的書！

これは、会社を辞めたい人がぜひ読むべき本だ。
かいしゃ や ひと よ ほん
（辭去）（定要）（閱讀）

★「べき」表示主觀推薦想辭職的人，應該閱讀這本書。強調該書能對這群人帶來的深度幫助。

3　啊，巴士跑掉了…！應該提早一分鐘出門的。

ああっ、バス行っちゃったー。あと１分早く家を出るべきだった。
い ぶんはや いえ で
（巴士）（出發）

★「べきだ」表明如果稍早一分鐘出門，就不會錯過公車。體現了對未能如此行為的遺憾和後悔。

4　學生應該好好學習，以吸收各種知識。

学生は、勉強していろいろなことを吸収するべきだ。
がくせい べんきょう きゅうしゅう
（各式各樣的）（消化理解）

★「べきだ」表明勸導學生應該透過學習，來吸收各種知識，強調學生的角色和他們應有的責任或行為。

5　自己闖的禍應該要自己收拾。

自分の不始末は自分で解決するべきだ。
じぶん ふしまつ じぶん かいけつ
（疏忽）（解決）

★「べきだ」表示道德上勸導，自己的錯誤應由自己解決。強調負責任和擔當後果的重要性。

106

ほかない、ほかはない

只有…、只好…、只得…

接續方法▶ {動詞辭書形}＋ほかない、ほかはない

【讓步】表示雖然心裡不願意，但又沒有其他方法，只有這唯一的選擇，別無它法。含有無奈的情緒。相當於「以外にない、より仕方がない」等。

前提原因　　　　　　　方法　　讓步

例 1　書類は一部しかないので、コピーする ほかない。
しょるい　いちぶ
因為資料只有一份，只好去影印了。

> 「ほかない」（只好…）表示，某些原因或情況「書類は一部しかない」（資料只有一份），而不得不採用這唯一的方法「コピーする」（影印）。

> 「ほかない」由於只有一部分的文件，所以只能選擇進行複印。表達必然性和讓步無奈感，暗示了別無他法的情況。

👉 文法應用例句

2 只能死心認命了。

┌命運┐　　　　　┌放棄┐
運命だったとあきらめるほかない。
うんめい

★「ほかない」表示了一種無奈且必須讓步的情境，暗示了放棄並將其歸咎於命運是唯一的選擇。

3 儘管覺得這種作法有違常理，可是既然主管下令，只好照做。

　　　┌做法┐　┌異常的┐　　　　　　　┌主管┐
こんなやり方はおかしいと思うけど、上司に言われたからやるほかない。
　　　　かた　　　　　　おも　　　　　じょうし　い

★「ほかない」強調必須服從的讓步情境，即因上司的命令而不得已的服從。

4 因為家父生病，我只好退學出去工作了。

　　┌生病┐　　　　　　┌退（學）┐
父が病気だから、学校を辞めて働くほかなかった。
ちち　びょうき　　　　　がっこう　や　　はたら

★「ほかない」強調由於家庭的突發狀況（父親病情），放棄學業並開始工作是唯一的無奈選擇。

5 想要更好，只有不斷地練習了。

┌精通的┐　　　　　　　　┌持續┐
上手になるには、練習し続けるほかはない。
じょうず　　　　　　れんしゅう　つづ

★「ほかはない」表示要想變得熟練，只能持續練習，強調要熟練某一技能，持續練習是唯一的方法。

ほど

1.…得、…得令人；2.越…越

類義表現

くらい
（程度）簡直…、像…

接續方法▶ {名詞；形容動詞詞幹な；[形容詞・動詞] 辭書形} ＋ほど

1【程度】用在比喻或舉出具體的例子，來表示動作或狀態處於某種程度，一般用在具體表達程度的時候。如例（1）～（4）。

2【平行】表示後項隨著前項的變化，而產生變化，如例（5）。

描述對象　程度比喻　程度　感覺

例 1
<u>お腹が</u> <u>死ぬ</u> <u>ほど</u> <u>痛い</u>。
　　なか　　　し　　　　　　いた
肚子痛到好像要死掉了。

「ほど」用前接的比喻具體例子「死ぬ」，來形容腹痛到極限，難以忍受。傳達了強烈的感受和無法忍受的程度。

唉呀！好痛的樣子呢！怎麼啦！

☞ 文法應用例句

2　　腳痛得幾乎想剎掉。

┌腳┐┌──截掉──┐
足を切り落としてしまいたいほど痛い。
あし　き　お　　　　　　　　　　　　いた

★「ほど」透過極端例子「足を切り落とす」，描述腳痛到難以忍受的程度。

3　　我今天出乎意料地釣了好多魚。

　　　　　　　┌魚┐　　　┌捕獲了┐
今日は面白いほど魚がよく釣れた。
きょう　おもしろ　　さかな　　　　つ

★「ほど」用「面白い」比喻來說明，魚咬餌的驚人頻率，傳達了釣魚頻率出奇高和超乎預期的驚喜。

4　　很不可思議的，對它的興趣竟然油然而生。

┌奇妙的┐　　　　　┌興致┐
不思議なほど、興味がわくというものです。
ふしぎ　　　　　きょうみ

★「ほど」透過具體例子「不思議」，描述對先前不感興趣的事物產生強烈興趣的變化，傳達了對新興趣的強烈驚訝和改變程度。

5　　讀得愈多愈會發現問題。

　　　　　　┌疑問┐┌出現┐
勉強するほど疑問が出てくる。
べんきょう　　　ぎもん　で

★「ほど」表明兩件事（「學習越多」和「出現疑問就越多」）在程度上是平行的。即一事程度增加，另一事程度也增加。

までに（は）

…之前、…為止

類義表現

のまえに
…前

接續方法▶ {名詞；動詞辭書形} ＋までに（は）

【期限】前面接和時間有關的名詞，或是動詞，表示某個截止日、某個動作完成的期限。

目標狀態　　　　期限　　　　　　　評估時間
　↓　　　　　　↓　　　　　　　　　↓

 例 1　結論が出る までには もうしばらく時間がかかります。

在得到結論前還需要一點時間。

大家各有各的意見…到底要到什麼時候才能結束會議啊…。

「までには」表示達到「結論が出る」這個狀態需要更多的時間。這表達突出了延遲耐心等待的必要性。

👉 文法應用例句

2 我希望能在30歲之前結婚。

30までには、結婚したい。

★「までには」表達了希望在「30」這個年齡之前能實現結婚這個目標，強調結婚這個目標的時間限制和迫切感。

3 我想工作在明天之前就能做完。

仕事は明日までには終わると思います。

★「までには」表達了預計在「明日」之前就能完成工作的信心，突出了預期工作完成的最後期限。

4 在完成之前經歷了種種困難。

完成するまでには、いろいろなことがあった。

★「までには」表達了在「完成する」這個目標實現前，經歷了許多困難的情況，強調克服困難的必要性。

5 希望在大學畢業之前通過N1級測驗。

大学を卒業するまでには、N1に合格したい。

★「までには」表達了希望在「大学を卒業する」之前，能達到通過 N1 考試這個目標，強調時間的限制和迫切感。

み

帶有…、…感、…度

類義表現

さ
表示程度或狀態

接續方法▶ {[形容詞・形容動詞] 詞幹}＋み

【狀態】「み」是接尾詞，前接形容詞或形容動詞詞幹，表示該形容詞的這種狀態、性質，或在某種程度上感覺到這種狀態、性質。形容詞跟形容動詞轉為名詞的用法。

動作對象　　狀態描述　　名詞化　　狀態持續中
↓　　　　　↓　　　　↓　　　　↓

例 1 月曜日の放送を 楽し み にしています。
げつよう び　　　ほうそう　　たの

我很期待看到星期一的播映。

我最喜歡看恐龍的節目了。

「み」表達了期待和興奮的感受，並強調了對節目的期待程度。把詞幹「楽し」＋「み」就變成名詞了。

👉 文法應用例句

2 這把菜刀也可以俐落地切割有厚度的肉塊。

この包丁は厚みのある肉もよく切れる。
ほうちょう　あつ　　　　　にく　　　　き

★「み」描述肉的厚度，同時凸顯了菜刀的切割效果。由形容詞詞幹「厚」＋「み」構成。強調「厚度」這一特點。

3 玉露茶會散發出天然的甘甜。

玉露は、天然の甘みがある。
ぎょくろ　　てんねん　あま

★「み」表示玉露的自然甘甜，突出了該茶的獨特風味。由形容詞詞幹「甘」＋「み」構成。強調「甜味」這一特質。

4 一腳陷進河底的深處，險些溺水了。

川の深みにはまって、あやうく溺れるところだった。
かわ　ふか　　　　　　　　　　　　　　　おぼ

★「み」表達了河流的深度，同時強調其隱含的危險性。由形容詞詞幹「深」＋「み」構成。強調河的「深度」這一特點。

5 這個課程，老實說，內容已經過時了。

この講義、はっきり言って新鮮みがない。
こうぎ　　　　　　　い　　　　しんせん

★「み」表示課程缺乏新意，強調課程的老舊。由形容詞詞幹「新鮮」＋「み」構成。強調「新鮮感」這一特質。

みたい（だ）、みたいな

1. 好像…；2. 宛如…；3. 想要嘗試…

類義表現

ようだ
好像…

1 **【推測】**{名詞；形容動詞詞幹；[動詞・形容詞]普通形}＋みたい（だ）、みたいな。表示不是很確定的推測或判斷，如例（1）、（2）。

2 **【比喻】**後接名詞時，要用「みたいな＋名詞」，如例（3）。

3 **【嘗試】**{動詞て形}＋てみたい。由表示試探行為或動作的「てみる」，再加上表示希望的「たい」而來。跟「みたい（だ）」的最大差別在於，此文法前面必須接「動詞て形」，且後面不得接「だ」，用於表示欲嘗試某行為，如例（4）、（5）。

主語　　　動作對象　　推測內容　　推測
↓　　　　　↓　　　　　↓　　　　　↓

例1 **太郎君は 雪ちゃんに 気がある みたいだ よ。**
たろうくん　　ゆき　　　　　　　き

太郎似乎對小雪有好感喔。

太郎最近常發簡訊給小雪，而且常約小雪出去玩。他是不是喜歡小雪呀！

「みたいだ」表示説話者根據太郎君的行為或表現，猜測他對小雪有興趣。強調説話者據現有情況的判斷或猜測。

👉 文法應用例句

2 怎麼覺得全身倦怠，好像感冒了。

┌不知怎麼的┐┌疲憊的┐
何だかだるいな。風邪をひいたみたいだ。
　なん　　　　　　　　かぜ

★「みたいだ」表示根據目前狀態，主觀推測可能感冒了，強調目前的不適感狀態與「感冒」非常相似。

3 天空中飄著棉絮般的浮雲。

　┌棉花┐　　　　　　┌漂浮┐
空に綿みたいな雲が浮かんでいる。
そら　わた　　　　　くも　う

★「みたいな」表示說話人觀察後，主觀想像雲如棉花，強調雲的形狀和質地與「棉花」很像。

4 下次去唱卡拉OK時，我一定要唱看看。

┌下次┐　┌卡拉OK┐　　┌必定┐
次のカラオケでは必ず歌ってみたいです。
つぎ　　　　　　　　　かなら　うた

★「てみたい」表示試著做某件事（下次的卡拉OK活動中唱歌），來看看結果或感受如何。

5 真希望能夠登上一次富士山呀！

┌次┐　　　　　　　┌攀登┐
一度、富士山に登ってみたいですね。
いちど　ふじさん　のぼ

★「てみたい」表達説話人想要嘗試登上富士山一次的想法，並期待了解這種經驗會帶來的感受或結果。

むきの、むきに、むきだ

1. 朝…；2. 合於…、適合…；3. 積極／消極

接續方法▶ {名詞}＋向きの、向きに、向きだ

1【方向】接在方向及前後、左右等方位名詞之後，表示正面朝著那一方向，如例（1）。

2【合適】表示前項所提及的事物，其性質對後項而言，剛好合適。兩者一般是偶然合適，不是人為使其合適的。如果是有意圖使其合適一般用「むけ」。相當於「に適している」，如例（2）、（3）。

3【積極／消極】「前向き／後ろ向き」原為表示方向的用法，但也常用於表示「積極／消極」、「朝符合理想的方向／朝理想反方向」之意，如例（4）、（5）。

方向　朝…　主題　　主題特性
↓　　↓　　↓　　　↓

例1
<u>南 向きの</u> 部屋は 暖かくて明るいです。
みなみ む　　へ や　　あたた　　あか

朝南的房子不僅暖和，採光也好。

「むきの」表示房間的朝向，強調了朝南的房間因陽光照射而溫暖和明亮。突出了朝向對房間特點的影響。

這房子採光挺好的呢！感覺非常溫暖、舒適喔！

☞ 文法應用例句

2
我很喜歡與人交談，所以覺得自己適合當業務。

私は人と話すのが好きなので、営業向きだと思う。
わたし ひと はな　　　　　えいぎょう む　　おも
┌交談┐　　　　　　　┌銷售┐　┌認為┐

★「むきだ」表示說話人認為自己的性格特點（喜歡與人交談）非常適合做銷售。強調話者與某特徵的匹配程度。

3
這種調味很適合日本人的口味。

この味付けは日本人向きだ。
あじ つ　　にほんじん む
┌調味┐

★「むきだ」表示這調味很適合日本人的口味，強調調味與特定群體（日本人）的契合。

4
他思考事情都很積極。

彼はいつも前向きに物事を考えている。
かれ　　　　まえ む　　ものごと　かんが
┌直┐┌積極的┐┌事情┐

★「前向き」描述某人對事物的積極、樂觀的態度或思考方式，而非方向。強調積極思考模式。

5
「反正會失敗啦！」「不要講那種負面的話嘛！」

「どうせ失敗するよ。」「そういう後ろ向きなこと言うの、やめなさいよ。」
しっぱい　　　　　　　うし む　　　い
　　　　　　　　　　┌負面的┐　　　┌停止┐

★「後ろ向き」在此指某人持消極、悲觀態度，被說話人批評和勸止。突顯這種消極的思考模式。

むけの、むけに、むけだ

適合於…

類義表現

のに
用於…

接續方法▶ {名詞}＋向けの、向けに、向けだ

【目標】表示以前項為特定對象目標，而有意圖地做後項的事物，也就是人為使之適合於某一個方面的意思。相當於「を対象にして」。

目標族群　目標　　主題　　　　　　　　主題狀態變化
　　↓　　　↓　　　↓　　　　　　　　　↓

例1 **初心者 向けの パソコンは、たちまち売り切れてしまった。**
しょしんしゃ む　　　　　　　　　　　　　　う き

針對電腦初學者的電腦，馬上就賣光了。

> 「むけの」表示產品（電腦）是有意圖地，專門為某一特定群體（初學者）設計的，強調了它的適用性和受歡迎程度。

> 商品要打動消費者的心，就要知道消費者的需求喔！

☞ 文法應用例句

2 這座工廠主要製造外銷商品。

この工場では、主に輸出向けの商品を作っている。
こうじょう　　おも　ゆしゅつむ　　しょうひん　つく

★「むけの」表示工廠主要生產出口產品，強調商品是特別為了出口市場而製造的。

3 雖然是童話作家，但偶爾也會寫適合成年人閱讀的小說。

童話作家ですが、たまに大人向けの小説も書きます。
どうわさっか　　　　　　おとなむ　　しょうせつ　か

★「むけの」描述作家主要寫童話，但也有為成人寫的小說，強調這些小說是特地為大人所寫。

4 要從日本外銷食品到台灣，必須附上原產地證明。

日本から台湾向けに食品を輸出するには、原産地証明書が必要です。
にほん　　タイワンむ　しょくひん　ゆしゅつ　　　　げんさんちしょうめいしょ　ひつよう

★「向けに」表示出口到台灣的食品要適應其市場和法規，強調食品是專為台灣市場輸出的。

5 這項搭乘工具適合小孩乘坐。

この乗り物は子ども向けです。
の　もの　こ　　む

★「むけだ」表示這種交通工具是為兒童而設計的，強調這種交通工具特別適合或設計給兒童使用。

もの、もん

1. 因為⋯嘛；2. 畢竟⋯嘛

接續方法▶ {[名詞・形容動詞詞幹]んだ；[形容詞・動詞]普通形んだ} ＋もの、もん

1【說明理由】說明導致某事情的緣故。含有沒辦法，事情的演變自然就是這樣的語氣。助詞「もの、もん」接在句尾，多用在會話中，年輕女性或小孩子較常使用。跟「だって」一起使用時，就有撒嬌的語感，如例（1）。

2【強烈斷定】表示說話人很堅持自己的正當性，而對理由進行辯解，如例（2）、（3）。

3〔口語〕更隨便的說法用「もん」，如例（4）、（5）。

引導原因　　　　性質　　　說明理由

例 1 花火を見に行きたいわ。**だって とってもきれいだ もの。**

我想去看煙火，因為很美嘛！

有時候可以用這個句型撒撒嬌喔！

「もの」表示想要去看煙火的原因是煙火非常漂亮。強調了煙火美麗的特點，以增強說話者的情感或觀點的說服力。

☞ **文法應用例句**

2 精心打扮時總覺得心情特別雀躍，畢竟是女人嘛。

おしゃれをすると、何だか心がウキウキする。やっぱり、女ですもの。

★「やっぱり、女ですもの」部分用於強調因為她是女性，所以對於打扮有獨特的喜愛，這是符合性別特徵的。

3 人家不能運動，因為剛出院嘛！

運動はできません。退院したばかりだもの。

★「もの」在這裡用於說明為何不能運動，原因是剛出院，這裡突顯了其充分的理由。

4 早睡早起，因為健康第一嘛！

早寝早起きしてるの。健康第一だもん。

★「もん」以口語方式，說明因健康為首要所以堅持早睡早起，顯示了其行為背後的正當性。

5 「回來了？好晚喔。」「有什麼辦法，得應酬啊。」

「お帰り。遅かったね。」「しょうがないだろ。付き合いだもん。」

★「もん」以口語方式解釋晚回家是由於不得不參加社交應酬，表達了情況的不可避免性。

ものか

哪能…、怎麼會…呢、決不…、才不…呢

接續方法▶ ｛形容動詞詞幹な；［形容詞・動詞］辭書形｝＋ものか

1【強調否定】句尾聲調下降。表示強烈的否定情緒，指説話人絕不做某事的決心，或是強烈否定對方或周圍的意見，如例（1）～（3）。

2〔禮貌體〕一般而言「ものか」為男性使用，女性通常用禮貌體的「ものですか」，如例（4）。

3〔口語〕比較隨便的説法是「もんか」，如例（5）。

　　　　　　動作對象　　　輕視　　　動作　　　強調否定
　　　　　　　↓　　　　　↓　　　　↓　　　　　↓
例 1　彼の味方に なんか、なる ものか。
　　　かれ み かた
　　　我才不跟他一個鼻子出氣呢！

> 「ものか」表示説話者不願意或不可能成為他的支持者，強調了態度的堅決和不妥協。

> 他人很壞的，總是想些壞點子。

☞ 文法應用例句

2 無論遇到什麼事，我決不失去我的自尊心。

何があっても、誇りを失うものか。
なに　　　　　ほこ　　うしな

★「ものか」表示說話者堅決表示無論發生什麼情況，也絕不會失去自己的驕傲，凸顯其堅定的立場。

3 我才不把錢存在那種銀行裡呢！

あんな銀行に、お金を預けるものか。
　　　ぎんこう　　かね　あず

★「ものか」在表示說話者堅決表示不可能將錢存入該銀行，突出其確定的決意。

4 什麼嘛，那種女孩哪裡可愛了？我比她可愛不知道多少倍耶！

何よ、あんな子が可愛いものですか。私の方がずっと可愛いわよ。
なに　　　　　こ　かわい　　　　　　わたし　ほう　　　　　かわい

★「ものですか」禮貌地表示說話者堅信自己比該女孩更可愛，顯現其不可動搖的自信。

5 前女友和什麼人做了什麼事，我才不管咧！

元カノが誰と何をしたって、かまうもんか。
もと　　だれ　なに

★口語的「もんか」表示說話者堅決表示無論前女友與誰做了什麼，自己都不會介意，呈現其確定的心態。

115

ものだ

過去…經常、以前…常常

類義表現

ことか
多麼…啊

接續方法▶ {形容動詞詞幹な；形容詞辭書形；動詞普通形} ＋ものだ

【感慨】表示説話者對於過去常做某件事情的感慨、回憶或吃驚。如果是敘述人物的行為或狀態時，有時會搭配表示欽佩的副詞「よく」；有時會搭配表示受夠了的副詞「よく（も）」一起使用。

行為對象　　過去時間　　　經常行為　懷念情緒
↓　　　　　　↓　　　　　　↓　　　　↓

例1　懐かしい。これ、子どもの頃に よく飲んだ ものだ。
　　　　　　　　こ　　　ころ　　　　　の

好懷念喔！這個是我小時候常喝的。

是彈珠汽水耶小時候一拿到零用錢就會去買這個來喝，這是我當時小小的幸福。

「ものだ」表達了説話者過去經常喝這種飲料的習慣，強調了這種經驗對説話者具有特殊意義，是懷舊、令人感動的。

☞ 文法應用例句

2 | 我年輕時常去澀谷。

┌澀谷┐　　　┌年輕的┐時期
渋谷には、若い頃よく行ったものだ。
しぶや　　わか　ころ　い

★「ものだ」用於表達説話者懷念年輕時，經常去的澀谷，凸顯其對過去的深厚情感。

3 | 在英文課堂上經常翻字典查些不正經的詞語呢。

　　　┌上課┐　　　　　　┌色情的┐言葉　┌查閱了┐
英語の授業中に、よく辞書でエッチな言葉を調べたものだ。
えいご　じゅぎょうちゅう　　じしょ　　　　ことば　しら

★「ものだ」用於表達説話者懷念在上英語課時，查辭典的淘氣詞語，突出其對學生時期的美好回憶。

4 | 學生時代我每天都爬到這上面來。

┌學生┐┌時代┐　　　　　┌攀登了┐
学生時代は毎日ここに登ったものだ。
がくせいじだい　まいにち　　のぼ

★「ものだ」用於表達説話者懷念學生時，每天到訪的地方，呈現出對過去日子的溫暖回想。

5 | 這個公園，是我們年輕時經常玩的地方。

　　┌公園┐　　　　　　　┌常常地┐┌(當時) 遊玩┐
この公園、私たちが若い頃によく遊んだものだ。
こうえん　わたし　　わか　ころ　　　あそ

★「ものだ」用於表達説話者懷念年輕時，與同伴在公園的時光，重現其對早年友情的珍視。

116
ものだから

就是因為…，所以…

類義表現

もん
因為…嘛

接續方法▶ {[名詞・形容動詞詞幹] な；[形容詞・動詞] 普通形} ＋ものだから

1 **【理由】** 表示原因、理由，相當於「から、ので」常用在因為事態的程度很厲害，因此做了某事，如例（1）、（2）。

2 〖說明理由〗含有對事情感到出意料之外、不是自己願意的理由，進行辯白，主要為口語用法，如例（3）～（5）。口語用「もんだから」。

情況背景　　　　　　身體狀態　　　　理由　　　　　結果
　↓　　　　　　　　　↓　　　　　　↓　　　　　↓

例 1 <u>お葬式で正座して、足がしびれた ものだから 立てませんでした。</u>
（そうしき）（せいざ）　　（あし）　　　　　　　　（た）

在葬禮上跪坐得腳麻了，以致於站不起來。

跪坐得好，看起來就是高貴優雅，但沒有跪坐習慣，那簡直就是地獄！

「ものだから」表示因為在葬禮上正座，導致腳麻痺所以不能站立。強調了導致無法站立的原因，即腳部麻痺。

☞ 文法應用例句

2 由於很嚴屬地斥責了女兒，使得她抽抽搭搭地哭了起來。

きつく叱ったものだから、娘はしくしくと泣き出した。
　　（しか）　　　　　　　（むすめ）　　　　　（な）（だ）

★「ものだから」表示由於嚴屬的責罵導致了女兒的哭泣，強調嚴屬責罵是哭泣的直接原因。

3 由於電腦壞掉了，所以沒辦法寫報告。

パソコンが壊れたものだから、レポートが書けなかった。
　　　　　（こわ）　　　　　　　　　　　　（か）

★「ものだから」表示由於電腦壞了，因此無法完成報告，強調電腦故障是未完成報告的直接原因。

4 因為隔壁的電視太吵了，所以跑去抗議。

隣のテレビがやかましかったものだから、抗議に行った。
（となり）　　　　　　　　　　　　　　　　（こうぎ）（い）

★「ものだから」表示由於鄰居的電視聲音太吵，因此去抗議，強調電視音量是抗議的直接原因。

5 因為價格便宜，忍不住就買太多了。

値段が手ごろなものだから、ついつい買い込んでしまいました。
（ねだん）（て）　　　　　　　　　　　　　（か）（こ）

★「ものだから」表示由於價格適中，因此不由自主地購買了太多，強調適中的價格是大量購買的直接原因。

117
もので
因為…、由於…

接續方法▶ {形容動詞詞幹な；[形容詞・動詞] 普通形}＋もので

【理由】意思跟「ので」基本相同，但強調原因跟理由的語氣比較強。前項的原因大多為意料之外或不是自己的意願，後項為此進行解釋、辯白。結果是消極的。意思跟「ものだから」一樣。後項不能用命令、勸誘、禁止等表現方式。

背景原因　　　理由　　　導致結果
↓　　　　　↓　　　　　↓

例 1 <u>東京は家賃が高い</u> もので、<u>生活が大変だ</u>。
とうきょう　や ちん　たか　　　　　　　　　せいかつ　たいへん

由於東京的房租很貴，所以生活很不容易。

> 「もので」表示因為東京的房租高，所以生活很困難。強調房租高昂（意料外原因），對生活困難（非自願結果）的影響。

> 才月中，錢就已經花到所剩無幾！

☞ 文法應用例句

2 讓孩子幫忙會拖得太晚，最後還是忍不住自己動手做。

子どもに手伝わせるとあんまり遅いもので、つい自分でやってしまう。
こ　　　てつだ　　　　　　　　　　　おそ　　　　　　　じぶん

★「もので」表示因孩子做得慢，所以自己主動完成，突顯孩子的緩慢作為原因。

3 因為不喜歡讀書，所以高中畢業後馬上去工作了。

勉強が苦手なもので、高校を出てすぐ就職した。
べんきょう　にがて　　　　こうこう　で　　　　しゅうしょく

★「もので」表示由於不擅長學習，因此高中畢業後立即就業，強調不擅長學習是客觀的事實。

4 由於孩子說想去，不得已只好帶去東京迪士尼樂園了。

子どもが行きたいと言うもので、しかたなく東京ディズニーランドに連れていった。
こ　　　い　　　　　い　　　　　　　　　　　とうきょう　　　　　　　　　　　つ

★「もので」表示由於孩子想去，因此無奈地帶他去了東京迪士尼樂園，強調孩子想去的強烈意願。

5 由於是跑著來的，因此上氣不接下氣的。

走ってきたもので、息が切れている。
はし　　　　　　　いき　き

★「もので」表示由於剛剛跑來，所以現在在喘氣，強調跑過來是造成上氣不接下氣的直接原因。

Grammar

● {名詞} ＋にほかならない

> 肌がきれいになったのは、化粧品の美容効果にほかならない。
> 肌膚會這麼漂亮，其實是因為化妝品的美容效果。

說明 表示斷定地說事情發生的理由跟原因。意思是：「完全是…」、「不外乎是…」。

● {名詞；形容動詞詞幹；[形容詞・動詞] 普通形} ＋にもかかわらず

> 努力しているにもかかわらず、ぜんぜん効果が上がらない。
> 儘管努力了，效果還是完全沒有提升。

說明 表示逆接。意思是：「雖然…，但是…」、「儘管…，卻…」、「雖然…，卻…」。

● {名詞} ＋ぬきで、ぬきに、ぬきの、ぬきには、ぬきでは

> 今日は仕事の話は抜きにして飲みましょう。
> 今天就別提工作，喝吧！

說明 表示除去或省略一般應該有的部分。意思是：「省去…」、「如果沒有…」、「沒有…的話」。

● {動詞ます形} ＋ぬく

> 苦しかったが、ゴールまで走り抜きました。
> 雖然很苦，但還是跑完全程。

說明 表示把必須做的事，徹底做到最後，含有經過痛苦而完成的意思。意思是「…做到底」。

● {名詞} ＋のすえ（に）；{動詞た形} ＋すえ（に、の）

> 工事は、長期間の作業のすえ、完了しました。
> 工程在長時間的進行後，終於結束了。

說明 表示「經過一段時間，最後」之意。意思是：「經過…最後」、「結果…」、「結局最後…」。

180

● {名詞；形容動詞詞幹である；[形容詞・動詞] 普通形} ＋のみならず

> この薬は、風邪のみならず、肩こりにも効力がある。
>
> 這個藥不僅對感冒有效，對肩膀酸痛也很有效。

說明 用在不僅限於前接詞的範圍，還有後項進一層的情況。意思是：「不僅…，也…」、「不僅…，而且…」、「非但…，尚且…」。

● {名詞} ＋のもとで、のもとに

> 太陽の光のもとで、稲が豊かに実っています。
>
> 稻子在太陽光之下，結實纍纍。

說明 「のもとで」表示在受到某影響的範圍內，而有後項的情況。意思是：「在…之下（範圍）」；「のもとに」表示在某人的影響範圍下，或在某條件的制約下做某事。意思是：「在…之下」。

● {名詞である；形容動詞詞幹な；[形容詞・動詞] 普通形} ＋ばかりに

> 彼は競馬に熱中したばかりに、全財産を失った。
>
> 他因為沈迷於賽馬，結果全部的財產都賠光了。

說明 表示就是因為某事的緣故，造成後項不良結果或發生不好的事情。意思是：「就因為…」、「都是因為…，結果…」。

● {名詞} ＋はともかく（として）

> 平日はともかく、週末はのんびりしたい。
>
> 不管平常如何，我週末都想悠哉地休息一下。

說明 表示提出兩個事項，前項暫且不作為議論的對象，先談後項。意思是：「姑且不管…」、「…先不管它」。

● {名詞；形容動詞詞幹な；[形容詞・動詞] 辭書形} ＋ほどだ、ほどの

> 彼の実力は、世界チャンピオンに次ぐほどだ。
>
> 他的實力好到幾乎僅次於世界冠軍了。

說明 為了說明前項達到什麼程度，在後項舉出具體的事例來。意思是：「甚至能…」、「幾乎…」、「簡直…」。

● {名詞；形容動詞詞幹；[形容詞・動詞]辭書形} ＋ほどのことではない

　子どもの喧嘩です、親が出て行くほどのことではありません。

　孩子們的吵架而已，用不著父母插手。

說明 表示事情不怎麼嚴重。意思是：「不至於…」、「沒有達到…地步」。

● {動詞辭書形} ＋まい

　絶対煙草は吸うまいと、決心した。

　我決定絕不再抽煙。

說明 （1）表示說話的人不做某事的意志或決心。意思是：「不…」、「打算不…」；
（2）表示說話人的推測、想像。意思是：「不會…吧」、「也許不…吧」。

● {名詞} ＋も＋ {[名詞・形容動詞詞幹]なら；[形容詞・動詞]假定形} ＋ば、
{名詞} ＋も

　あのレストランは、値段も手頃なら料理もおいしい。

　那家餐廳價錢公道，菜也好吃。

說明 把類似的事物並列起來，用意在強調。意思是：「既…又…」、「也…也…」。

● {名詞} ＋も＋ {同名詞} ＋なら、{名詞} ＋も＋ {同名詞}

　最近の子どもの問題に関しては、家庭も家庭なら、学校も学校だ。

　最近關於小孩的問題，家庭有家庭的不是，學校也有學校的缺陷。

說明 表示前後項提及的雙方都有缺點，帶有譴責的語氣。意思是：「…不…，…
也不…」、「…有…的不對，…有…的不是」。

● {名詞；動詞辭書形の} ＋もかまわず

　警官の注意もかまわず、赤信号で道を横断した。

　不理會警察的警告，照樣闖紅燈。

說明 表示對某事不介意，不放在心上。意思是：「（連…都）不顧…」、「不理
睬…」、「不介意…」。

- {形容動詞詞幹な；[形容詞・動詞] 辭書形} ＋ものがある

  あのお坊さんの話には、聞くべきものがある。

  那和尚説的話，確實有一聽的價值。

  說明 表示強烈斷定。意思是：「有價值…」、「確實有…的一面」、「非常…」。

- {形容詞辭書形；形容詞否定形；形容動詞詞幹な；形容動詞詞幹じゃない；動詞辭書形；動詞否定形} ＋ものだ；{動詞辭書形} ＋ものではない

  狭い道で、車の速度を上げるものではない。

  在小路開車不應該加快車速。

  說明 （1）表示常識性、普遍事物必然的結果。意思是：「…就是…」、「本來就是…」；
  （2）表示理所當然，理應如此。意思是：「就該…」、「要…」、「應該…」。

- {動詞可能形} ＋ものなら

  あの素敵な人に、声をかけられるものなら、かけてみろよ。

  你敢去跟那位美女講話的話，你就去講講看啊！

  說明 表示對辦不到的事的假定。意思是：「如果能…的話」、「要是能…就…吧」。

  ## MEMO

ようがない、ようもない

沒辦法、無法…；不可能…

接續方法▶ {動詞ます形} ＋ようがない、ようもない

1 【不可能】表示不管用什麼方法都不可能，已經沒有辦法了，相當於「ことができない」，「よう」是接尾詞，表示方法，如例（1）～（4）。

2 〚漢字＋（の）＋しようがない〛表示説話人確信某事態理應不可能發生，相當於「はずがない」，如例（5）。通常前面接的サ行變格動詞為雙漢字時，中間加不加「の」都可以。

原因　　　　希望動作　不可能
↓　　　　　　　↓　　　　↓

 例1　道に人があふれているので、通り抜け ようがない。

路上到處都是人，沒辦法通行。

震撼人心的煙火秀，看完了讓人好開心，回家囉！…哇！散場人潮好多喔！這樣根本動彈不得！

「ようがない」表示因為街道上擠滿了人，所以沒有辦法通過。暗示了道路非常擁擠或堵塞，使得穿越變得困難、不可能。

👉 文法應用例句

2 真是精湛的演技！無懈可擊！

素晴らしい演技だ。文句のつけようがない。
すば　　えんぎ　　　　もんく

★「ようがない」表示這種精彩的演技讓人無法挑剔，強調該演技完美到讓人難以找到缺點的程度。

3 過去的事，如今已無法挽回了。

済んだことは、今更どうしようもない。
す　　　　　　いまさら

★「ようもない」表示對於已成事實的事情，已無補救的可能，強調了一種無法更改已經發生事實的無奈狀態。

4 他全家人都死於墜機意外，不知道該如何安慰才好。

ご家族がみんな飛行機事故で死んでしまって、なぐさめようがない。
かぞく　　　　ひこうきじこ　し

★「ようがない」表示全家因飛機事故喪生，使得安慰幾乎不可能，強調其悲劇嚴重性。

5 只是按下按鈕而已，不可能會搞砸的。

スイッチを入れるだけだから、失敗（の）しようがない。
い　　　　　　　　　　しっぱい

★「ようがない」表示由於只是開關操作，因此不可能出錯。強調了操作的簡單性，使得出錯的可能性降到了極低。

ような

1. 像…樣的；2. 宛如…一樣的…；3. 感覺像…

類義表現

みたいな
好像…

1【列舉】{名詞の}＋ような。表示列舉，為了説明後項的名詞，而在前項具體的舉出例子，如例（1）、（2）。

2【比喻】{名詞の;動詞辭書形;動詞ている}＋ような。表示比喻，如例（3）、（4）。

3【判斷】{名詞の;形容動詞詞幹な;[形容詞・動詞]辭書形}＋ような気がする。表示説話人的感覺或主觀的判斷，如例（5）。

例子＋の　　　舉例　　對象　　情感
↓　　　　　↓　　　↓　　　↓

例 1 お寿司や天ぷらの ような 和食が 好きです。
すし　てん　　　　　わしょく　す

我喜歡吃像壽司或是天婦羅那樣的日式料理。

不管是壽司、炸物、生魚片、燒物…我都超愛吃的。

「ような」用於列舉並描繪「和食」的特徵，用「お寿司や天ぷら」這兩種具體的例子，來描述他對類似食物的喜愛。

☞ 文法應用例句

2

醫院和車站之類的公共場所一律禁菸。

病院や駅のような公共の場所は、禁煙です。
びょういん　えき　　　　こうきょう　ばしょ　　　きんえん

★「ような」用於列舉並描繪「公共的場所」的特徵，用「病院や駅」這兩種具體的例子，來舉例說明禁菸的場所。

3

他的勇氣像獅子一樣強大。

彼は獅子のような勇敢さを持っている。
かれ　しし　　　　　ゆうかん　　　も

★「ような」將「彼」的勇敢性和「獅子」進行比較，說明他的勇敢性就像獅子一樣，比喻他的勇敢性的強大和出眾。

4

那首曲子就像風在低語一般細膩而美麗。

その曲は風のささやきのような美しさを持っている。
きょく　かぜ　　　　　　　　　うつく　　　も

★「ような」將「曲子」的美感和「風聲」進行比較，說明曲子的柔美就像風聲一樣，比喻曲子動聽程度的出眾。

5

我覺得那個人似曾相識。

あの人、見たことがあるような気がする。
ひと　み　　　　　　　　　　き

★「ような」表說話人並不確定是否真的見過那個人，但他有一種感覺或直覺好像見過。強調主觀的、不確定性的推測。

ようなら、ようだったら

如果…、要是…

類義表現

なら
如果…的話

接續方法 {名詞の；形容動詞な；[動詞・形容詞] 辭書形}＋ようなら、ようだったら

【條件】表示在某個假設的情況下，説話者要採取某個行動，或是請對方採取某個行動。

假設條件 → 假設 → 採取行動

例1 パーティーが 10 時過ぎる ようなら、途中で抜けることにする。

如果派對超過10點，我要中途落跑。

這場派對實在是太無聊了，到底什麼時候才要散會啊？我寧可回家看日劇！

「ようなら」用於表示如果派對持續到 10 點之後，説話者將選擇提前離開。強調派對超過指定時間這一條件下，就會決定提前離開。

☞ 文法應用例句

2 如果到了明天還是一樣痛，就去找醫師吧。

明日になっても痛いようなら、お医者さんに行こう。

★「ようなら」表達了在條件「如果明天仍然感到疼痛」的情況，強調就醫成為了必要。

3 雖然想去大阪和京都和奈良，但若不可行，就放棄奈良。

大阪と京都と奈良に行きたいけれど、無理なようなら奈良はやめる。

★「ようなら」描述了條件「如果前往這 3 個地方似乎不切實際」的情況，強調會優先考慮取消奈良。

4 如肌膚有不適之處，請停止使用。

肌に合わないようだったら、使用を中止してください。

★「ようだったら」提供了條件「如果產品不適合皮膚」的情況，強調停止使用成為了必要。

5 如果一直好不了，最好還是接受檢查。

よくならないようなら、検査を受けたほうがいい。

★「ようなら」描述了條件「如果狀態沒有改善」的情況。強調接受檢查是個合理的建議。

ように

1. 為了…而…；2. 請…；3. 希望…；4. 如同…

1【目的】{動詞辭書形；動詞否定形}＋ように。表示為了實現前項而做後項，是行為主體的目的，如例（1）。

2【勸告】用在句末時，表示願望、希望、勸告或輕微的命令等，如例（2）。

3【期盼】{動詞ます形}＋ますように。表示祈求，如例（3）。

4【例示】{名詞の；動詞辭書形；動詞否定形}＋ように。表示以具體的人事物為例，來陳述某件事物的性質或內容等，如例（4）、（5）。

特定目的　　　　目的　　　為目的行動
↓　　　　　　　↓　　　　　↓

例 1
約束を忘れない ように 手帳に書いた。
やくそく　わす　　　　　　　てちょう　か

把約定寫在了記事本上以免忘記。

聽說成功的人都很健忘，
只是他們很會做筆記，
我也要學他們。

「ように」表示為了不忘記約定，說話人將約定寫在筆記本上。通過這樣做，說話者希望保持對約定的記憶並遵守它。

👉 文法應用例句

2 明天8點在車站前面集合。請各位千萬別遲到。

明日は駅前に8時に集合です。遅れないように。
あした　えきまえ　じ　しゅうごう　　おく

★「遅れないように」是希望對方不要遲到。「ように」強調的是希望對方按時到達集合地點的重要性。

3 （遠足前一天）求求老天爺明天給個大晴天。

（遠足の前日）どうか明日晴れますように。
えんそく　ぜんじつ　　　　あした　は

★「晴れますように」意思是希望明天天氣晴朗。「ように」強調說話人強烈期盼明天天氣晴朗的心情。

4 請模仿我的發音，跟著複誦一次。

私が発音するように、後について言ってください。
わたし　はつおん　　　　　あと　　　　　い

★「ように」表示將說話者的行為作為一個模式或例子，希望對方可以模仿或遵循。強調點在於模仿和遵循的動作。

5 誠如各位所知，自下週起營業時間將有變動。

ご存じのように、来週から営業時間が変更になります。
ぞん　　　　　　らいしゅう　えいぎょうじかん　へんこう

★「ように」用以確認對方知悉的信息，暗示從下週起營業時間將發生變化，強調對方可能已知這一變化。

ように（いう）

告訴…

類義表現

なさい
（命令，指示）給我…

接續方法▶ {動詞辭書形；動詞否定形}＋ように（言う）

1【間接引用】表示間接轉述指令、請求等內容，如例（1）。

2〖後接詞〗後面也常接「お願いする（拜託）、頼む（拜託）、伝える（傳達）」等跟說話相關的動詞，如例（2）～（5）。

傳話對象　　　傳話內容　　　　　請人傳話　　　請求
　　↓　　　　　　↓　　　　　　　　　↓　　　　　　↓

例 1 **息子に ちゃんと歯を磨く ように言って ください。**

請告訴我兒子要好好地刷牙。

我兒子一口壞牙又不愛刷牙，老師啊，請妳多多叮嚀他吧！

「ようにいう」表示請求對方告訴或建議自己的兒子認真刷牙。強調希望對方能夠對兒子傳達出刷牙的重要性。

👉 文法應用例句

2 請告訴田中君，希望他能在後天之前完成它。

　　　　後天　　　　做　　　　　　　　　　　傳達
あさってまでにはやってくれるように田中君に伝えてくれ。
　　　　　　　　　　　　　　　　　　　　　たなかくん　つた

★「ように」表示希望田中君能按照某種方式，（即在後天之前完成某事）來行動，強調了對時間的特定要求。

3 我拜託爸爸假如明天天氣晴朗的話帶我去海邊玩。

　　　　晴朗　　　　帶我去　　　　　　　　　　　拜託了
明日晴れたら海に連れて行ってくれるように父に頼みました。
あした は　　　うみ つ　　　　　　　　　　　ちち たの

★「ように～頼む」表示希望在明天天氣晴朗的情況下，父親能帶自己去海邊玩。強調了對特定情況下的請求。

4 請告訴他要他打電話給我。

　　　打電話　　　　傳達
私に電話するように伝えてください。
わたし でんわ　　　　　つた

★「ように伝えてください」表示希望對方能告知某人跟自己聯絡。強調期望的傳達方式。

5 請告訴田中君，希望他下週能參加派對。

　　　　下週　　　　派對　　　參加
田中君に来週のパーティーに参加するように伝えておいて。
たなかくん らいしゅう　　　　　　さんか　　　　つた

★「ように」用於傳達希望田中君下週能參加派對的意向。強調了希望他真的來參加派對的期待。

ようになっている

1. 會…；2. 就會…

1 【變化】{動詞辭書形；動詞可能形}＋ようになっている。是表示能力、狀態、行為等變化的「ようになる」，與表示動作持續的「ている」結合而成，如例（1）、（2）。

2 【功能】{動詞辭書形}＋ようになっている。表示機器、電腦等，因為程式或設定等而具備的功能，如例（3）、（4）。

3 〔變化的結果〕{名詞の；動詞辭書形}＋ようになっている。是表示比喻的「ようだ」，再加上表示動作持續的「ている」的應用，如例（5）。

原因　　　　　對象　時間　已達能力　　　變化
　↓　　　　　　↓　　↓　　↓　　　　　　↓

例 1

毎日練習したから、この曲は 今では 上手に弾ける ようになっている。
まいにちれんしゅう　　　　　　　きょく　いま　じょうず ひ

正因為每天練習不懈，現在才能把這首曲子彈得這麼流暢。

從拿到這份譜開始，我就沒日沒夜的苦練，所以才能彈這麼好！

「ようになっている」強調努力的練習後，達到了熟練彈奏的行為變化。

📖 文法應用例句

2

在日本住了3年以後，現在已經能夠用日語作夢了。

日本に住んで3年、今では日本語で夢を見るようになっている。
に ほん す　　ねん いま　 に ほん ご ゆめ み

★「ようになっている」表示經過3年的日本生活後，夢中都能使用日語，強調語言能力的進步改變。

3

這間廁所設計成進去後關上門，電燈就會亮。

このトイレは、入ってドアを閉めると電気が点くようになっている。
はい　　　　 し　　 でん き つ

★「ようになっている」強調了自動點燈功能是事先設定好的，是這個廁所的一個特點和功能。

4

按下這個按鈕，水就會流出來。

ここのボタンを押すと、水が出るようになっている。
お　　　みず で

★「ようになっている」表示此按鈕被設計成，只要按下就會有水出來。強調了按鈕的功能和設計。

5

由於直美小姐已經在法國住了長達20年，現在幾乎成為道地的法國人了。

直美さんはもうフランスに20年も住んでいるから、今ではフランス人のようになっている。
なお み　　　　　　　　　　 ねん す　　　　 いま　　　　　 じん

★「ようになっている」比喻直美小姐住法國20年後的生活習慣已近似法國人，強調居住時間帶來的習慣變化。

より（ほか）ない、ほか（しかたが）ない

只有…、除了…之外沒有…

類義表現

ざるをえない
只好…；不得不…

1 【讓步】{名詞；動詞辭書形}＋より（ほか）ない；{動詞辭書形}＋ほか（しかたが）ない。後面伴隨著否定，表示這是唯一解決問題的辦法，相當於「ほかない、ほかはない」，另外還有「よりほかにない、よりほかはない」的說法，如例（1）～（4）。

2 〖人物＋いない〗{名詞；動詞辭書形}＋よりほかにない。是「それ以外にない」的強調說法，前接的體言為人物時，後面要接「いない」，如例（5）。

背景說明　　　　問題　　　　解決方法　　　　讓步

例 1 もう時間がない。こうなったら 一生懸命やる よりほかない。

もう時間がない。こうなったら 一生懸命やる よりほかない。

時間已經來不及了，事到如今，只能拚命去做了。

明天一早就要截稿了。沒時間了，今晚只好硬著頭皮拚了。

「よりほかない」表示時間已經不多了，除了全力以赴之外別無選擇。強調了必須全力以赴的迫切性，及行動的決心。

☞ 文法應用例句

2
由於最後一班電車已經開走了，只能搭計程車回家了。

末班車　駛離　　　　　　計程車
終電が出てしまったので、タクシーで帰るよりほかにない。
しゅうでん　で　　　　　　　　　　　　　　　かえ

★「よりほかにない」表示末班車開走後只能乘計程車，無其他選項。強調了在特定情境下被迫選擇的無奈。

3
為了要早點治癒，只能住院了。

疾病　　治療　　　　　　住院
病気を早く治す為には、入院するよりほかはない。
びょうき　はや　なお　ため　　にゅういん

★「よりほかはない」表示只有住院才是早日康復的方式，其他方法都不適用。強調緊急情境的必要行動。

4
停電了哦。既然連電視也沒得看，剩下能做的也只有睡覺了。

停電　　電視
停電か。テレビも見られないし、寝るよりほかしかたがないな。
ていでん　　　　　　　　み　　　　　　　ね

★「よりほか〜ない」表示停電後只能選擇睡覺，強調了面對無法改變的情況時的無奈及適應。

5
除了你以外，再也沒有其他人能夠拜託了。

求助
君よりほかに頼める人がいない。
きみ　　　　　たの　　ひと

★「よりほかに〜ない」表示除了你之外，沒有其他人能求助了。強調對「君」(你) 的信任和依賴。

句子（文）＋わ

…啊、…呢、…呀

接續方法▶ ｛句子｝＋わ

【主張】表示自己的主張、決心、判斷等語氣。女性用語。在句尾可使語氣柔和。

行為主體 意願 女性主張
↓ ↓ ↓

例 1
<u>私も</u> <u>行きたい</u> <u>わ</u>。

我也好想去啊！

你們要去漫遊京都小街小巷！？好好喔我也好想一起去！

句尾助詞「わ」表示説話人對於自己也想去的強烈願望和確定性，同時也讓語氣更顯柔和。

☞ 文法應用例句

2 真想早點休息呀！

┌盡早┐┌休息┐
早く休みたいわ。
はや　　やす

★「わ」展現說話人想早休的情感投射，且語氣溫和親切。

3 下起雨來嘍。

┌下（雨）┐
雨が降ってきたわ。
あめ　ふ

★「わ」顯示說話人注意到下雨這一事實的認識或觀察，語氣帶驚訝且溫和。

4 啊！沒有錢了！

┌金錢┐
あ、お金がないわ。
かね

★「わ」表現說話人對自己沒有錢，這個事實的認知與驚訝，有突然的認識或驚訝的語氣。

5 天呀…要遲到了！

┌遲到┐
きゃーっ、遅刻しちゃうわ。
ちこく

★「わ」反映說話人將遲到的焦慮，語氣帶驚慌或急迫。

わけがない、わけはない

不會…、不可能…

類義表現

もの、もん
因為…嘛

接續方法▶ {形容動詞詞幹な；[形容詞・動詞] 普通形} ＋わけがない、わけはない

1【強烈主張】表示從道理上而言，強烈地主張不可能或沒有理由成立，用於全面否定某種可能性。相當於「はずがない」，如例（1）～（4）。

2〔口語〕口語常會説成「わけない」，如例（5）。

例 1

主張　　　　　　強烈否定

人形が独りでに<u>動く</u> <u>わけがない</u>。

洋娃娃不可能自己會動。

你説這娃娃剛自己動了？可是這洋娃娃可沒裝電池喔！

「わけがない」説話者對於玩偶自己動起來的情況，表示否定的判斷。強調了事實的不合理性和説話者的強烈主張。

☞ 文法應用例句

2 未經請假不去上班，那怎麼可以呢！

無断で欠勤して良いわけがないでしょう。

★「わけがない」表示説話人強烈否定，未經許可就缺席是可接受的情況。此表達突出該行為的荒謬。

3 要考上醫學系當然是很不容易的事呀！

医学部に合格するのが簡単なわけはないですよ。

★「わけはない」表示説話人強烈否定，考上醫學部是簡單的想法。這種表達指明該事的難度或複雜性。

4 這麼重的提包，一個人根本不可能搬得動。

こんな重いかばん、一人で運べるわけがない。

★「わけがない」表示説話人強烈否定，一個人可以搬運這麼重的行李的可能性。這種表達強調該看法的難以置信。

5 「咦？這塊岩石上面是不是有金子呀。」 「怎麼可能，絕不會是黃金啦！」

「あれ、この岩、金が混ざってる。」 「まさか、金のわけないよ。」

★「わけない」表示説話人強烈否定，岩石中混有金子的可能性。這種表達點出該看法的過度期望。

わけだ

1. 當然…、難怪…；2. 也就是說…

接續方法▶ ｛形容動詞詞幹な；［形容詞・動詞］普通形｝＋わけだ

1【結論】表示按事物的發展，事實、狀況合乎邏輯地必然導致這樣的結果。與側重於說話人想法的「はずだ」相比較，「わけだ」傾向於由道理、邏輯所導出結論，如例（1）～（3）。

2【換個說法】表示兩個事態是相同的，只是換個說法而論，如例（4）、（5）。

根據事實	結果的認同	狀態	結論
↓	↓	↓	↓

例 1

3年間留学していたのか。道理で 英語がペラペラな わけだ。
ねんかんりゅうがく　　　　　　　どうり　えいご

到國外留學了3年啊！難怪英文那麼流利。

我剛聽到你跟外國人交談，為什麼你能說得那麼流利呢？

「わけだ」表示說話人了解到某人曾經留學3年，因此得出結論或理解，這就是他的英語非常流利的原因。

☞ 文法應用例句

2 因為他老待在家，難怪臉色蒼白。

彼はうちの中にばかりいるから、顔色が青いわけだ。
かれ　　　　なか　　　　　　　　　　かおいろ　あおじろ

★「わけだ」表達對於他總是待在家裡的行為，和他臉色蒼白的狀態之間的因果關係。揭示了說話人推斷的結論。

3 是嗎，那他就是30歲了。那麼，我們也是大致相同年齡的人了。

そうですか、それでは、彼は30歳なんですね。それなら、私たちも同じくらいの年齢のわけですよ。
かれ　さい　　　　　　　　　　　　わたし　　おな　　　　　ねんれい

★「わけだ」強調了他與我們年齡相若的事實。突出了我們之間的共同之處。

4 你媽媽是美國人啊？這麼說，你是混血兒囉。

お母さんアメリカ人なの。じゃ、ハーフなわけだね。
かあ　　　　　　じん

★用「わけだ」表示對方媽媽是美國人，也就是對方為美日混血，強調兩句話意思相同。

5 您是在昭和46年出生的呀。這麼說，也就是在1971年出生的囉。

昭和46年生まれなんですか。それじゃ、1971年生まれのわけですね。
しょうわ　ねん　う　　　　　　　　　　　　　　　ねん　う

★用「わけだ」表示對方就是1971年出生的，也就是把昭和46年轉換成西元的時間，強調兩時間點相同。

128

わけではない、わけでもない

並不是…、並非…

類義表現

ないこともない
並不是不…

接續方法▶ ｛形容動詞詞幹な；［形容詞・動詞］普通形｝＋わけではない、わけでもない

【部分否定】 表示不能簡單地對現在的狀況下某種結論，也有其它情況。常表示部分否定或委婉的否定。

可能情況　　　可能結果　引語內容　部分否定

例 1 **食事をたっぷり食べても、必ず太る という わけではない。**
吃得多不一定會胖。

他每餐都一定要吃很多東西才會飽，但卻一點都不胖。「わけではない」（並不是…）是否定上述的必然結果。

「わけではない」儘管吃得很多，但並不一定會必然地變胖。強調了例外情況的存在。即並非所有情況都符合這觀點。

👉 文法應用例句

2 在現實世界中，並不是每一個人都享有自由與平等。

現実の世の中では、誰もが自由で平等というわけではない。

★「わけではない」表示在現實世界中，不是每人都有自由平等。強調了情況的例外性，即不是每個人都擁有自由和平等。

3 並不是只要對方有錢，跟什麼樣的人結婚都無所謂哦。

結婚相手はお金があれば誰でもいいってわけじゃないわ。

★「わけじゃない」表明儘管對象有錢，但有錢不等於是好對象。選擇結婚伴侶並不完全基於金錢，這一特定的反例。

4 人生總不會老是發生不幸的事吧！

人生は不幸なことばかりあるわけではないだろう。

★「わけではない」表示反駁人生中只有不幸的觀念。此表達點出情況的差異性，也即不是所有的情況都符合這個觀點。

5 老是吵架，也並不代表彼此互相討厭。

喧嘩ばかりしているが、互いに嫌っているわけでもない。

★「わけでもない」表示儘管總是在吵架，但並不一定就是彼此討厭對方。此表達凸顯吵架不等於彼此討厭，這一異於常情的觀點。

わけにはいかない、わけにもいかない

不能…、不可…

接續方法▶ {動詞辭書形；動詞ている} ＋わけにはいかない、わけにもいかない

【不能】表示由於一般常識、社會道德、過去經驗，或是出於對周圍的顧忌、出於自尊等約束，那樣做是行不通的，相當於「することはできない」。

對象　　可能行為　　　　不能

例1
友情を 裏切る わけにはいかない。
ゆうじょう　うらぎ

友情是不能背叛的。

「わけにはいかない」表示說話人由於某種理由、道義約束或個人信念，無法做出背叛友情的行為。

人說出外靠朋友，朋友就要講道義。

👉 文法應用例句

2 雖說是休假日，總不能一整天窩在家裡閒著無事。

┌假日┐　　　　　　┌無所事事┐
休みだからといって、一日中ごろごろしているわけにはいかない。
やす　　　　　　　いちにちじゅう

★「わけにはいかない」表示說話人因某種道義或義務，強調休假不意味著你可以完全放鬆，還有其他責任和事情要做。

3 消費者的心聲，企業不可置若罔聞。

┌消費者┐　聲音┐　　　　　┌置之不理┐
消費者の声を、企業は無視するわけにはいかない。
しょうひしゃ　こえ　　　　　　　　　む　し

★「わけにはいかない」表示企業有道義或義務，不能忽視消費者的意見。強調企業有責任聆聽和回應消費者的需求和反饋。

4 小寶寶半夜哭了，總不能當作沒聽到繼續睡吧。

┌小嬰兒┐┌半夜┐┌啼哭┐
赤ちゃんが夜中に泣くから、寝ているわけにもいかない。
あか　　　よなか　な　　　　ね

★「わけにもいかない」表示無法在半夜忽略嬰兒的哭聲。重申對於嬰兒的需求，成人必須作出回應的義務。

5 不能在典禮進行途中回去。

┌典禮┐┌中途┐
式の途中で、帰るわけにもいかない。
しき　とちゅう　かえ

★「わけにもいかない」表示在典禮進行中不能提前離開。強調出於尊重和禮貌，不能在活動進行時中途離開。

わりに（は）

（比較起來）雖然…但是…、但是相對之下還算…、可是…

にしては
相對來說…

接續方法▶ {名詞の；形容動詞詞幹な；[形容詞・動詞] 普通形} ＋わりに（は）

【比較】表示結果跟前項條件不成比例、有出入或不相稱，結果劣於或好於應有程度，相當於「のに、にしては」。

　　　主題　　　期待情況　　比較　　　意料外感覺
　　　↓　　　　　↓　　　　↓　　　　↓

例 1 この国<ruby>国<rt>くに</rt></ruby>は、熱帯<ruby>熱帯<rt>ねったい</rt></ruby>の わりには 過<ruby>過<rt>す</rt></ruby>ごしやすい。

這個國家雖處熱帶，但住起來算是舒適的。

「わりには」表示此國家氣候、環境或條件特殊，不同於熱帶地區環境，比較舒適宜居住，強調了預期與實際的反差。

熱帶國家都給人有炎熱、難耐的印象，但這裡還蠻舒適的！

👉 文法應用例句

2　儘管在北部地方，不過冬天也算氣候宜人。

　　　┌北部┐　　　　　┌度過┐┌易於┐
　　北国<ruby>北国<rt>きたぐに</rt></ruby>のわりには、冬<ruby>冬<rt>ふゆ</rt></ruby>も過<ruby>過<rt>す</rt></ruby>ごしやすい。

★「わりには」表示北方雖冷，但冬季仍宜居。點出預期與實情的落差。

3　面積雖然大，但人口相對地很少。

　　　┌面積┐ ┌遼闊的┐　　┌人口┐
　　面積<ruby>面積<rt>めんせき</rt></ruby>が広<ruby>広<rt>ひろ</rt></ruby>いわりに、人口<ruby>人口<rt>じんこう</rt></ruby>が少<ruby>少<rt>すく</rt></ruby>ない。

★「わりに」表明儘管地區面積廣大，但與預期相反，人口數量卻較少，突現期待與真實的差異。

4　雖然便宜，但挺好吃的。

　　　┌(當時) 便宜的┐
　　安<ruby>安<rt>やす</rt></ruby>かったわりにはおいしい。

★「わりには」表明儘管食物價格低廉，但與預期相反，其美味程度出乎意料，揭示預想與真相的反差。

5　瞧她身材纖瘦，沒想到食量那麼大呀！

　　　┌纖瘦┐　　　　　┌頻繁地 (吃)┐
　　やせてるわりには、よく食<ruby>食<rt>た</rt></ruby>べるね。

★「わりには」用於表明儘管她體態纖細，但與預期相反，食量卻很大，凸顯期望與事實的不符。

をこめて

集中…、傾注…

接續方法▶ {名詞}＋を込めて

1【附帶】表示對某事傾注思念或愛等的感情，如例（1）、（2）。

2〖慣用法〗常用「心を込めて（誠心誠意）、力を込めて（使盡全力）、愛を込めて（充滿愛）」等用法，如例（3）～（5）。

動作目的　　　　情感　附帶　　　實際動作

例1 みんなの幸せの為に、願いを込めて鐘を鳴らした。

為了大家的幸福，以虔誠的心鳴鐘祈禱。

這是傳說中敲了就會實現願望的鐘！願天下有情人終成眷屬！

「をこめて」表示通過鳴鐘的行為，表達出對大家幸福的祝願，並且這個行為中充滿了真摯的感情。

☞ 文法應用例句

2　那時滿懷愛意地凝視著她。

思いを込めて彼女を見つめた。
┌心意┐　　　　　┌目不轉睛地看了┐

★「をこめて」表示說話人深情地凝視著她，這種凝視中蘊含著深厚的情感或想法。

3　在教會以真誠的心彈風琴。

教会で、心を込めて、オルガンを弾いた。
┌教會┐　　　　　　┌風琴┐　┌彈奏了┐

★「をこめて」表示說話人在教會裡，用滿懷誠意的心情彈奏風琴，這個行為中深厚的心意或情感。

4　他使盡力氣揮出球棒，打出了一支全壘打。

力を込めてバットを振ったら、ホームランになった。
　　　　　┌球棒┐　┌揮動┐　　┌全壘打┐

★「をこめて」表示說話人全力揮舞棒球球棒的行為，這個動作裡注入了強大的力量與決心。

5　我用真摯的愛為男友織了件毛衣。

彼の為に、愛を込めてセーターを編みました。
　　　　　　　　　┌毛衣┐　　┌編織了┐

★「をこめて」表示說話人為他編織毛衣的行為，這個動作裡注入了深深的愛意與關懷。

をちゅうしんに（して）、をちゅうしんとして

類義表現

をもとに、をもとにして
以…為根據、以…為參考、
在…基礎上

以…為重點、以…為中心、圍繞著…

接續方法▶ {名詞}＋を中心に（して）、を中心として

【基準】表示前項是後項行為、狀態的中心。

　直接目標　基準　　　　　　命令動作

例1 点A を中心に、円を描いてください。
　　てんエー　ちゅうしん　　えん　か

請以A點為中心，畫一個圓圈。

> 「をちゅうしんに」表示要以點
> A 為中心，在其周圍畫一個圓。
> 強調點 A 是動作中心，是畫圓
> 的核心和基點。

☞ 文法應用例句

2 | 以大學老師為中心，設立了漢詩學習會。

大学の先生を中心にして、漢詩を学ぶ会を作った。
だいがく　せんせい　ちゅうしん　　かんし　まな　かい　つく

中國古詩／學習會／創立了

★「をちゅうしんにして」指出學習漢詩團體以大學老師為核心，強調老師作為團體的主導者。

3 | 地球以太陽為中心繞行著。

地球は、太陽を中心として回っている。
ちきゅう　たいよう　ちゅうしん　　まわ

地球／太陽／繞行

★「をちゅうしんとして」說明地球旋轉時以太陽為中心，強調太陽是地球運動的中心點。

4 | 我既喜歡麵包也喜歡麵食，不過最喜歡的還是以米飯為主的日本餐食。

パンや麺も好きですが、やっぱり米を中心とする和食が一番好きです。
めん　す　　　　　こめ　ちゅうしん　わしょく　いちばん　す

麵包／果然／日本菜

★「をちゅうしんとする」表示米是日本料理的核心，強調米飯在日本料理中的重要性。

5 | Kansai Boys是由主唱力基所領銜的５人樂團。

Kansai Boysは、ボーカルのリッキーを中心とする５人組のバンドです。
ちゅうしん　にんぐみ

主唱／組／樂隊

★「をちゅうしんとする」描述５人樂團以主唱為核心，強調主唱在樂團中的中心地位。

をつうじて、をとおして

類義表現
しだいだ
要看…而定

1. 透過…、通過…；2. 在整個期間…、在整個範圍…

接續方法▶ ｛名詞｝＋を通じて、を通して

1【經由】表示利用某種媒介（如人物、交易、物品等），來達到某目的（如物品、利益、事項等）。相當於「によって」，如例（1）～（3）。

2【範圍】後接表示期間、範圍的詞，表示在整個期間或整個範圍內，相當於「のうち（いつでも／どこでも）」，如例（4）、（5）。

動作對象　經由　　　　　　　發生動作

例1　彼女 を通じて、間接的に彼の話を聞いた。
　　　かのじょ　　つう　　　　　　かんせつてき　かれ　はなし　き

透過她，間接地知道關於他的事情。

> 人脈是很重要的，透過人脈有時候可以獲取一些寶貴的訊息喔！

> 表示通過某人（彼女）作為中介，間接地聽到了某人（彼）的消息。強調她是信息傳遞的媒介。

☞ 文法應用例句

2　透過經紀人申請了採訪。

┌──經紀人──┐　　┌採訪┐　┌─申請了─┐
マネージャーを通して、取材を申し込んだ。
　　　　　　　とお　　　しゅざい　もう　こ

★「をつうじて」表示透過經紀人申請採訪，以傳達訊息，強調經紀人的媒介角色。

3　江戶時代的日本是經由中國與荷蘭取得了海外的訊息。

　　　　　　　　　　　　　┌荷蘭┐　　　　　┌消息┐　┌獲得┐
江戸時代、日本は中国とオランダを通して外国の情報を得ていた。
え ど じ だい　に ほん　ちゅうごく　　　　　　とお　　がいこく　じょうほう　え

★「をつうじて」表示江戶時代的日本，透過中國和荷蘭獲取海外消息，強調它們的資訊中介作用。

4　台灣一整年雨量都很充沛。

┌台灣┐　　　　　　　┌豐沛的┐
台湾は１年を通して雨が多い。
タイワン　ねん　とお　　あめ　おお

★「１年を通して」意味著「整年」或「全年」，強調的是在台灣一整年的時間範圍內，雨量都比較多。

5　只要成為會員，全年都能隨時去游泳。

┌會員┐　　　　　　　　　　　┌泳池┐　┌使用┐
会員になれば、年間を通していつでもプールを利用できます。
かいいん　　　　　ねんかん　とお　　　　　　　　　　　り よう

★「年間を通して」表示會員可以「全年」使用游泳池，強調在「一整年」的期間裡，隨時可以使用游泳池的便利性。

をはじめ、をはじめとする、をはじめとして

以…為首、…以及…、…等等

類義表現

をちゅうしんに
以…為重點、以…為中心

接續方法　{名詞}＋をはじめ、をはじめとする、をはじめとして

【例示】表示由核心的人或物擴展到很廣的範圍。「を」前面是最具代表性的、核心的人或物。作用類似「などの、と」等。

強調人物　　舉例　　　　　　　　發生動作
　　↓　　　　↓　　　　　　　　　　↓

例 1　校長先生をはじめ、たくさんの先生方が来てくれた。
こうちょうせんせい　　　　　　　　　　せんせいがた　き

校長以及多位老師都來了。

我們結合中國功夫及街舞的表演，深受國際的肯定。今天的表演，校長跟老師們都來了，真是太高興啦！

「をはじめ」表示校長先生是列示的起點「以校長為首」，其他老師也前來了。強調校長的重要性，暗示其他人的存在。

☞ 文法應用例句

2　這家醫院有內科、外科及耳鼻喉科等。

この病院には、内科をはじめ、外科や耳鼻科などがあります。
びょういん　　　ないか　　　　　げか　じびか

★「をはじめ」表示列舉清單的開始，以內科作為一個代表，暗示醫院有多科別，強調內科的代表性。

3　支票跟各種資料等等，都用掛號信寄出了。

小切手をはじめとするさまざまな書類を、書留で送った。
こぎって　　　　　　　　　　　しょるい　　　かきとめ　おく

★「をはじめとする」表示列舉清單的開始，支票是首先被提及的，暗示還有其他文件，強調支票的重要性。

4　以富士山為首的日本山岳有許多都是火山。

富士山をはじめとして、日本の山は火山が多い。
ふじさん　　　　　　　　　にほん　やま　かざん　おお

★「をはじめとして」表示首先提到富士山，暗示日本的其他山也是火山，強調富士山的代表性。

5　日本人的姓氏有許多都含有「藤」字，最常見的是佐藤，其他包括加藤、伊藤等等。

日本人の名字は、佐藤をはじめとして、加藤、伊藤など、「藤」のつくものが多い。
にほんじん　みょうじ　さとう　　　　　　かとう　いとう　　　とう　　　　おお

★「をはじめとして」表示從佐藤開始，列舉其他帶「藤」的姓氏，強調佐藤的普及性。

をもとに、をもとにして

以…為根據、以…為參考、在…基礎上

類義表現

にもとづいて
根據…、按照…

接續方法▸ {名詞} ＋をもとに、をもとにして

【根據】表示將某事物做為啟示、根據、材料、基礎等。後項的行為、動作是根據或參考前項來進行的。相當於「に基づいて、を根拠にして」。

創作參照　　　　　　根據　　　　　　進行動作
↓　　　　　　　　　↓　　　　　　　　↓

例1 いままでに習った文型 をもとに、文を作ってください。

請參考至今所學的文型造句。

「をもとに」表按照已學過的句型，去創作句子。強調學習成果的重要性，提醒了創作需要基於所學知識和技巧。

學了就要多用，用了就可以真正成為自己的！

📖 文法應用例句

2　以她的設計為基礎，裁製了藍色的連身裙。

彼女のデザインをもとに、青いワンピースを作った。

★「をもとに」表示根據她的設計圖製作的藍色連身裙，強調她的設計圖的核心作用。

3　根據收集來的資料來分析。

集めたデータをもとにして、分析しました。

★「をもとにして」表示基於收集的資料進行的分析，強調資料的核心性。

4　許多電玩遊戲都是根據《三國演義》為原型所設計出來的。

『三国志演義』をもとにしたゲームがたくさん制作されている。

★「をもとにした」表示遊戲根據《三國演義》創作，強調《三國演義》是遊戲創意的核心靈感。

5　木下順二的《夕鶴》是根據民間故事的《白鶴報恩》所寫成的。

木下順二の『夕鶴』は、民話『鶴の恩返し』をもとにしている。

★「をもとにしている」表示《夕鶴》是改編自《白鶴報恩》的，強調《夕鶴》的故事情節或靈感來源於《白鶴報恩》。

んじゃない、んじゃないかとおもう

不…嗎、莫非是…

類義表現

ように〜おもう

覺得好像…

接續方法▶ {名詞な；形容動詞詞幹な；[形容詞・動詞] 普通形} ＋んじゃない、んじゃないかと思う

【推測】是「のではないだろうか」的口語形。表達語氣上的推測或疑問，相當於「のではないか」，用來表示對某件事情的必要性進行推測或質疑。有時帶有對他人的觀點或行為的不認同。常與「と思う」搭配使用。

強調程度 → 　　狀態 → 　　主張 →

例 1 **そこまで 必要ない んじゃない。**
　　　　　　　ひつよう

沒有必要做到那個程度吧！

又是一個檸檬片的愛面族！這檸檬片也貼太多了吧！

「んじゃない」是對（沒必要做到那個程度）這一觀點加強了推測或疑問的語氣。傳達了對對方的行為、觀點或需求的質疑或推測。

👉 文法應用例句

2
那個人雖然有一頭長髮又穿著裙子，但應該是男的吧？

あの人、髪長くてスカート履いてるけど、男なんじゃない。
　　ひと　かみなが　　　　　　　　は　　　　　　　おとこ

★「んじゃない」表示推測對方是男性，表達對觀察的疑問或不確定性。

3
你還好嗎？是不是身體不舒服？

大丈夫。具合悪いんじゃない。
だいじょうぶ　ぐ あいわる

★「んじゃない」用來詢問對方是否感到不適，表達對對方狀況的擔憂。

4
做到那個程度我認為已經十分足夠了。

そのぐらいで十分なんじゃないかと思う。
　　　　　　　じゅうぶん　　　　　　　おも

★「んじゃないかと思う」用來表達認為該程度就已經足夠，強調主觀判斷或看法的語氣。

5
花子？她不是等一下就來了嗎？

花子。もうじき来るんじゃない。
はな こ　　　　　　　く

★「んじゃない」表達對花子即將到來，強調對時間的推測。

137
んだって
聽說…呢

接續方法▶ {[名詞・形容動詞詞幹]な}＋んだって；{[動詞・形容詞]普通形}＋んだって

1【傳聞】表示説話者聽説了某件事，並轉述給聽話者。語氣比較輕鬆隨便，是表示傳聞的口語用法，如例（1）～（4）。

2〖女性－んですって〗女性會用「んですって」的説法，如例（5）。

例 1
    話題   程度   特性   傳聞
    ↓   ↓   ↓   ↓

北海道って すごく きれいな んだって。
ほっかいどう

聽説北海道非常漂亮呢！

> 「んだって」表達了説話人聽到別人説，北海道非常漂亮的信息，並以強調的方式，傳達這個信息給對話的對象。

> 我朋友剛從北海道回來，他説薰衣草田和函館夜景都很值得一看呢！

☞ 文法應用例句

2　聽說林先生之前是個流氓耶。

林さんって、元やくざなんだって。
はやし　　　もと

    曾經是┐┌流氓┐

★「んだって」表示從他人聽説林先生曾是黑幫成員，並帶著震驚地傳達。

3　聽說田中同學落榜了呢！

田中さん、試験に落ちたんだって。
た なか　　　しけん　お

    ┌考試┐┌落榜了┐

★「んだって」表示從他人得知田中先生考試失敗，並感到吃驚地述説。

4　聽說下星期颱風可能會來喔。

来週、台風が来るかもしれないんだって。
らいしゅう　たいふう　く

    ┌颱風┐　┌來襲┐

★「んだって」表示從他人得知可能會有颱風，並帶有疑慮地告知。

5　聽說那家店的拉麵很好吃。

あの店のラーメン、とてもおいしいんですって。
みせ

    店家┐　┌──拉麵──┐

★女生口吻「んですって」表示從他人聽説某家店的拉麵很好吃，並充滿期待地分享。

んだもん

因為…嘛、誰叫…

接續方法▶ {[名詞・形容動詞詞幹]な}＋んだもん；{[動詞・形容詞]普通形}＋んだもん

【理由】用來解釋理由，是口語說法。語氣偏向幼稚、任性、撒嬌，在說明時帶有一種辯解的意味。也可以用「んだもの」。

引導原因　　狀態　　　理由
　　↓　　　　↓　　　　↓

例 1 「なんでにんじんだけ残(のこ)すの。」「だって まずい んだもの。」

「為什麼只剩下胡蘿蔔！」「因為很難吃嘛！」

胡蘿蔔的味道好討厭啊…我又不是兔子…。

「んだもの」強調自己對於（不好吃）這一任性觀點的堅持，並解釋為何做出了（只剩下胡蘿蔔）這一行為的原因。

☞ 文法應用例句

2

「我們去鬼屋玩啦！」「不要，人家會怕嘛！」

「お化(ば)け屋敷(やしき)入(はい)ろうよ。」「やだ、怖(こわ)いんだもん。」

★「んだもん」表示說話人過於「害怕」的情緒，是他不願意去鬼屋的理由。

3

「妳為什麼穿我的裙子？」「因為人家喜歡嘛！」

「どうして私(わたし)のスカート履(は)くの。」「だって、好きなんだもの。」

★「んだもの」表示說話人真的「喜歡」這個情緒，是她選擇穿對方的裙子的動機。

4

「你為什麼遲到了？」「誰叫我的鬧鐘壞了嘛！」

「どうして遅刻(ちこく)したの。」「だって、目覚(めざ)まし時計(どけい)が壊(こわ)れてたんだもん。」

★「んだもん」強調自己對於（鬧鐘壞了）這一任性觀點的堅持，並解釋為何做出了（遲到）這一行為的原因。

5

「咦，妳要回去了？」「嗯，因為人家覺得好像感冒了嘛！」

「あれ、もう帰(かえ)るの。」「うん、なんか風邪(かぜ)ひいたみたいなんだもん。」

★「んだもん」表示說話人真的不舒服，感覺自己「可能感冒了」，因此她選擇提早離開。

來挑戰看看稍難的文法吧！做好萬全準備！邁向巔峰！

● {名詞である；形容動詞詞幹な；[形容詞・動詞]普通形} ＋ものの

アメリカに留学したとはいうものの、満足に英語を話すこともできない。

雖然去美國留學過，但英文卻沒辦法說得好。

說明 表示姑且承認前項，但後項不能順著前項發展下去。意思是：「雖然…但是…」。

● {名詞} ＋やら＋{名詞} ＋やら、{形容動詞詞幹；[形容詞・動詞]普通形} ＋やら＋{形容動詞詞幹；[形容詞・動詞]普通形} ＋やら

近所に工場ができて、騒音やら煙やらで悩まされているんですよ。

附近開了家工廠，又是噪音啦，又是污煙啦，真傷腦筋！

說明 表示從一些同類事項中，列舉出兩項。意思是：「…啦…啦」、「又…又…」。

● {動詞辭書形} ＋よりほかない、よりほかはない

売り上げを伸ばすには、笑顔でサービスするよりほかはない。

想要提高銷售額，只有以笑容待客了。

說明 表示只有一種辦法，沒有其他解決的方法。意思是：「只有…」、「只好…」、「只能…」。

● {名詞} ＋を＋{名詞} ＋として、とする、とした

この競技では、最後まで残った人を優勝とする。

這個比賽，是以最後留下的人獲勝。

說明 把一種事物當做或設定為另一種事物，或表示決定、認定的內容。意思是：「把…視為…」。

● {名詞；[動詞辭書形・動詞た形]の} ＋をきっかけに（して）、をきっかけとして

関西旅行をきっかけに、歴史に興味を持ちました。

自從去旅遊關西之後，便開始對歷史產生了興趣。

說明 表示某事產生的原因、機會、動機。意思是：「以…為契機」、「自從…之後」、「以…為開端」。

● {名詞；[動詞辭書形・動詞た形]の} ＋をけいきに（して）、をけいきとして

> 子どもが誕生したのを契機として、煙草をやめた。
> 自從小孩出世後，就戒了煙。

說明 表示某事產生或發生的原因、動機、機會、轉折點。意思是：「趁著…」、「自從…之後」、「以…為動機」。

● {名詞} ＋をとわず、はとわず

> ワインは、洋食和食を問わず、よく合う。
> 無論是西餐或日式料理，葡萄酒都很適合。

說明 表示沒有把前接的詞當作問題、跟前接的詞沒有關係。意思是：「無論…」、「不分…」、「不管…，都…」、「不管…，也不管…，都…」。

● {名詞} ＋をぬきにして（は）、はぬきにして

> 政府の援助をぬきにしては、災害に遭った人々を救うことはできない。
> 沒有政府的援助，就沒有辦法救出受難者。

說明 表示去掉某一事項，或某一人物等，做後面的動作。意思是：「去掉…」、「抽去…」。

● {名詞} ＋をめぐって、をめぐる

> その宝石をめぐる事件があった。
> 發生了跟那顆寶石有關的事件。

說明 表示後項的行為動作，是針對前項的某一事情、問題進行的。意思是：「圍繞著…」、「環繞著…」。

N3

新制對應手冊

一、什麼是新日本語能力試驗呢？

1. 新制「日語能力測驗」
2. 認證基準
3. 測驗科目
4. 測驗成績

二、新日本語能力試驗的考試內容

N3 題型分析

＊以上內容摘譯自「國際交流基金日本國際教育支援協會」的「新しい『日本語能力試驗』ガイドブック」。

一、什麼是新日本語能力試驗呢

1. 新制「日語能力測驗」

從2010年起實施的新制「日語能力測驗」（以下簡稱為新制測驗）。

1－1 實施對象與目的

　　新制測驗與舊制測驗相同，原則上，實施對象為非以日語作為母語者。其目的在於，為廣泛階層的學習與使用日語者舉行測驗，以及認證其日語能力。

1－2 改制的重點

改制的重點有以下4項：

1　測驗解決各種問題所需的語言溝通能力

　　新制測驗重視的是結合日語的相關知識，以及實際活用的日語能力。因此，擬針對以下兩項舉行測驗：一是文字、語彙、文法這3項語言知識；二是活用這些語言知識解決各種溝通問題的能力。

2　由4個級數增為5個級數

　　新制測驗由舊制測驗的4個級數（1級、2級、3級、4級），增加為5個級數（N1、N2、N3、N4、N5）。新制測驗與舊制測驗的級數對照，如下所示。最大的不同是在舊制測驗的2級與3級之間，新增了N3級數。

N1	難易度比舊制測驗的1級稍難。合格基準與舊制測驗幾乎相同。
N2	難易度與舊制測驗的2級幾乎相同。
N3	難易度介於舊制測驗的2級與3級之間。（新增）
N4	難易度與舊制測驗的3級幾乎相同。
N5	難易度與舊制測驗的4級幾乎相同。

＊「N」代表「Nihongo（日語）」以及「New（新的）」。

3 施行「得分等化」

由於在不同時期實施的測驗，其試題均不相同，無論如何慎重出題，每次測驗的難易度總會有或多或少的差異。因此在新制測驗中，導入「等化」的計分方式後，便能將不同時期的測驗分數，於共同量尺上相互比較。因此，無論是在什麼時候接受測驗，只要是相同級數的測驗，其得分均可予以比較。目前全球幾種主要的語言測驗，均廣泛採用這種「得分等化」的計分方式。

4 提供「日本語能力試驗Can-do自我評量表」（簡稱JPT Can-do）

為了瞭解通過各級數測驗者的實際日語能力，新制測驗經過調查後，提供「日本語能力試驗Can-do自我評量表」。該表列載通過測驗認證者的實際日語能力範例。希望通過測驗認證者本人以及其他人，皆可藉由該表格，更加具體明瞭測驗成績代表的意義。

1－3 所謂「解決各種問題所需的語言溝通能力」

我們在生活中會面對各式各樣的「問題」。例如，「看著地圖前往目的地」或是「讀著說明書使用電器用品」等等。種種問題有時需要語言的協助，有時候不需要。

為了順利完成需要語言協助的問題，我們必須具備「語言知識」，例如文字、發音、語彙的相關知識、組合語詞成為文章段落的文法知識、判斷串連文句的順序以便清楚說明的知識等等。此外，亦必須能配合當前的問題，擁有實際運用自己所具備的語言知識的能力。

舉個例子，我們來想一想關於「聽了氣象預報以後，得知東京明天的天氣」這個課題。想要「知道東京明天的天氣」，必須具備以下的知識：「晴れ（晴天）、くもり（陰天）、雨（雨天）」等代表天氣的語彙；「東京は明日は晴れでしょう（東京明日應是晴天）」的文句結構；還有，也要知道氣象預報的播報順序等。除此以外，尚須能從播報的各地氣象中，分辨出哪一則是東京的天氣。

如上所述的「運用包含文字、語彙、文法的語言知識做語言溝通，進而具備解決各種問題所需的語言溝通能力」，在新制測驗中稱為「解決各種問題所需的語言溝通能力」。

新制測驗將「解決各種問題所需的語言溝通能力」分成以下「語言知識」、「讀解」、「聽解」等3個項目做測驗。

語言知識	各種問題所需之日語的文字、語彙、文法的相關知識。
讀　解	運用語言知識以理解文字內容，具備解決各種問題所需的能力。
聽　解	運用語言知識以理解口語內容，具備解決各種問題所需的能力。

作答方式與舊制測驗相同，將多重選項的答案劃記於答案卡上。此外，並沒有直接測驗口語或書寫能力的科目。

2. 認證基準

新制測驗共分為N1、N2、N3、N4、N5，5個級數。最容易的級數為N5，最困難的級數為N1。

與舊制測驗最大的不同，在於由4個級數增加為5個級數。以往有許多通過3級認證者常抱怨「遲遲無法取得2級認證」。為因應這種情況，於舊制測驗的2級與3級之間，新增了N3級數。

新制測驗級數的認證基準，如表1的「讀」與「聽」的語言動作所示。該表雖未明載，但應試者也必須具備為表現各語言動作所需的語言知識。

N4與N5主要是測驗應試者在教室習得的基礎日語的理解程度；N1與N2是測驗應試者於現實生活的廣泛情境下，對日語理解程度；至於新增的N3，則是介於N1與N2，以及N4與N5之間的「過渡」級數。關於各級數的「讀」與「聽」的具體題材（內容），請參照表1。

■ 表1　新「日語能力測驗」認證基準

	級數	認證基準
		各級數的認證基準，如以下【讀】與【聽】的語言動作所示。各級數亦必須具備為表現各語言動作所需的語言知識。
困難 *	N1	能理解在廣泛情境下所使用的日語 【讀】・可閱讀話題廣泛的報紙社論與評論等論述性較複雜及較抽象的文章，且能理解其文章結構與內容。 ・可閱讀各種話題內容較具深度的讀物，且能理解其脈絡及詳細的表達意涵。 【聽】・在廣泛情境下，可聽懂常速且連貫的對話、新聞報導及講課，且能充分理解話題走向、內容、人物關係、以及說話內容的論述結構等，並確實掌握其大意。
	N2	除日常生活所使用的日語之外，也能大致理解較廣泛情境下的日語 【讀】・可看懂報紙與雜誌所刊載的各類報導、解說、簡易評論等主旨明確的文章。 ・可閱讀一般話題的讀物，並能理解其脈絡及表達意涵。 【聽】・除日常生活情境外，在大部分的情境下，可聽懂接近常速且連貫的對話與新聞報導，亦能理解其話題走向、內容、以及人物關係，並可掌握其大意。
	N3	能大致理解日常生活所使用的日語 【讀】・可看懂與日常生活相關的具體內容的文章。 ・可由報紙標題等，掌握概要的資訊。 ・於日常生活情境下接觸難度稍高的文章，經換個方式敘述，即可理解其大意。 【聽】・在日常生活情境下，面對稍微接近常速且連貫的對話，經彙整談話的具體內容與人物關係等資訊後，即可大致理解。
* 容易	N4	能理解基礎日語 【讀】・可看懂以基本語彙及漢字描述的貼近日常生活相關話題的文章。 【聽】・可大致聽懂速度較慢的日常會話。
	N5	能大致理解基礎日語 【讀】・可看懂以平假名、片假名或一般日常生活使用的基本漢字所書寫的固定詞句、短文、以及文章。 【聽】・在課堂上或周遭等日常生活中常接觸的情境下，如為速度較慢的簡短對話，可從中聽取必要資訊。

＊N1最難，N5最簡單。

3. 測驗科目

新制測驗的測驗科目與測驗時間如表2所示。

■ 表2 測驗科目與測驗時間＊①

級數	測驗科目 （測驗時間）			
N1	語言知識（文字、語彙、文法）、 讀解 （110分）		聽解 （55分）	→	測驗科目為「語言知識（文字、語彙、文法）、讀解」；以及「聽解」共2科目。
N2	語言知識（文字、語彙、文法）、 讀解 （105分）		聽解 （50分）	→	
N3	語言知識 （文字、語彙） （30分）	語言知識 （文法）、讀解 （70分）	聽解 （40分）	→	測驗科目為「語言知識（文字、語彙）」；「語言知識（文法）、讀解」；以及「聽解」共3科目。
N4	語言知識 （文字、語彙） （25分）	語言知識 （文法）、讀解 （55分）	聽解 （35分）	→	
N5	語言知識 （文字、語彙） （20分）	語言知識 （文法）、讀解 （40分）	聽解 （30分）	→	

N1與N2的測驗科目為「語言知識（文字、語彙、文法）、讀解」以及「聽解」共2科目；N3、N4、N5的測驗科目為「語言知識（文字、語彙）」、「語言知識（文法）、讀解」、「聽解」共3科目。

由於N3、N4、N5的試題中，包含較少的漢字、語彙、以及文法項目，因此當與N1、N2測驗相同的「語言知識（文字、語彙、文法）、讀解」科目時，有時會使某幾道試題成為其他題目的提示。為避免這個情況，因此將「語言知識（文字、語彙、文法）、讀解」，分成「語言知識（文字、語彙）」和「語言知識（文法）、讀解」施測。

＊①：聽解因測驗試題的錄音長度不同，致使測驗時間會有些許差異。

4. 測驗成績

4－1　量尺得分

舊制測驗的得分，答對的題數以「原始得分」呈現；相對的，新制測驗的得分以「量尺得分」呈現。

「量尺得分」是經過「等化」轉換後所得的分數。以下，本手冊將新制測驗的「量尺得分」，簡稱為「得分」。

4－2　測驗成績的呈現

新制測驗的測驗成績，如表3的計分科目所示。N1、N2、N3的計分科目分為「語言知識（文字、語彙、文法）」、「讀解」、以及「聽解」3項；N4、N5的計分科目分為「語言知識（文字、語彙、文法）、讀解」以及「聽解」2項。

會將N4、N5的「語言知識（文字、語彙、文法）」和「讀解」合併成一項，是因為在學習日語的基礎階段，「語言知識」與「讀解」方面的重疊性高，所以將「語言知識」與「讀解」合併計分，比較符合學習者於該階段的日語能力特徵。

■ 表3　各級數的計分科目及得分範圍

級數	計分科目	得分範圍
N1	語言知識（文字、語彙、文法）	0～60
	讀解	0～60
	聽解	0～60
	總分	0～180
N2	語言知識（文字、語彙、文法）	0～60
	讀解	0～60
	聽解	0～60
	總分	0～180
N3	語言知識（文字、語彙、文法）	0～60
	讀解	0～60
	聽解	0～60
	總分	0～180

N4	語言知識（文字、語彙、文法）、讀解	0～120
	聽解	0～60
	總分	0～180
N5	語言知識（文字、語彙、文法）、讀解	0～120
	聽解	0～60
	總分	0～180

　　各級數的得分範圍，如表3所示。N1、N2、N3的「語言知識（文字、語彙、文法）」、「讀解」、「聽解」的得分範圍各為0～60分，3項合計的總分範圍是0～180分。「語言知識（文字、語彙、文法）」、「讀解」、「聽解」各占總分的比例是1：1：1。

　　N4、N5的「語言知識（文字、語彙、文法）、讀解」的得分範圍為0～120分，「聽解」的得分範圍為0～60分，2項合計的總分範圍是0～180分。「語言知識（文字、語彙、文法）、讀解」與「聽解」各占總分的比例是2：1。還有，「語言知識（文字、語彙、文法）、讀解」的得分，不能拆解成「語言知識（文字、語彙、文法）」與「讀解」2項。

　　除此之外，在所有的級數中，「聽解」均占總分的3分之1，較舊制測驗的4分之1為高。

4－3　合格基準

　　舊制測驗是以總分作為合格基準；相對的，新制測驗是以總分與分項成績的門檻二者作為合格基準。所謂的門檻，是指各分項成績至少必須高於該分數。假如有一科分項成績未達門檻，無論總分有多高，都不合格。

　　新制測驗設定各分項成績門檻的目的，在於綜合評定學習者的日語能力，須符合以下2項條件才能判定為合格：①總分達合格分數（＝通過標準）以上；②各分項成績達各分項合格分數（＝通過門檻）以上。如有一科分項成績未達門檻，無論總分多高，也會判定為不合格。

N1～N3及N4、N5之分項成績有所不同，各級總分通過標準及各分項成績通過門檻如下所示：

級數	總分		分項成績					
			言語知識 （文字・語彙・文法）		讀解		聽解	
	得分範圍	通過標準	得分範圍	通過門檻	得分範圍	通過門檻	得分範圍	通過門檻
N1	0～180分	100分	0～60分	19分	0～60分	19分	0～60分	19分
N2	0～180分	90分	0～60分	19分	0～60分	19分	0～60分	19分
N3	0～180分	95分	0～60分	19分	0～60分	19分	0～60分	19分

級數	總分		分項成績					
			言語知識 （文字・語彙・文法）		讀解		聽解	
	得分範圍	通過標準	得分範圍	通過門檻	得分範圍	通過門檻	得分範圍	通過門檻
N4	0～180分	90分	0～120分	38分	0～60分	19分	0～60分	19分
N5	0～180分	80分	0～120分	38分	0～60分	19分	0～60分	19分

※上列通過標準自2010年第1回(7月)【N4、N5為2010年第2回(12月)】起適用。

　　缺考其中任一測驗科目者，即判定為不合格。寄發「合否結果通知書」時，含已應考之測驗科目在內，成績均不計分亦不告知。

4－4 測驗結果通知

依級數判定是否合格後，寄發「合否結果通知書」予應試者；合格者同時寄發「日本語能力認定書」。

■ N1, N2, N3

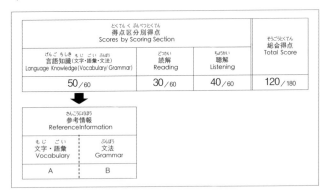

■ N4, N5

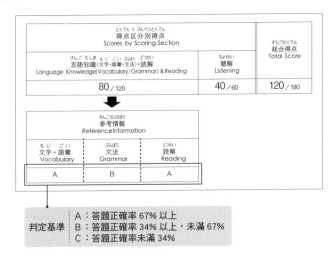

※各節測驗如有一節缺考就不予計分，即判定為不合格。雖會寄發「合否結果通知書」但所有分項成績，含已出席科目在內，均不予計分。各欄成績以「＊」表示，如「＊＊／60」。
※所有科目皆缺席者，不寄發「合否結果通知書」。

二、新日本語能力試驗的考試內容

N3 題型分析

測驗科目 （測驗時間）			題型		小題 題數 *	分析
語言知識 （30分）	文字、語彙	1	漢字讀音	◇	8	測驗漢字語彙的讀音。
		2	假名漢字寫法	◇	6	測驗平假名語彙的漢字寫法。
		3	選擇文脈語彙	○	11	測驗根據文脈選擇適切語彙。
		4	替換類義詞	○	5	測驗根據試題的語彙或說法，選擇類義詞或類義說法。
		5	語彙用法	○	5	測驗試題的語彙在文句裡的用法。
語言知識、讀解 （70分）	文法	1	文句的文法1 （文法形式判斷）	○	13	測驗辨別哪種文法形式符合文句內容。
		2	文句的文法2 （文句組構）	◆	5	測驗是否能夠組織文法正確且文義通順的句子。
		3	文章段落的文法	◆	5	測驗辨別該文句有無符合文脈。
	讀解 *	4	理解內容 （短文）	○	4	於讀完包含生活與工作等各種題材的撰寫說明文或指示文等，約150～200字左右的文章段落之後，測驗是否能夠理解其內容。
		5	理解內容 （中文）	○	6	於讀完包含撰寫的解說與散文等，約350字左右的文章段落之後，測驗是否能夠理解其關鍵詞或因果關係等等。
		6	理解內容 （長文）	○	4	於讀完解說、散文、信函等，約550字左右的文章段落之後，測驗是否能夠理解其概要或論述等等。
		7	釐整資訊	◆	2	測驗是否能夠從廣告、傳單、提供各類訊息的雜誌、商業文書等資訊題材（600字左右）中，找出所需的訊息。

聽解 (40分)	1	理解問題	◇	6	於聽取完整的會話段落之後，測驗是否能夠理解其內容（於聽完解決問題所需的具體訊息之後，測驗是否能夠理解應當採取的下一個適切步驟）。
	2	理解重點	◇	6	於聽取完整的會話段落之後，測驗是否能夠理解其內容（依據剛才已聽過的提示，測驗是否能夠抓住應當聽取的重點）。
	3	理解概要	◇	3	於聽取完整的會話段落之後，測驗是否能夠理解其內容（測驗是否能夠從整段會話中理解說話者的用意與想法）。
	4	適切話語	◆	4	於一面看圖示，一面聽取情境說明時，測驗是否能夠選擇適切的話語。
	5	即時應答	◆	9	於聽完簡短的詢問之後，測驗是否能夠選擇適切的應答。

＊「小題題數」為每次測驗的約略題數，與實際測驗時的題數可能未盡相同。此外，亦有可能會變更小題題數。

＊有時在「讀解」科目中，同一段文章可能會有數道小題。

＊符號標示：「◆」舊制測驗沒有出現過的嶄新題型；「◇」沿襲舊制測驗的題型，但是更動部分形式；「○」與舊制測驗一樣的題型。

資料來源：《日本語能力試驗JLPT官方網站：分項成績‧合格判定‧合否結果通知》。2016年1月11日，取自：http://www.jlpt.jp/tw/guideline/results.html

N3

新制日檢模擬考題

*以「國際交流基金日本國際教育支援協會」的「新しい『日本語能力試驗』ガイドブック」為基準的三回「文法 模擬考題」。

問題1　考試訣竅

N3的問題1，預測會考13題。這一題型基本上是延續舊制的考試方式。也就是給一個不完整的句子，讓考生從4個選項中，選出自己認為正確的選項，進行填空，使句子的語法正確、意思通順。

過去文法填空的命題範圍很廣，包括助詞、慣用型、時態、體態、形式名詞、呼應和接續關係等等。應試的重點是掌握功能詞的基本用法，並注意用言、體言、接續詞、形式名詞、副詞等的用法區別。另外，複雜多變的敬語跟授受關係的用法也是構成日語文法的重要特徵。

文法試題中，常考的如下：

（1）副助詞、格助詞…等助詞考試的比重相當大。這裡會考的主要是搭配（如「なぜか」是「なぜ」跟「か」搭配）、接續（「だけで」中「で」要接在「だけ」的後面等）及約定俗成的關係等。在大同中辨別小異（如「なら、たら、ば、と」的差異等）及區別語感。判斷關係（如「心を込める」中的「込める」是他動詞，所以用表示受詞的「を」來搭配等）。

（2）形式名詞的詞意判斷（如能否由句意來掌握「せい、くせ」的差別等），及形似意近的辨別（如「わけ、はず、ため、せい、もの」的差異等）。

（3）意近或形近的慣用型的區別（如「について、に対して」等）。

（4）區別過去、現在、未來3種時態的用法（如「調べたところ、調べているところ、調べるところ」能否區別等）。

（5）能否根據句意來區別動作的開始、持續、完了3個階段的體態，一般用「…て＋補助動詞」來表示（如「ことにする、ことにしている、ことにしてある」的區別）。

（6）能否根據句意、助詞、詞形變化，來選擇相應的語態（主要是「れる、られる、せる、させる」），也就是行為主體跟客體間的關係的動詞型態。

從新制概要中預測，文法不僅在這裡，常用漢字表示的，如「次第、気味」等也可能在語彙問題中出現；而口語部分，如「もん、といったらありゃしない…等」，可能會在著重口語的聽力問題中出現；接續詞（如ながらも）應該會在文

法問題 2 出現。當然，所有的文法・文型在閱讀中出現頻率，絕對很高的。

　　總而言之，無論在哪種題型，文法都是掌握高分的重要角色。

問題 1　つぎの文の（　　　）に入れるのに最もよいものを、1・2・3・4から一つえらびなさい。

1　ぬいぐるみ（　　　）あれば、この子はおとなしくしている。
　1　さえ　　　　　2　わけ　　　　　　3　こそ　　　　　　4　や

2　目上の人と話す（　　　）、できるだけ敬語を使った方がいい。
　1　場面　　　　　2　際は　　　　　　3　うち　　　　　4　ついでに

3　「心配かけて、ごめん。」「謝る（　　　）なら最初からやるな。」
　1　だけ　　　　　2　ぐらい　　　　　3　しか　　　　　　4　よる

4　私は60歳になるまで病気（　　　）病気をしたことがない。
　1　のみたい　　　2　のらしい　　　　3　みたい　　　　　4　らしい

5　日本では、家に入るとき、靴を脱ぐことに（　　　）。
　1　決めている　　　　　　　　　　2　なっている
　3　決めないといけない　　　　　　4　決めないではおかない

6　今日は朝から大雨だった。雨（　　　）、昼からは風も出てきた。
　1　ながら　　　　　2　に加えて　　　　3　ところに　　　　4　にわたって

7 友達と話している（　　　　）、用事があったことを思い出した。

1 現に　　　　　　　2 とっさに　　　　　3 最中に　　　　　　4 早急に

8 2ヶ月に及ぶ療養を終えて会社に（　　　　）、交通事故に遭った。

1 復帰したとたんに　　　　　　　2 復帰したせいか

3 復帰したきり　　　　　　　　　4 復帰した以上は

9 現状からいうと、手元にある案件を（　　　　）、その企画の準備には入れません。

1 処理しつつも　　　　　　　　　2 処理しながら

3 処理したところに　　　　　　　4 処理してからでないと

10 親戚に下宿するアパートを（　　　　）もらっています。

1 探し　　　　　　　2 探して　　　　　3 探すを　　　　　　4 探しに

11 大好きなペットを病気で（　　　　）しまった。

1 死なれて　　　　　2 死なせて　　　　3 死されて　　　　　4 死らせて

12 そこの資料をちょっと（　　　　）いただけますか。

1 拝見して　　　　　2 拝見させて　　　　3 拝見し　　　　　4 拝見する

13 先生はゴルフが大変（　　　　）と伺っています。

1 お上手でいらっしゃる　　　　　2 お上手になさる

3 お上手でおります　　　　　　　4 お上手におられる

問題 2 考試訣竅

　　問題 2 是「部分句子重組」題，出題方式是在一個句子中，挑出相連的 4 個詞，將其順序打亂，要考生將這 4 個順序混亂的字詞，跟問題句連結成為一句文意通順的句子。預估出 5 題。

　　應付這類題型，考生必須熟悉各種日文句子組成要素（日語語順的特徵）及句型，才能迅速且正確地組合句子。因此，打好句型、文法的底子是第一重要的，也就是把文法中的「助詞、慣用型、時態、體態、形式名詞、呼應和接續關係」等等弄得滾瓜爛熟，接下來就是多接觸文章，習慣日語的語順。

　　問題 2 既然是在「文法」題型中，那麼解題的關鍵就在文法了。因此，做題的方式，就是看過問題句後，集中精神在 4 個選項上，把關鍵的文法找出來，配合它前面或後面的接續，這樣大致的順序就出來了。接下再根據問題句的語順進行判斷。這一題型往往會有一個選項，不知道放在哪個位置，這時候，請試著放在最前面或最後面的空格中。這樣，文法正確、文意通順的句子就很容易完成了。

＊請注意答案要的是標示「★」的空格，要填對位置喔！

（問題例）

　昼休み＿＿＿＿　＿＿＿＿　＿★＿　＿＿＿＿、校庭で遊びます。

　1　友達　　　　2　と　　　　3　は　　　　4　に

（解答の仕方）

1　正しい文はこうです。

> 昼休み＿＿＿＿　＿＿＿＿　＿★＿　＿＿＿＿校庭で遊びます。
>
> 　4　に　　　　3　は　　　　1　友達　　　　2　と

2　＿★＿に入る番号を解答用紙にマークします。

　　　　　　　（解答用紙）　　（例）　　❶　②　③　④

1　美容院へ行った＿＿＿＿　＿＿＿＿　＿★＿　＿＿＿＿を間違えていました。

　1　の　　　　　　　2　時間　　　　　3　予約　　　　　4　のに

2　来月の旅行では大きな＿＿＿＿　＿＿＿＿　＿★＿　＿＿＿＿に泊まるつもり
　　です。

　1　の　　　　　　　2　旅館　　　　　3　ある　　　　　4　お風呂

3　あちこちに＿＿＿＿　＿＿＿＿　＿★＿　＿＿＿＿がない。

　1　警官が　　　　　　　　　　　　　2　隠れよう

　3　犯人は　　　　　　　　　　　　　4　配備されているので

4　当店では＿＿＿＿　＿＿＿＿　＿★＿　＿＿＿＿とりそろえています。

　1　歯ブラシを　　　　　　　　　　　2　生活用品を

　3　カミソリや　　　　　　　　　　　4　はじめとする

5　転職して＿＿＿＿　＿＿＿＿　＿★＿　＿＿＿＿しなければなりません。

　1　早起き　　　　2　ものだから　　　3　遠くなった　　　4　職場が

問題3 考試訣竅

「文章的文法」這一題型是先給一篇文章，隨後就文章內容，去選詞填空，選出符合文章脈絡的文法問題。預估出5題。

做這種題，要先通讀全文，好好掌握文章，抓住文章中一個或幾個要點或觀點。第2次再細讀，尤其要仔細閱讀填空處的上下文，就上下文脈絡，並配合文章的要點，來進行選擇。細讀的時候，可以試著在填空處填寫上答案，再看選項，最後進行判斷。

由於做這種題型，必須把握前句跟後句，甚至前段與後段之間的意思關係，才能正確選擇相應的文法。也因此，前面選擇的正確與否，也會影響到後面其他問題的正確理解。

做題時，要仔細閱讀 ☐ 的前後文，從意思上、邏輯上弄清楚是順接還是逆接、是肯定還是否定，是進行舉例說明，還是換句話說。經過反覆閱讀有關章節，理清枝節，抓住關鍵之處後，再跟選項對照，抓出主要，刪去錯誤，就可以選擇正確答案。另外，對日本文化、社會、風俗習慣等的認識跟理解，對答題是有絕大助益的。

問題3 つぎの文章を読んで、 1 から 5 の中に入る最もよいものを１・２・３・４から一つえらびなさい。

　3月3日に行われるひな祭りは、女の子の節句です。この日はひな人形を飾り、白酒、ひし餅、ハマグリの吸い物などで祝うのが一般的です。

　古代中国には、3月初旬の巳の日に川に入って汚れを清める上巳節という行事がありました。それが日本 1 伝わり、さらに室町時代の貴族の女の子たちの人形遊びである「ひない祭り」が合わさって、ひな祭りの原型ができていきました。

　いまでも一部の地域に 2 「流しびな」の風習は、この由来にならって、子どもの汚れ（けが）をひな人形に移して、川や海に流したことから来ています。

　 3 近世の安土・桃山時代になると、貴族から武家の社会に伝わり、さらに江戸時代には、ひな祭りは庶民の間に 4 。このころには、ひな段にひな人形を置くとともに桃の花を飾るという、現代のひな祭りに近い形になっています。

ちなみに、桃の木は、中国で悪魔を打ち払う神聖な木と考えられていたため、ひな祭りに飾られるようになったといいます。

　こうして、 5 　五節句の一つである、桃の節句が誕生しました。

「日本人のしきたり」飯倉晴武

1
1 から　　　　2 に　　　　　3 へは　　　　4 と

2
1 残る　　　　2 残した　　　3 残られた　　4 残された

3
1 すると　　　2 したがって　3 すなわち　　4 やがて

4
1 広まっていきました　　　　2 広まるものがありました
3 広まるということでした　　4 広まることになっていました

5
1 一年の節目として重要というほど
2 一年の節目として重要といえば
3 一年の節目として重要とされた
4 一年の節目として重要というより

問題1 つぎの文の（　　　　）に入れるのに最もよいものを、1・2・3・4から一つえらびなさい。

1　何の連絡もしないで彼女が（　　　）はずがありません。
1 来た　　　　　　2 来るに　　　　　　3 来ない　　　　　4 来て

2　A「また財布をなくしたんですか。」
　　B「はい。今年だけでもう5回目です。私ほどよくなくす人は（　　　）。」
1 いないでしょう　　　　　　　　2 いるでしょう
3 いたでしょう　　　　　　　　　4 いるかもしれません

3　新しい人に出会う（　　　）、新しい発見がある。
1 たびに　　　　　2 として　　　　　　3 からして　　　　4 くせに

4　昨日の夜早く寝た（　　　）、今日は体調がとてもいい。
1 せいか　　　　　2 とおりで　　　　　3 もので　　　　　4 ことに

5　本日は月曜日（　　　）、図書館は休館です。
1 につき　　　　　2 さえ　　　　　　　3 につけ　　　　　4 についての

6　今年こそ、絶対にきれいになって（　　　）。
1 なさい　　　　　2 ばかり　　　　　　3 みせる　　　　　4 だけ

7　卒業するためには単位を取ら（　　　）。
1 わけにはいかない　　　　　　　2 ないわけではない
3 ないわけがわからない　　　　　4 ないわけにはいかない

8 あれ、つかない。電池はこのまえ取り替えた（　　　）なのに。

1 もの　　　　　2 ため　　　　　　3 わけ　　　　　　4 はず

9 もう一度挑戦してだめだったら、（　　　）しかない。

1 諦めて　　　　2 諦めるの　　　　3 諦めた　　　　　4 諦める

10 このお米はふるさとの友達が（　　　）くれたものです。

1 送る　　　　　2 送った　　　　　3 送って　　　　　4 送っている

11 そうですね。あと二、三日　（　　　）ください。

1 考えられて　　2 考えさせて　　　3 考えされて　　　4 考える

12 気分が悪い方は、無理せずにお帰り（　　　）くださいね。

1 になって　　　2 になさって　　　3 させて　　　　　4 られて

13 私の友達に、電車で足を（　　　）も逆に謝る人がいる。

1 踏ませて　　　2 踏まれて　　　　3 踏まされて　　　4 踏まして

問題2　つぎの文の＿★＿に入る最もよいものを、１・２・３・４から一
　　　　つえらびなさい。

（問題例）

　　母＿＿＿＿　＿＿＿＿　＿★＿＿　＿＿＿＿まだ終わりません。

　　１に　　　２頼まれた　　　３が　　　４用事

（解答の仕方）

１　正しい文はこうです。

母＿＿＿＿　＿＿＿＿　＿★＿＿　＿＿＿＿まだ終わりません。
１に　　　２頼まれた　　　４用事　　　３が

２　＿★＿に入る番号を解答用紙にマークします。

（解答用紙）　| （例） | ① ② ③ ❹ |

1　今回＿＿＿＿　＿＿＿＿　＿★＿＿　＿＿＿＿知り合いです。

　１男性とは　　　　　　　　２ことになった

　３もともと　　　　　　　　４採用される

2　＿＿＿＿　＿＿＿＿　＿★＿＿　＿＿＿＿です。

　１ともかくとして　　　　　２実現性は

　３プロジェクト　　　　　　４夢のある

3　母は誰にも＿＿＿＿　＿＿＿＿　＿★＿＿　＿＿＿＿。

　１言えずに　　　　　　　　２一人で

　３相違ない　　　　　　　　４苦しんでいたに

4 ＿＿＿ ＿＿＿ ＿★＿ ＿＿＿ のにおいしくなかった。

1 勧められた　　　　　　　　2 ウエートレスに

3 注文した　　　　　　　　　4 とおりに

5 彼女は ＿＿＿ ＿＿＿ ＿★＿ ＿＿＿ 去っていきました。

1 振り向く　　　　　　　　　2 手を

3 かわりに　　　　　　　　　4 振りながら

問題3　次の文章を読んで、１から５の中に入る最もよいものを、１・２・３・４から一つえらびなさい。

友達の家に遊びに行くと、おじいさん、おばあさんがいるところがある。私が家の中に上がると、カズコちゃんのおばあちゃんみたいに、お母さんの次に出てきて、「いらっしゃい。いつも遊んでくれて、ありがとね。」などという人がいた。また、アキコちゃんのおばあちゃんみたいに、部屋いっぱいにおもちゃを散らかして遊んでいると、　１　部屋の隅に座っていて、私たちを　２　人もいた。

「どうしてあんたたちは、片づけながら遊べないの？ひとつのおもちゃを出したら、ひとつはしまう。そうしないとほーらみてごらん。こんなに散らかっちゃうんだ。」そうブツブツ言いながら、彼女は這いつくばって、おもちゃ　３　ひとつひとつ拾い、おもちゃ箱の中に戻す。

「やめてよ！」

アキコちゃんは立ちあがっておばあちゃんのところに歩み寄り、片づけようとしたおもちゃをひったくった。

「遊んでだから、ほっといてよ。終わってからやるんだから。」

「そんなこといったって、あんた。いつも　４　じゃないの。片付けるのはおばあちゃんなんだよ。」

「ちがうもん。ちゃんと片づけてるもん。」

「何いってるんだ。いくらおばあちゃんが、片づけなさいっていったって、　５　。」

「あたしが帰る家」群ようこ

1

1 いつの頃か　　　　　　　2 いつか

3 この間　　　　　　　　　4 いつの間にか

2

1 びっくりさせられる　　　2 びっくりさせる

3 びっくりする　　　　　　4 びっくりした

3

1 で　　　　　2 に　　　　　3 を　　　　　4 が

4

1 散らかしっぱなし　　　　2 片づけっぱなし

3 拾いっぱなし　　　　　　4 終わりっぱなし

5

1 知らんぷりする恐れがある

2 知らんぷりしないではいられない

3 知らんぷりしてるじゃないか

4 知らんぷりするにすぎない

問題1　つぎの文の（　　　）に入れるのに最もよいものを、1・2・3・4から一つえらびなさい。

1 こんな大雪の中、わざわざ遊びに出かける（　　　）。
　1 することはない　　　　　　　　2 にすぎない
　3 ことはない　　　　　　　　　　4 ほどはない

2 経済が発展する（　　　）、いろいろな物が簡単に買えるようになった。
　1 にともなって　　　　　　　　　2 にそって
　3 をとおして　　　　　　　　　　4 に限って

3 我が社の営業部門（　　　）、伊藤さんの営業成績が一番良い。
　1 ので　　　　　　　　　　　　　2 にあたっては
　3 にかけても　　　　　　　　　　4 においては

4 説明書（　　　）、必要なところに正しく記入してください。
　1 に関して　　　　　　　　　　　2 をとおして
　3 にとって　　　　　　　　　　　4 にしたがって

5 今日は一日雨でしたね。明日も雨（　　　）。
　1 みたいだ　　　　　　　　　　　2 はずだ
　3 べきだ　　　　　　　　　　　　4 ものだ

6 こちらは動物の形をした時計です。足が自由に動く（　　　）。
　1 ようになります　　　　　　　　2 ようにしっています
　3 ようになっています　　　　　　4 ようにします

7 霧で飛行機の欠航が出ているため、東京で一泊する（　　　）。

1 ことはなかった　　　　　　　　2 ものではなかった

3 よりほかなかった　　　　　　　4 に限りなかった

8 そんなに難しくないので、1時間ぐらいで（　　　）と思います。

1 できます　　　　　　　　　　　2 できるの

3 できるだろう　　　　　　　　　4 できて

9 おかげさまで退院して自分で（　　　）ようになりました。

1 歩ける　　　　　　　　　　　　2 歩けて

3 歩けた　　　　　　　　　　　　4 歩けるの

10 校長先生の話にはずいぶんと（　　　）させられました。

1 考え　　　　　　　　　　　　　2 考えて

3 考える　　　　　　　　　　　　4 考えた

11 どうぞこちらの応接間でお（　　　）ください。

1 待って　　　　2 待つ　　　　3 待ち　　　　4 待った

12 お酒を（　　　）お客様は、なるべく電車やバスをご利用ください。

1 ちょうだいなさる　　　　　　　2 めしあがる

3 いただく　　　　　　　　　　　4 いただかれる

13 このお菓子は伊藤さんから旅行のお土産として（　　　）。

1 いただきました　　　　　　　　2 差し上げました

3 ちょうだいします　　　　　　　4 差し上げます

問題2　つぎの文の＿★＿に入る最もよいものを、１・２・３・４から一つえらびなさい。

（問題例）

　　私が＿＿＿＿　＿＿＿＿　＿★＿　＿＿＿＿分かりやすいです。

　　1 普段　　　　2 参考書は　　　3 使っている　　　　4 とても

（解答の仕方）

1　正しい文はこうです。

私が＿＿＿＿　＿＿＿＿　＿★＿　＿＿＿＿分かりやすいです。
1 普段　　　**3 使っている**　　　**2 参考書は**　　　**4 とても**

2　＿★＿ に入る番号を解答用紙にマークします。

（解答用紙）　　| （例） | ① ❷ ③ ④ |

1 　毎日 ＿＿＿＿　＿＿＿＿　＿★＿　＿＿＿＿ がよく分かるようになります。

　　1 する　　　　　　2 授業　　　　　3 復習　　　　　4 と

2 　ニュースを聞いて ＿＿＿＿　＿＿＿＿　＿★＿　＿＿＿＿ はいないと思います。

　　1 僕　　　　　　2 びっくりした　　3 ほど　　　　　4 人

3 　食事してすぐ車に ＿＿＿＿　＿＿＿＿　＿★＿　＿＿＿＿ ある。

　　1 気分が　　　2 恐れが　　　　3 悪くなる　　　　4 乗ると

4 　今の会社は ＿＿＿＿　＿＿＿＿　＿★＿　＿＿＿＿ 文句はないです。

　　1 給料は　　　　　　　　　　　2 福利厚生も

　　3 もちろん　　　　　　　　　　4 しっかりしているので

5 彼女はおっとりしている ＿＿＿ ＿＿＿ ＿★＿ ＿＿＿ もありますよ。

1 気の 2 一面 3 強い 4 反面

問題3　つぎの文章を読んで、 1 から 5 の中に入る最もよいものを、
　　　　1・2・3・4から一つえらびなさい。

> 　むかしは、今のように物資が有り余るほど有りませんでしたから、派手な贈り物は有りませんがほかの家からいただいたもののお裾分けとか、家で煮たお豆をちょっと隣へ 1 とかは、今より 2 たくさんしましたし、それはまた心が 3 楽しいことでした。
>
> 　私は、いつでもいただきもののおまんじゅうを半分どこかへ差し上げたくなりますが、箱から半分出したものなど、今では 4 差し上げられません。牛乳や新聞を配達する少年たちだって、もうこんな物は 5 世の中になってしまいました。
>
> （桑井いね『続・おばあちゃんの知恵袋』
>
> 文化出版局 一部、語彙変更あり）

1
1 差し上がる　　2 差し込む　　　3 差し押さえる　　4 差し上げる

2
1 さっさと　　　2 ずっと　　　　3 じっと　　　　　4 ぐっすりと

3
1 こもって　　　2 こめて　　　　3 こんで　　　　　4 こまって

4
1 失礼で　　　　2 面倒で　　　　3 ご無沙汰で　　　4 仕方なく

5
1 欲しがらないではいられない　　　2 欲しいに違いない

3 欲しいどころではない　　　　　　4 欲しがらない

第一回

問題 1

1	1		2	2		3	2		4	4		5	2
6	2		7	3		8	1		9	4		10	2
11	2		12	2		13	1

問題 2

| 1 | 1 | | 2 | 3 | | 3 | 3 | | 4 | 4 | | 5 | 2 |

問題 3

| 1 | 2 | | 2 | 1 | | 3 | 4 | | 4 | 1 | | 5 | 3 |

第二回

問題 1

1	3		2	1		3	1		4	1		5	1
6	3		7	4		8	4		9	4		10	3
11	2		12	1		13	2

問題 2

| 1 | 1 | | 2 | 4 | | 3 | 4 | | 4 | 4 | | 5 | 2 |

問題 3

| 1 | 4 | | 2 | 2 | | 3 | 3 | | 4 | 1 | | 5 | 3 |

第三回

問題1

1	3	2	1	3	4	4	4	5	1
6	3	7	3	8	3	9	1	10	1
11	3	12	2	13	1

問題2

| 1 | 4 | 2 | 2 | 3 | 3 | 4 | 2 | 5 | 3 |

問題3

| 1 | 4 | 2 | 2 | 3 | 1 | 4 | 1 | 5 | 4 |

文法精解

例句
生字 注解

完全自學版型

これ
1冊で
大丈夫！

3^N

新制對應！

破繭成蝶，自學神器

絕對合格
日檢必背文法

─────── ［25K＋QR碼線上音檔］ ───────

【自學制霸 03】

■ 發行人　　　林德勝

■ 著者　　　　吉松由美、西村惠子、田中陽子、林勝田、山田社日檢題庫小組

■ 出版發行　　山田社文化事業有限公司
　　　　　　　臺北市大安區安和路一段112巷17號7樓
　　　　　　　電話　02-2755-7622
　　　　　　　傳真　02-2700-1887

■ 郵政劃撥　　19867160號　大原文化事業有限公司

■ 總經銷　　　聯合發行股份有限公司
　　　　　　　新北市新店區寶橋路235巷6弄6號2樓
　　　　　　　電話　02-2917-8022
　　　　　　　傳真　02-2915-6275

■ 印刷　　　　上鎰數位科技印刷有限公司

■ 法律顧問　　林長振法律事務所　林長振律師

■ 書＋QR碼　　定價　新台幣 375 元

■ 初版　　　　2023年9月